又是烟雨迷蒙时

王贤根 著

人民文学出版社

图书在版编目(CIP)数据

又是烟雨迷蒙时/王贤根著. —北京:人民文学出版社,2018
ISBN 978-7-02-014450-1

Ⅰ.①又… Ⅱ.①王… Ⅲ.①散文集—中国—当代 Ⅳ.①I267

中国版本图书馆CIP数据核字(2018)第185176号

责任编辑　王永洪
装帧设计　崔欣晔
责任印制　徐　冉

出版发行　人民文学出版社
社　　址　北京市朝内大街166号
邮政编码　100705
网　　址　http://www.rw-cn.com

印　　制　固安县铭成印刷有限公司
经　　销　全国新华书店等

字　　数　240千字
开　　本　680毫米×1000毫米　1/16
印　　张　20　插页2
版　　次　2018年12月北京第1版
印　　次　2018年12月第1次印刷

书　　号　978-7-02-014450-1
定　　价　59.00元

目　录

第一辑　一个生命的诞生

养　蜂

　　家养蜜蜂最早起于何时？说不清，爹也说不清，只记得阁楼上那堆残存的蜂桶片有"道光"年号的毛笔淡迹。孩时，十几桶蜂堂而皇之地置在门面旁，屋檐下，前后窗台上，春暖花开，门前屋后，满天穿梭，芬芳四溢，小小的山村人家，沉醉在静谧的甜蜜中。

　　有日，爹对我说："上山摆蜂桶。"他将空桶内侧喷了几口蜜，挂上扁担，捎上肩，噔噔地上路了。我像欢跳的溪水追其后。会稽山南端的山山岭岭，曲折迂回，陡峭挺拔，爹攀至崖下，刀劈般耸立的高崖底部里凹，杂草已铲，几块乱石上方置有石板，看出，爹早已瞄好风水。他将蜂桶放置在石板上，桶底锯有齿形的六七个口对外。他背过身，瞄了瞄朝向："蜂嗅觉灵敏，老远就闻到蜜香，成群地过往，就会进桶安家。"他割几把茅草盖在桶顶，压两片石，算是为它遮风挡雨。其实这地势，雨水不易打着，阳光倒有斜照，有两石压顶，显得稳重。"以后进山，常来瞧瞧，这里朝向好，会有。"

　　大约半个来月，进山砍柴，路过那座高崖，我架好柴担，攀爬而上，见有几只蜜蜂进出桶底的小口，心似灌蜜。傍晚，我和我爹一高一低上山，举桶瞧看，蜂仅拳头那么一小团。爹坐在不远处抽烟，云丝缕缕飘逸，我在附近采撷野花。待到天暗，爹说："采蜜的工蜂差不多飞回，包！阿端侬垫。"他端起蜂桶，我将青布围裙铺在石板上，拉平，他包扎好桶底，我们一前一后落山，将桶置在旧屋的窗台上。翌日清晨,它们与其他蜂桶的蜜蜂一样,忙碌开来。"阿农家又增添户口啦!"爹抽着竹管烟筒,在吱吱声中欣赏蜜蜂飞进飞出。

成功与失败,总是相随相伴。有次爹进山砍毛竹,见置在毛竹山上的那只桶口蜂拥如潮,纷飞繁忙。这里山高路险,人们极少上来,待知晓,已是大半桶蜂巢了。他试着拎拎,沉沉的,大部蜂房灌满了蜜。毛竹背下山,后半日回头,等天色昏暗,再用青布围裙包扎好往下背。那夜明月深匿,山溪竹涧沉浸在墨黑中。山路的每个弯头拐角,路旁的每棵松枫樟篁,甚至哪一段走几步,哪段溪跨几脚,在黑夜中我爹也有数,当然,也不在乎野猪出没,草蛇拦路,怪兽嚎啸,但意想不到的是过一泉流时,爹脚底滑苔,蜂桶"嘭"地坐在石头上,"轰"的一阵,蜂桶里的蜂巢砸在包扎的围裙上,万千辛劳的甜美顷刻坠碎,家破蜂亡,存活者疯癫般在桶里挣扎飞旋。爹此时苦不堪言,只得背起,浓郁的甜蜜透过青布包裙漫洒一路。我奶奶、我娘等到深夜还没见村头响动,担心出事,吩咐我们儿孙举火把进山接应。翌日蒙蒙亮,剩活蜂群倾巢逃往山野。

蜜蜂春夏最为忙碌。稻穗扬花灿烂时,蜂已繁殖成大家庭。"搬梯上去看看,每桶留一两个皇房,多余摘掉。"爹说。山里人称之"摘皇"。蜂是母系氏族,每桶蜂只有一只母蜂,即蜂皇,比工蜂长且大,像马蜂。蜂巢将满时,整齐排列的蜂房中间二三片的下端有几个小核桃大小的蜂皇房,蜡黄的房内躺卧蜂皇蛹,待她长大,就要另立门户,带领部分工蜂远走高飞。蜂皇越多,分家的工蜂越少,工蜂采蜜量少,过冬就难。这像家庭,缺劳力,势必生活艰辛。我家九口,爹娘农田劳作,空闲破竹编箩,奶奶年迈八十还用那已消磨成月牙形的篾刀划篾,孩子放学,首要的是完成家长布置的编箩筐数,然后做作业,戏要。养蜂,对于家庭,是忙碌中的消遣,紧张中的松快。接蜂、割蜜是我爹的活计,其他由我们帮手。我爬上木梯，小心摘除皇房，每桶留最大的一两个。每到此刻，我总要轻轻地抚摸这些密密麻麻的小生灵，对它们说上一阵悄悄话。

有一日，我砍柴归来，斗笠上插着数枝喷香的山兰，见屋檐下一桶蜂前成群结队翻飞，好似古书中描述的千军万马在调遣，"爹，分蜂啦！"我爹冲出门槛，头一仰："快，泼水！"这话像条指令，全家老少，有的提桶，有的端盆，用瓢向上泼洒，成群的蜜蜂在六七米的空中盘旋，仿佛是在等候蜂皇的命令。我们抓住时机，用力地将清水在空中洒成网，洒成片，在鲜红太阳照耀下，闪出七彩的光泽。最小的弟妹端着小竹碗助战，泼不到一两米，成了落水人。空中的蜂湿漉漉，地上的人湿乎乎。蜂飞不动，被迫停在附近的树上结成团，黧黑的枝干上突然间挂上一个褐色的包。

我爹来不及换衣，回头拎只空桶，喷上蜜，上树，他两腿夹着树干，壁虎般伏在上面，将空桶支在蜂团上，一手扶桶，一手轻轻地撸蜂。那团蜂在他轻轻的抚撸中往上爬行。我们觉得他很费劲，但这活只能单干。待蜂入桶，他拎着蜂桶一寸寸退下，我们真为他担心。

一个新的蜜蜂家庭诞生了。

倘若发现不及时，倘若水泼不到领路蜂，它们就可能直奔山岭，山里有我家的几处蜂桶，可在会稽山的冈冈岭岭中，有多少家的蜂桶期待着啊！

蜜蜂不时增添，最盛时我家有二十四桶。

夏末秋初，蜂桶内上半部的蜂房封满了蜜。割蜜时节到了，孩童早早闻得浓醇的香甜，追问长辈早日切割。夜幕徐合，爹在长板凳上绑牢倒立的方凳，把一桶满腾腾的蜂桶斜倒其上，上方再斜扣一只喷有蜜的空桶。他端坐板凳一头，细心揭开倒斜蜂桶的木盖，嘘嘘地向里吹艾烟，蜜蜂感觉到了洪水般的烟雾，惶恐地向上遁逃。随着烟的升飞，它们阵阵密密地爬上空桶。木盖部蜂房的蜜在松明的光照下闪烁着晶亮。爹喜形于色,捋起衣袖,操刀挖了一块,填到早候身边的我的嘴里,又挖一块填给我弟,在五六个小孩的啧啧声中爹挥舞钢刀,蜂蜜随蜂房哗哗坠入大罐。

男孩大多馋,好奇,不离蜂桶,谁料,散飞的一只蜜蜂不知何时进入我的开裆裤,顿觉痛苦时方知被蜇。我叔给我捏草药汁涂抹,边抹边调侃,一圈男女孩像看戏法,弄得我涨红小脸哭笑难言。这一夜,小东西红肿透亮形如光洁的玉烟嘴。小肚鼓胀,总尿不出。我爹上后山采回一种草药,捣烂敷上,稍刻,裆下水流潺潺,好不畅快。第二天,我仍蹭到爹身旁,再次期待切割的醇香。

每年割下滤过的浓稠蜂蜜,大多分送邻居、亲朋好友,分享几份甜蜜,换得满堂赞声。山里人重情谊,秋日谁吃玉米饼,春上谁咬麦馍馍,端上一小碗蘸就着,别有风味。山村人家,手艺活赶集赴市换现钱,食用的蔬菜、蜜类一般不出山。有时,给路经家门的歇客端上一碗蜂蜜水,那感激的笑靥,至今仍深深印在脑子里。

入冬,山花凋零,蜜蜂进出也少了。我们给蜂桶外扎稻草御寒。进九后,小瓷盘上排松针枝,洒蜜,置于桶底,让它们汲取营养,度过严酷的冬日,编织来年春天的童话。

2001年9月18日白云乡

2004年2月22日修改

一个生命的诞生

1964年下半年的一天,我母亲挺着蜘蛛那样鼓鼓的大肚,还蹲坐在地上打箩底。我们九口之家,仅父亲一个整劳力,在靠挣工分过日子的岁月里,生活有多艰难,可想而知。年近七十的祖母和放学回家的孩子,都得划篾、编箩,每天几乎做到深夜。箩筐自产自销,在市场上换回粮食,挣的钱又可交我们的学费。

母亲,从早到夜忙个不停。她坐在地上,腰已弯不下去,仍使劲地伸出手,将一片片篾用手指扣紧,没法子了,就用一块尺子样的硬竹片,对准编上的篾,用刀背在上面敲敲。随着一声声的敲击,刚刚编进的篾由弯变直,严丝合缝,好像紧密得水都渗不下去。

我坐在门口长廊,碗口粗的毛竹置在腰间的青布围裙上,用锃亮的篾刀对准它的梢头,咝咝地从梢破到根,再破成条,剃下蒉青,划成丝丝长长的细条,供弟弟妹妹们编织母亲打好的箩底上面的箩面,即箩筐。母亲拖着那圆鼓鼓的肚子打箩底,实在太费劲了,我就说:"妈,歇会!"她说:"没关系!"过了一会,我回头见母亲从地上慢慢撑起来,拳头往后腰轻轻地捶了几下,脸上呈现痛苦的神情。

母亲从来不叫苦。

她是童养媳,十三岁到我家,没读过一天书,只是默默地不知疲倦地干活,我们兄弟姐妹已有六个,她忙不过来,手脚麻利,活就有些粗糙了。那时没有计划生育,生多少顺其自然。

母亲感觉到一个新的生命将要降临,吩咐我:"锅里水烧起来,我好像要生了!"

那天,祖母不在家,父亲到生产队干活去了,姐姐和弟妹们也不知做啥,我已经记不得了。我是母亲这帮子女中的老二,能干点家活。我顾不得看看母亲的表情,问问母亲的感觉,只是噌地从竹凳旁站起,拍拍手上的篾屑,就跑到灶间取柴点火,送进灶膛,火苗旺旺地燃烧起来,烧得我心里也旺旺的,我很兴奋,又要增添弟弟或妹妹了。

那时,我不知道体谅父母。

"蜡烛拿出来插好!"母亲说,"慢点,来得及。"

母亲要生了,还在宽慰我。我还是赶紧将红蜡烛插在烛台上,又从灶膛边的小孔里取出温热的火柴盒,放置在烛台边。

婴儿躁动于母腹之中的感觉,只有做过母亲的人才有体味。那时我母亲肯定没有多想别的,只是想尽母亲的一份责任,平安生下已经怀胎十月的孩子。

母亲真的很快就要生了。她不像平时那样行走,而是扶着木板墙,慢慢地挪到灶间来。灶间的窗户小,多年的烟熏,显得比另间屋暗得多。两栏猪听到我在烧火和我母亲嚓嚓的拖鞋声,也都嗯嗯地叫唤起来,尤其是那头母猪,叫得格外的响,前爪还扒到横栏上来,抬着硕大的头,使劲呼唤,好像是要我们给它喂食,又好像是要我们给予它这位母亲特别的照应。

我仍坐在楼梯下的灶膛边,一把一把地往里添柴。火苗噼噼啪啪地跳跃,声如鞭炮,又似在跳欢乐的舞蹈。熊熊的火光照得我和半壁屋宇红彤彤的。

"稻草垫块起来。"母亲的声音轻轻地传过来。

"好!"我满口答应,跑到门口,将一捆太阳晒得暖烘烘的干稻草抱回,平铺在灶旁,用两只拿过篾刀的手砰砰地拍了拍,我担心母亲坐上去疼。

母亲看着我,语气平和地说:"好啦!"

那时虽是秋日,天还暖和。母亲穿两件上衣,着一条宽松的青色长单裤。她让我扶着,慢慢地蹲下去。我两手紧紧地拽着她的胳膊,我觉得母亲很沉,两腿都使上劲了。母亲的屁股接近草堆时,一下松弛了,砰的一声落下去。她坐在稻草上,深深地吸了口气。稻草散发着浓浓的太阳味,与母亲身上的奶香味、稻谷的清新气息,混杂着飘逸上来。

母亲要生了,我觉得很神圣。她松开我的手:"那把剪刀拿出来,蜡烛点上。"

这时,一锅清水热气腾腾,灶膛里的火渐渐暗淡下来,房屋又恢复了原来的静寂,烛光却像一面飘动的旗帜,在暗淡的灶屋里轻轻摇曳,又如一团鲜红的血在热烈地燃烧。

我搬来木桶,按母亲的要求,用开水烫烫,荡荡,再盛上半桶,让它慢慢地凉着。

什么也不懂,只听候母亲的叮嘱。可我能干我母亲嘱咐的一切。

母亲安详地坐在稻草上,我取了小凳,坐在她身旁。母亲没有正视我,两手轻轻地拍拍圆鼓的肚子,好像自言自语,又好像是对着我说:"在踢呢! 小脚在踢呢!"

是喜悦,还是期待? 我说不清楚。只见母亲肚子上的青布衣衫一动一动的,我不知道母亲生产时会有多大的痛苦,我只知道我是母亲的唯一帮手。母亲平平静静的,好像我在她的身边,什么都行。

鲜红的烛光照在母亲安详慈爱的脸上,显得比平常红润了许多。过了一会,母亲闭了一下那双让我亲近、让我温暖的大眼,接着就紧紧闭着,嘴唇也紧紧地抿在一起。母亲真的要生了! 我下意识地将手伸过去,母亲紧紧地捏住我,刹那间,我感觉到了母亲的力量,这是我长到十五岁,从未感受到过的一种力量,这力量越来越大,越来越坚强,我幼小的心灵仿佛被她那只坚强的手揪住似的,揪得牢牢得难分难解……

突然间,我听到一个什么声音,母亲那只钢钳般的手一下松开了。这时我发现,母亲额头上闪烁着无数晶亮的汗珠,红闪闪地辉耀着灿烂;这时我发现,母亲蜘蛛般圆润凸现的青衫衣,已经垂落下来,显得苗条、清秀了许多。

我意识到,母亲已经生了,一个新的生命就降临在她的裤裆里。

"剪刀拿来!"母亲不容置疑地说。

我递过剪刀,母亲唰唰地剪开青布长裤,又递回我:"蜡烛上烤烤!"

剪刀在火红炽热的烛光上反复烤着,听到母亲说好了才递过去。母亲从容地从裤裆里一手掏出什么,一手咔嚓地剪了下去,紧接着她利索地做了一个动作。后来我才知道,那剪的是脐带。咔嚓一声,我的小妹妹从此离开了母体。但在我的心目中,我们与母亲是永远连接着的,这根脐带从未剪断过。

就在稻草堆上,母亲抱着身上掉下来的这团肉,在木桶里清洗。声声幼稚清亮的啼哭,飞扬在血红的灶屋里,与猪栏里那头母猪和其他肉猪的叫唤声,热烈地交织在一起。

邻里的奶奶、婶婶闻得婴儿的啼哭声,匆匆地跑过来,看到这情景,无不责怪:"怎么不叫一声?!"

母亲淡淡地,又如感激:"你们都忙!"

奶奶、婶婶们七手八脚地帮助,我这个十五岁的儿子就靠边立着,不知干什么才好,只是她们叫我楼上楼下跑腿取衣服时,才像只兔子,连蹦带跳,觉得无比的轻松快活。

那时,我不懂得父母的艰辛。

母亲从没对子女说过一句孕育、养育的辛劳与苦痛,唯有的是微笑,和默默不停地做家务,编箩底,下地割麦子,收稻谷,如同她从容地一声不吭地坐在稻草上生下我的小妹……

后来,我们七个兄弟姐妹在乡邻中算是混得比较出色的了,可在一字不识的母亲面前,我们算什么呢?母亲终生守候在家乡的那方土地上,守候在那间被炊烟熏得暗淡了的灶屋里,可她守住的是我们奔走在天涯的子孙的心灵与精魂。

如今,生我、养我、爱我的母亲已经远去,珍藏的只有无尽的思念了。

2010年11月13日于北京

月牙形的篾刀

老屋门壁的木栏上，插着一把把篾刀。祖辈、父辈的离去和现代替用品的时尚，我家祖祖辈辈做笼织篮编簸箕的营生，退出了舞台，这些锈蚀的篾刀，静谧地肃立，寂寞地回忆当年的劳顿与繁华。

最左边的那把，是祖母生前的所爱。

农闲时的篾业，在一个家庭，自然形成分工，一根根粗壮的毛竹、颀长的麦竹、坚硬的石竹，破开成篾青、篾白，由男子担当，我爹是主角，长大后我也成了主角；祖母做的是细活，将篾青、篾白划成篾丝。所有的笼筐、提篮、簸箕，都是篾丝的合唱。祖母坐在木椅上，青布围裙束在腰间，卷起衣袖，右手持刀，左手把篾，竖立的篾刀对准篾梢，噗的一声，轻轻地切入，篾丝便悠荡在她的指间，声响沙沙，如蚕食桑，淡淡的竹香弥漫屋宇，又散发天井，与阳光月色交融。

那个时候，我们放学回家，先要完成一日编筐的任务。几个小孩坐在门里门外，抽捽祖母划成的篾丝，在灵巧的小手上翻动，细细的篾丝编织在笼经上，也编织我们孩时的苦楚与梦想。把着一条条柔软的篾丝，如同把拈祖母缕缕的青丝白发，感受温存，感受乳汁般的气息。篾刺常常扎入弱嫩的小手，祖母总是耐心地叫过去，眯着眼，左手捏住我的指头，让带刺部位凸现，右手长长的指甲夹准刺头，嗖地拔出。祖母的长指甲是不是特意留着夹刺的？有时刺头极短，只能用针。她教我逆向挑刺。这种挑法，刺自然往外走。挑出血，她说噗几口，皮肉不烂。后来我想，在她九十七年的生涯中，肯定遭遇过无数这样那样的刺，甚至比我想象的还要深切与疼痛，她一定是镇静面对，在自噗自疗中安然度过。

我曾专注地观赏老人家的划篾，那是她八十有几的时候，我从外地回来探亲。看她仍如往日那样安详地坐在木椅上，那把篾刀，依然锃亮，腰直直的，目光注视篾丝的粗细。这时，我突然发现，那把厚实气旺的篾刀，在钢与竹的对峙与较量中，消磨成月牙，锋利的刃口历经反复无穷的交割而钝化，祖母也在漫长的相持与磨损间苍老。弄堂风徐徐地撩动她稀疏的发梢，轻轻地扬起，缓缓地回落。脸上白白净净，皱纹却爬上额头，书写命运的沧桑。祖母确实老了，可她好像并不在乎，在乎的是一种心境。手中的活计还是稔熟、流畅，篾丝柔若溪水，绵延不绝，起伏着神韵。她把住的是匀称，也把住了生命的节奏。祖母的一生，是与篾丝融合在一起的。她就是篾丝，编织生活，编织希望。

对于一个人口多劳力缺的家庭，我爹的权威至高无上。他脾气发作时，瞪着牛眼，孩儿见了胆战。他从不打人，可那几声吼，那牛眼里射出的光，像枪刺袭来，足令我们小字辈退避反省。每每这种情形发生后的夜晚，祖母就会轻声静气地对他说："你今日的脾气该不该？可以好好说的话，要那么粗蛮吗？"我爹对我说："你祖母总是在事后我消了气的辰光劝导我，我佩服！"

爹劝祖母，做到八十岁该歇了。她答应。可操惯了篾刀的她，八十好几也没歇手，说，这把老骨头，活着总不能白食。我爹路过宗祠门口，人家说："本燮，你是个不孝的儿孙，老娘八十多岁还要为你们拼命。"我爹将这话传给祖母，祖母笑笑，慢慢吐口："好吧，收山！"从此，她拿捏了一生的篾刀，插入刀栏。有时，她走过去拔出，削几根竹梢，难弃难舍的心绪油然表露。在她眼里，这把月牙形的篾刀，是生命的象征，不该歇息，它的心律还在跳动。

如今,时光留给这把篾刀的是斑斑锈迹,刀面与刀把的色泽,越来越近似了,汗渍与温热浸润的一切,已成梦影。我们走进老屋,时而抽出,端详间,许多意象浮现,又茫然而惆怅得难以说出来。

2015年5月7日于白云乡

我的父亲母亲

父亲八十有二,我坐在他的身旁,两把竹椅距不盈尺,靠在高高的白墙下,阳光照在身上,鲜亮,温暖。几十年在外的我,数千里风雨归来,挨在他身边说说话,觉得比太阳还要温热。尤其是母亲过辈后,每回踏上归途,都是心如箭,故乡的老屋,母亲坟前的青草,父亲爬满皱纹的容颜,不断地闪现在脑际,沉沉的铁路格外漫长,又格外轻松、快活。这次回家,父亲有一搭没一搭地与我闲聊,其实是心灵的沟通与慰藉。

父亲的话,节奏缓慢,宛如屋旁石台上那几盆盛开的秋菊,散发着悠悠的郁香;又似地面草丛上白蒙蒙的早霜,吐露几分淡淡的忧伤。父亲说到母亲。他说,你妈劳碌一生。她先是到土根爷爷家的。我愣了一会。从小我就听他们说,母亲是十三岁到我家的,土根爷爷是隔壁邻居,怎么会先到他们家呢?茫然之时,父亲像春蚕吐丝般地娓娓道来。土根爷爷家有个大儿子,你妈是他们的童养媳。后来儿子不在了,土根爷爷和同年嬷(与我奶奶同庚,故乡这样俗称)就对你嬷说,这孩子真好,这么多年你们都看到了,跟本燮同年,就给本燮吧!土根爷爷家有几间新盖的二层木结构屋,家境比我们好。也就是那年,你爷爷不幸走了,你嬷带着五个子女,我最大,十三岁。你嬷对我说,好像征求意见,我们就答应了。从那,你妈进了我们的家门。

父亲的语气闪动着黯淡的色泽,又包含某些辛酸与希冀。在他那把年岁的经历中，千山万水都过来了，已经是淡定叙述春秋的辰光，可我觉得震惊，如一块石头掉落平静的潭面，掀起层层涟漪。我们这帮子女，好几位已是年过半百的人，为什么两家对此都是缄口不语。我只知土根爷爷家人对我们像自家亲人一样和善，体贴入微。听母亲说，我出生时，同年嬷帮忙接生，看到两腿间蚕蛹般的小东西时，还没聆听到我的第一声啼哭，就高兴地报喜说是男孩。土根爷爷的二儿子，跑东跑西，挖生姜，买红糖，如他自家的事。这份情，这份爱，我母亲颇有体觉，心知肚明。可，几十年来，我们七个子女哪里晓得其中还隐藏着这个秘密呢！

母亲生下九个孩子，养起七个。我们小时，只知道割草，砍柴，放牛，读书，漫天飞雪的冬天穿一条单裤也没觉得冷。现在想起来，那时，我们都是被母亲他们的一腔热爱笼罩着，任何时候都是暖烘烘的。山区的小村，没有多少田地，主要凭依满山的翠竹在山民灵巧的手指间流淌出细柔篾丝，编织成农家挑稻谷用的箩筐，担到集市出售，籴回粮米。在我的记忆里，祖母、父母亲从清早醒来，除弄饭下地干活外，其他时间都在破竹、划篾、盘箩、挑担中度过。有一日，全家将箩筐全部盘好已是深夜，母亲举着竹白燃起的火把照明，父亲将十二双箩筐连接捆绑成担，又把另外四双捆绑成担。鸡叫头遍，母亲起身做饭，我和父亲吃完早饭，系好草鞋上路。那时，我的个头还没有父亲手中的担柱高，父亲要我走在前面。他说，路由他指，快慢由我掌握。我们翻过一个个山岭，走了三十六里路到达邻县东阳县城时，那里的人们正站在门口端着碗吃早饭。父亲带我将十六双箩筐卖给一家供销社，再到市场上买了几十斤米和一些家杂就往回返，父亲挑着，我只背着一副空扁担。进家门时已过晌午。母亲听到外面动静，早就迎出来，接过父亲肩头的担子。"吃力了，坐下歇会儿！"她一面说，一面去端洗脚木盆，从两口锅间的铜罐里舀出热水，倒到脚盆里还用手试试烫不烫。我和父亲脱下草鞋，赤脚往里伸，一股热腾腾的水汽冲上来。父亲将脚放入盆时,宽心地吐了口气:"真舒服!"我将脚尖探入水,不禁叫了声:"太烫!"父亲的脚皮厚实,生活将它磨砺得冷热都能应付了。这时,我听到母亲亲切的声音:"要不要加点凉水?"我巴不得母亲立即舀一瓢来冲冲,父亲却说:"不要加,你慢慢试试,一会儿就行了。"母亲温暖的眼神注视着我的这双小脚一点点地探向热水,当我将双脚都浸入木盆时,她开心地说:"泡泡,解乏!"我对着母亲慈爱的笑容,有些俏皮地说:"不吃力,下回再去!"

正当我们泡得热乎乎,身上好似些许冒汗的时候,母亲将热气腾腾的饭菜端上八仙桌。一家大小围着桌子呼噜呼噜地喝着青菜豆腐羹,那味道比吃什么都要香甜。我边吃边给大家重叙父亲讲述的过去在这条弯弯山道上走夜路遇见狼的故事,狼在草丛中幽幽地闪着蓝光的眼睛和它那悠长地呼啸,在我幼小的心灵中留下了深刻的烙印。母亲说:"待你长大了,单个走夜路就不怕了。你胆大地往前走,一两只狼不敢近身。当它呼到狼群,你已经过冈了。"母亲好像遇见过狼,说得这么有感觉有体会。我对母亲的这句话,印象特别深刻。在以后的几十年颠簸生涯中,虽然没有碰到过真狼,但这种相似的境遇,时有横来,幽幽的目光和那贪婪的吞食生灵的疯热欲望,令我有所后怕,却没有阻住我的脚步。

现实生活,电视屏幕,书籍杂志,到处泛用"爱情",或以此作为作料,挥霍,调侃,"爱情"两字已经变得那样浅薄、那样随意的时候,我该怎样理解母亲的爱情?

祖母九十七岁无疾而终。提起我的祖母,村头巷尾的山民无不赞许:"有个好媳妇!"孝顺是母亲长年持守的美德。在她的感召和影响下,我们这群子女对老祖母敬重有加。出门、回来首先向她打招呼,有时候我们也故意与她兜圈子说事,逗得她咯咯地笑,满嘴没一颗残牙了。自我记事起,全家老少的衣服,不论春夏秋冬,都是母亲端到溪滩边洗。后来我想,她为什么会得类风湿关节炎呢?也许是月子里冷水洗衣服落下的。山区的严冬,滴水成冰,母亲照样要到冰冷的溪水中洗衣刷筐,有几年我的手指冻得像胡萝卜一样,母亲的十个手指会冻得怎样?我从来没去关心过。我们只像接受阳光那样接受母亲的关爱,却从没体谅母亲的内心感受与苦痛。探亲回家,我看到母亲的手关节变形,起卧行走有强烈的痛苦感时,才决意带她到北京看病。母亲却说,在这里都看了,到北京不连累你吗?我说,那里的医疗条件好些,你不要操心。那时,我从部队基层调京不久,虽然好多事不熟,但知道有个政策规定,军人的父母看病住部队医院只收半价,这对于我们这个家庭,是莫大的支持。那个年代,"二十三级万岁!"只长胡子,不长工资。我是单身,对于母亲的治病,我肯定能承受,也应该承受。母亲到京第二天就住进医院。她躺在洁白的病床上,开口头一句话说的是我,"都三十一岁了,在村里早有孩子了,你还不要老婆!"对着母亲的几缕愁容,我宽慰她:"你放心,机关干部结婚都晚!"母亲无奈地摇摇头。她心里装的尽是我们这几个孩子啊!几年后,我带着妻子女儿回家探亲,母亲拉着小孙女的手,用她那不知编了多少双结实箩筐、做了多少顿可口饭菜、洗了多少件老少衣衫的手,轻轻抚摸着,抚摸着,孙女幼小的面容映在她混沌而又明亮的瞳仁上,闪着晶晶的亮光。那次回家,我们在老屋的台门口照全家福。台门上方"奠厥居"三个楷书额字与旁边窗台上方的墨兰,虽然是清末留下的印记,现在看上去,仍是沉稳雄健,芳香馥郁。我们以这作为背景,母亲和父亲分坐在祖母两边,七个子女有的已经成家,有儿有女,有的刚刚走上工作岗位,大家或坐或站,开心地靠在他们身边。母亲长期服用含有激素的药物,面部有些虚胖,心里像家养蜜蜂酿的蜜,稠稠的香甜。

什么是爱?什么是情?父亲八十二岁给我讲述母亲身世,我的感觉是他向我述说心中积郁已久的一种念记。这种切入骨髓、注进血液的七十年的厮守,用一般言语是难以表述的,可父亲就以这样的方式将他们深藏的这个秘密告诉他的长子。当我将父亲的话转告弟弟妹妹,大家无不惊愕,同时更为深刻地理解和爱怜我们的母亲,可是这份迟到的爱,已经没法向她老人家传递。当母亲活着的时候,当母亲为子女想着、做着一件件我们不以为然的事的时候,我们有几回回转过身去问问她的感受和体悟她的心境呢?母亲千回百回地拥抱我们,亲吻我们,当我们长大成人,走向社会,是否回过头去,真诚地拥抱过为我们思量一辈子、辛劳一生的母亲呢?写到这里,我潸然泪下。我是个不孝的子孙!

父亲八十四岁回归自然。我们将他送到故乡的大雾山脚,送到爱他恋他的母亲身边。两边的山岭长满挺拔、茂密的青松,正中的一脉山岭徐徐下来,它的尽头是我父母的坟墓。两条涓涓清流如两条碧绿的游龙,从坟头两侧汇入波光粼粼的山塘。每当我回归故里,总要走上山去,恭敬地立在父母坟前,合掌闭目,磕头祈祷。潺潺的流水,沙沙的松涛,绽放的鲜花,悠然飘升的山岚,婉转飞翔的百鸟,都是他们亲切、亲近的回应。这个时候,母亲终于可以依偎在她丈夫的身旁,静静地歇息了。可我是凡人,我又在他们面前,祈求子孙的平安,仿佛他们的爱与情,永远没有尽头。

2014 年 4 月 13 日于北京

蹚过河的小弟

过去农村盛行掐八字,我小弟出生时,算命先生说他五行缺金,即取名王贤鑫。不知什么原因,或许为了写起来方便,有次我看到他在人家的付款单上,刷刷地签上"王贤兴"。

1979年,我妈因患内风湿来北京住院治疗,贤鑫陪着。那时,我看他个头不矮,年龄却小。住一段时间后,我劝他回去读书。"文革"断送了多少人的读书梦想,将来国家、个人还是要靠知识的。他嗯嗯地点头,返回又进了校门,我为此欣喜一阵子。后来,不知何故辍学;再后来,听说他挑上货郎担,摇起拨浪鼓"敲糖"去了。我爹当时着实不快,说:"做箩搞副业,比人家落田好几倍,非要敲糖?!"走过远路的贤鑫,这时的心思飞得比鸟高了,好像有张强劲的风帆,鼓着他驰向并不十分明确的理想的彼岸。

拨浪鼓摇出来的钱,属于自己,是这份金钱的主宰。他的心又像这张风帆,鼓舞着驶向新的航程。旅行结婚来北京,他们在我这里住了几天,回去就将一点积蓄和结婚节省的共一千几百块钱作资本,外出做生意。有次,我探亲回义乌,看他大包小包地往火车上托货,弄得满头大汗。到江西去摆摊,说路上整夜扒在车上打盹,下车还要赶路,我顿觉疼怜。那段时间,他每次来提货,时间再紧,也回乡下父母身边看看,与我聊一会家常。渐渐地,我看到他黝黑的脸上溢出压抑不住的笑容。一个靠两只手生活的农人,当自己的辛劳换得腰包粗壮起来的时候,那笑容十分的含蓄,也十分的可爱。

贤鑫他们,是义乌末代鸡毛换糖人。不久,他让妻子继续在江西摆摊,自己在义乌的篁园市场租了个摊位。日后,我记不得什么时候,他买了几个摊位,还在城里盖起五层楼,在乡下办起两个小厂,又盖了五层楼,城里楼就出租了。

七八年前的一次电话中,贤鑫突然问我多少钞票一月,我如实告诉,他说:"你不要骗人,一个师职军官,大校,只这么点?!"我说我什么时候骗过你。在义乌,像我小弟这样从农家走上经商之路的人,很多;比我小弟有钱的经商有道的人,也很多。当他们走到这个份上时,说话口气不一样啦。这时,我觉得,昔日我这个拿大头工资力挺这个九口之家的大哥,也显得有点那个了。心想,在商品、货币中走来绕去的贤鑫,是不是被铜钱沾蚀了呢?

四年前,贤鑫又一次来电话咨询。大儿子义乌中学毕业,考分超过重点大学录取分数线,想报军校。我说军队工资太低,还是报地方大学为好,将来回义乌,收入也高。我的态度好像令他失去什么。第二年,二儿子高考,又来电话,说强强没报军校,龙龙一定要报军校,超出本科录取线,你给选个学校。

我纳闷,贤鑫啊贤鑫,你歪的哪股筋?国难当头,投笔从戎,理所应当。现在是和平年代,年轻人施展才华的主要平台,应该在更为广泛、更为宽松的国家、地方经济建设和教学科研上。军队规矩多,恐怕影响他的抱负。我们在电话中磨了一会,最后贤鑫说:"我和龙龙已商量,我们不后悔。"

明年,这个孩子军校将要毕业了。我听说他正准备考研究生。我喜欢年轻人的这种精神。意想不到的是,上半年贤鑫来电话,说大儿子强强大学毕业考研究生,分数超出,同时他向校党委书记报名,想进部队。我说了我的意见。这次,贤鑫的心像座山那样的坚实:"我们商定,还是参军好!"

现在,他的大儿子正在武警总部与国家公安部联合的集训基地训练。他来北京已一个多月了，我有意没马上去看，让他磨炼。他只星期天有空，我在手机上总是鼓励他。明天，我要去看看他了，毕竟还是孩子。但我相信他。这两个都有一米八高的小伙子，穿上军装后，路该怎么走？我想，还是靠他们自己的造化。他们这爸——我的小弟，自己没有好好地将书读下去，挣得一些钱时，倒一直激励两个儿子读书，这是他人生的一大进步。他是将他的意愿，在他的两个孩子身上得以延续。可他为什么一定要送两个大学生孩子到艰苦的部队？在电话里，他支支吾吾地还留一手。我猜度过他的心思。三十年来，他蹚过多少条河，走到今天也算不易。那他是为了让孩子来捍卫改革开放的成果，报效我们伟大的祖国，还是藏着掖着其他小九九呢？待我见到强强，一定得问问他。

2008年10月25日上午北京

你是牙齿我是米

端午节的前两天，妻子趁我午睡悄悄溜出门，冒着辣辣烫热的太阳买回一袋粽子。我数落她，非常时期，大院封闭管理，还擅自出去，一旦有事，我还不好向你妈交代呢！她脸晒得红红的，不争辩。

她惦记女儿。女儿今年十九，大学一年级，"非典"闹得一个多月出不了校门，更不能回家。我们感激校方的管理，严是爱，松是害。中关村那条大街上有的大学的学生染上，整幢楼不得不隔离。疫情突如其来，霎时折腾得整个北京，乃至中国、世界不得安宁。

女儿原每周末回家，后脚还未跨进门就叫喊着我做红烧鱼，这是我的专利，她们说，到哪里都吃不到我做出的这等美味。一家三口边吃边叙家常，她说这星期上哪几门文学课、老师讲得怎么怎么这类感受，一会又说某某同学在创作电视连续剧，某某写中篇小说，某某的散文在全国性散文比赛中获奖，或话锋又转："爸，这星期你有几笔稿费？"

还是她在读高中时，也是在这样的餐桌间，嘻嘻哈哈的说笑中，她提出对我稿费的分成。女儿说分一成，妻子说分二成，我脑子一转，有时一层也上千，不行。我故作大方："完全赞同全家分享。可有时一笔只有二十元，按一成分，两块钱还买不了一根像样的冰棍。我每笔稿费给你十元，你妈二十元？"女儿立马以胜利者的口吻敲定："君子之言！"她妈也乐了。我也提了要求："你有稿费，父母分一半。"她一年能有几笔稿费?! 自然立刻赞成。

以后，每次递给她稿费的十元、二十元份额时，她都是乐滋滋的，脸庞像朵清晨初展的鲜花，有时突然会从我的手中抢走一张："你肯定有隐瞒！"

这种温馨的游戏已经四十多天没上演了。

这些天，妻子念叨女儿。其实，妻子平时也烦她，流行歌曲的声音过响，上网时电话打不进。娘总归是娘。我说人家京外的同学放假才回家，在校什么都自己料理，不是很好吗？她能老在你的翅膀下待着?! 妻子不回话。

妻子这次买的小粽子有几十个，都用细细的线精妙地捆扎着。红线，紫线，粉线，绿线，鲜艳斑斓，小巧玲珑。妻子解释：红线是腊肉粽，紫线是紫米粽，绿的是豆沙粽，粉的是八宝粽，让她们宿舍的同学都尝尝。

端午节的前一天联系了一台车，妻子说她送。有粽子、西瓜、更换的夏装，她还专炒了几个女儿爱吃的菜，装在瓶瓶罐罐里。快到学校时给女儿发了信息，等妻子到达，女儿老远就边叫边跑过来，仿佛要过来拥抱。可威严的门卫立即示意，学校有规定，门里门外相距三米，有红线相隔。妻子将装满东西的袋子一袋又一袋地递给门卫，门卫又一袋接一袋交给女儿和她的同学。

妻子站着，透过校门的栅栏，望着女儿拎着沉重的袋子几步一回首，直望到女儿消失在绿树成荫的学校通道拐弯处。

端午节早晨，我俩剥开碧绿的粽叶赞赏清香的粽子，妻子的手机嘀嘀报响，妻子面露喜色，我想是女儿的，"说什么呢？"她慢慢念道："我是粽叶你是米，一层一层裹着你。你是牙齿我是米，香香甜甜粘住你。粽子里有多少米，代表我有多想你。记住给我发信息。"妻子笑出了妩媚，眼中闪烁着珍珠般的亮泽，这几句话语，深深地打动着妻子，也浸染了我的心。我想，这既表达了女儿的由衷，又道出了妻子内心的情感。妻子和女儿，谁是粽叶，谁是米？

接过手机，我要体味一下其中的含义。我的手机又响起信号，哦，是千里之外身在农村的小弟发来的，端午时节，他们也一定在尝粽子，也许干活上路时还带上几只。我小时，这天早晨，我妈总要拿两只热乎乎的粽子吩咐我带给老师。按下手机小键，清晰的汉字显出故乡的无限情思："粽子香，香厨房。艾叶香，香满堂。柳叶插在大门上，出门一看麦儿黄。这里端阳，那里端阳，处处都是好风光。"

我家乡没有"非典"。不是这场肆虐的"非典"，北京的春天多美好，几十年来绝无仅有的没有黄橙橙灰压压的沙尘暴。事物总有它的两面性，在一定条件下，坏事可以转化成好事。人们从混沌痛苦中惊醒过来，顿觉人与人之间，人与组织之间，人与动物之间，人与大自然之间，都在发生着根本性的变化⋯⋯

谁是粽叶谁是米？谁是牙齿谁是米？

2003 年 6 月 7 日

在婚宴上的讲话

　　各位战友、朋友、乡友和你们尊贵的夫人们：今天，你们亲临我女儿王昱凝和王鹏的新婚喜宴，我们感到荣幸。我代表全家表示热烈的欢迎和衷心的感谢！

　　我这人不大会说话，我们家总是老婆说话。女人在家有干不完的活，男人眼里没有活。女人以家为世界，男人以世界为家。借此，我向在座的女同胞们致以深深的敬意！

　　说几句心里话。

　　从我这套西装说起吧。二十八年前，我穿着这套西装，拉着张宪年的手，到上海淮海中路一家照相馆拍结婚照，那时她穿着婚纱。我不会打领带，是我老丈人为我系上的。张宪年看上了我，说我是精品。摄影师老看不上，左看右看，连说不行不行，噔噔跑过去，搬来一块木头砖往脚下一放，说，你站上去。于是就有了一张我们多年挂在床头的比较相称的结婚照。二十八年的风风雨雨，我们有欢乐，有忧愁，有烦恼，有拌嘴，也有了孩子。一眨眼的工夫，当年在幼儿园老师称"白胖鸭"的女儿已长大成人，出嫁了。在大院这二十多年的日子里，我们全家领受着各位的关爱、帮助和支持。借此，向你们表示诚挚的谢意！

　　二十八年后的 11 月 22 日，我又穿着这套西装，在济南的山东大厦，牵着穿着婚纱的女儿的手，走进神圣的婚姻殿堂。那天我的领带，是我老婆给系上的。这是张家两代人分别为我系上的领带,是张家两代人对我这个男人寄予的某种期待。当我牵着女儿的纤纤细手走到婚姻之门时,主持人将麦克风递给我,让我以新娘父亲的名义对新郎说几句话,寓意着辛劳养育的父亲这一刻要将心爱的女儿交给另一位男人了。整个婚庆大厅悠扬着欢快美妙的乐曲,婚姻之门上的玫瑰花、百合花,散发着浓浓的幽香,可当时麦克风没有播出我的声音。当换一只麦克风时,我的话已经讲完了。后面新郎王鹏的话伴着乐曲清晰地传开去,博得全场热烈的掌声。事后有人说,这有点遗憾。我觉得很好。这是天意!也就是说,此时此刻,我说的任何话都是多余,我的女婿王鹏,会比我说的、想象的做得更好!父母培养子女不容易,天下父母心。王鹏的爸爸、妈妈,我们真诚地感谢你们!

我们的孩子这代人大多是独生子女。王鹏在北京,你们在济南,孩子们离我们近些。有天,我正对王鹏说什么事,老婆插话说你怎么这口气说女婿?我说我把他当儿子了嘛。我老婆说你怎么这样!我说谁叫他姓王,五百年前就是一家。几千年前,我们姓王的祖先从山西太原王家祠堂那边走出来,走着走着,他们的后代有两个青年男女,走到一个门洞里来,又走进一间房子里去了。这就是缘分!你们两位年轻人,要珍惜这个缘分。我由衷地希望王鹏、王昱凝,首先要好好地做人,这比什么都重要;再是好好地过日子。生活就像江河流水,有平坦,有起伏,有弯曲,有落差,也就是说,人生道路上,不论成功与失败,富有与贫穷,你们都要面对与承受。越是曲折,越有落差,要像黄河壶口瀑布那样,越响亮,就这样生生不息地奔向前方。

在济南的庆典上,女儿在大庭广众前宣布要给我们颁奖,我感到意外。女儿说颁给我们"终生成就奖"。当我从女儿手中接过这个奖杯时,心头发热,泪水涌了出来。百感交集啊!二十五年了,一切都在这里啦!回到北京,我细细地看了奖杯,上方横刻着"谢谢爸爸妈妈",杯的主体上竖刻着"终生成就奖"五字,底座上是"王昱凝王鹏 2009年11月22日"。我对他们说:"这是意想不到的美好创意!"女儿说,爸,你猜猜多少钱?我说猜不出。她说两千多一个(还有一个是奖给王鹏爸妈的)。我知道,这是女儿忽悠我。我感慨地说:"这是无价的!"我觉得,作为父母,能够得到儿女的理解与认可,就是莫大的欣慰了。

在济南,王鹏、王昱凝作为新郎、新娘向宾客敬酒。当敬到北京赶来的张宪年的姐妹们那桌时,王鹏叫了一声"丈母娘们",这可把她们乐坏了,都当成自家人啦!这是事后她们告诉我的,我也乐了:我这个其貌不扬的老丈人,怎么一下子增添了七八个比我老婆还要年轻又有丰采的丈母娘了?!

笑话归笑话,可很亲切、亲近。待会,王鹏、王昱凝要向在座的伯伯、叔叔、阿姨们敬酒。当年大多知道她叫王晓苏,是大二时改为王昱凝的。你们大多是他们的长辈,我希望王鹏、王昱凝像敬重自己的双亲那样敬重伯伯、叔叔、阿姨们。伯伯、叔叔、阿姨们有什么事,也请吩咐他们。同时,我也由衷地希望你们温暖、明媚的阳光继续照耀他们!

昨天是圣诞节,今天是12月26日,毛泽东主席的生日,再过几天,就是2010年了。值此请允许我代表我们全家,向你们拜个早年,祝你们新年快乐,身体健康,阖家幸福,万事如意!

2009年12月26日于北京

春笋破土时

　　小时候，会稽山余脉老家那个地方，漫山遍野是茂密修长的竹子，清风吹来，翠绿的竹叶带动竹梢有节奏地摇曳，沙啦啦！沙啦啦！好像唱着一曲曲永无休止的歌谣。

　　上世纪50年代初，田地山林属私人所有。在山靠山，在水靠水。我们那个镶嵌在大山褶皱中仅有三十来户人家的小山村，田地极少，主要是用山上的竹子编织箩筐、提篮、簸箕，挑到市场去买，再籴米回来。蔬菜大多自己种，小溪中的鱼，山上的笋，便是村民终年的美食。

　　春雨潇潇。落过几阵，村民们好似听到了春笋破土的声音，吩咐孩子上山。这时，山野便成了孩儿们的天下，有的提篮，有的扎围裙，有的拎把小锄或柴刀，你推我拥地往山路上跑。清晨，溪流淙淙，翻出无数的水花，路旁杂草柴枝上晶莹的露珠，在朝阳里闪着美丽的银光。我穿双小草鞋，腰扎绳子，连接背后的木质刀篮，刀篮里的钩刀，随着越涧过沟的脚步，当啷当啷的响动，好像要早早跳出来，寻找山野里的春笋。

　　头茬春笋特别的鲜嫩，大人炒菜加料时，夸上几句好话，更激起我们浓烈的兴趣。

　　有天傍晚，也就是各家吃饭的时候，张家大婶端着碗，在我们上厅那么多人前拉着长腔："阿拉山里笋，偷了好几根，偷笋吃，烂肚肠！"她眼神瞟着我家门，邻里不约而同地朝我家看。我心里很不是味道,欲冲出去辩解,祖母拽住我,慎重地问:"你挖了?"我说:"谁偷她家笋啦!"

这一夜,我好久没眠熟,总觉得委屈。张大婶,你平时一会说这,一会说那,敲琴似的,今天冤到我小孩身上了!

第二天放学回家,张大婶在门场上翻晒笋干,我放下书包,扎好青布围裙,带把钩刀又出村往山里走去。跳过溪流的几尊石礅,回头却见张大婶在村旁那棵樟树后窥视。待我拐过一道山弯,张大婶快步追了过来。当我上了山梁,进入一片竹林时,我隐约见到她在那个山弯处悄悄地瞄着我呢!

这山梁,正是我家与张家竹山的接壤处。其实,那时的山,没有决然的界线。你家的竹鞭伸向我地,我家的竹竿斜向你家的空间,接壤处的竹子,往往谁也不斫,邻里关系,就如这密密麻麻的竹林,茂盛挺秀地伸向天际。

我们那块山地主要生长毛竹,粗壮、结实。几番春雨的滋润,毛茸茸、棕褐色的笋尖,饱经漫长严冬的蓄念,刹那间冒了出来。我细心地扒去周边松厚的黑色积土,淡黄、乳白的笋衣裸露。这是一根直溜、壮实的竹笋,应该留下,让它苗壮成长为参天的竹子,与周围的竹子呼啸成汪洋的竹海。我们平时挖笋,主要是将歪、扭、残的掏出,仅在过密处,很有分寸地间一两根。成材的竹林,是山民的财路啊!那天,我恶作剧,特地挖了三根上好的张家竹笋,背下山来。

还没进村,就被逮住了。张大婶一把揪住我的衣衫,往我们居住的上厅里走。这时,炊烟袅袅,一家家鹅卵石砌垒的二层楼房,正门洞开。张大婶吆喝:"快来看哪,我抓到偷笋人啦!"张张熟悉的面庞,目睹张大婶对我的数落。我祖母正在长廊上划篾,立时放下篾刀站起,满脸疑惑,裹过的小脚向前移了几步,又停住了。

"哪个偷你家笋了?!"我故意辩解。

张大婶左手抓住我的胳膊,右手拍拍我鼓囊囊的围裙:"这就是!"

"不是!"

"就是!"张大婶的声音,像铁锤敲在木板上,哵哵响,"我亲眼看见他爬上我家竹山的!"

邻居的爷爷、奶奶、伯伯、叔叔、大婶和孩伴的眼睛都直溜溜地看着我的围裙。

我犟嘴:"不是就不是!"

张大婶见我一再狡辩,夺过围裙:"你说不是就不是啦,让大家看看!"

青布围裙解开,哗啦啦落下三根钩刀劈削过的柴桩。这一刻,空气凝固了似的。张大婶如被人击了一掌,瞠目结舌,哑然失色。

围观的人群一片"哇"声,先后转过头去。祖母静静地走过来,拉我回家。我心里得意,可把这口怨气吐出去了!

夜幕降临,小山村从喧闹中寂静下来,家家户户掌灯,有的点燃水中浸泡过的篾竿,忽明忽暗的亮点闪动在迷茫的夜色之中。我提起围裙,独自走向山口,从山神庙的后墙角取回三根毛竹笋。

刚跨进家门,祖母两眼盯住我,脸上的表情没有了往常的慈祥,我向她诉说了事情的缘由后,祖母严肃地说:"人哪,不能以错还错,以怨报怨。天地有道。"

我没有完全听懂祖母的话,觉得她说我们做的事,老天都是看得见的。

祖母接着说:"小小年纪自作聪明,走,到大婶家走一趟,赔个礼,笋还给她。"

小脚祖母拉着我走到大婶家门时,大婶有几许的疑虑,当然还有几分的恼怒。祖母拽我立在大婶前,她把事情的前因后果说给大婶一家听,还替我道了歉。大婶的脸色,在我祖母的述说间由阴转晴，如见到太阳那样豁亮开来。祖母要我当着他们的面，叫声大婶。我不好意思地轻轻唤了一声，大婶把我拉到身旁，对我祖母说："小孩没有错，错的是阿侬！"

从那后，大婶好像变了个人似的，我也仿佛一下长大起来。后来，我们那个小山村下筑起一道大坝，农户分散迁移到山外的十几个村庄去了。邻里们许久没见，都有想念之情。我考上初中时，张大婶拎着东西来看我，嘱我好好读，将来有出息。当兵回家探亲，我曾去看望。前两年我回老家，跟已经八十大几的张大婶说起昔日偷笋的事，她笑得咯咯的，嘴里已没一颗牙了。

2012年8月5日于白云乡

随风飘逝的话

我羡慕那些滔滔不绝、口若悬河的演说家们。前几年尤为时兴演讲,好像专门有本关于"口才与演讲"的杂志。说话成了一门需要研究的学问。我们国家、军队的好多典型人物、模范英雄口头上颇有几分才气,一件事让他们讲出来,特别的动听,特别的感人肺腑。我到过大寨,听过陈永贵、郭凤莲说话,当时我就觉得他们了不起,那么能干,说出来那么惊天动地。后来我们部队组织模范事迹报告会,有的单位着意选普通话讲得昂扬顿挫,模样长得像年轻时的唐国强、巩俐那样的干部战士,至于他们的事例,宣传干事自会帮助润色。他们是不是我们心目中的英雄另当别论,可在台上他们那有板有眼、自己也声泪俱下的介绍,着实感动了在场的听众。

散场后,我突然有种感觉,中国人民解放军再也不会有像许世友那等模样那般性格的人当将军了,除非持久深重的战争再度落到炎黄子孙的头上。

我知道我不行。干归干,说不出多少话,人木,土音又重,更不会演戏,可在"来自五湖四海"的队伍里混久了,舌头也学着卷了,当个小军官,在人堆前有机会表现,基层连队讲个课,完了捧场的掌声还像回事,有时热烈得让我有点头晕,殊不知这是部队的礼貌与作风。有次我立了功,战友们忽悠我:这回你得上台给我们露露脸,把那些事抖抖,镇镇他们。我也跃跃欲试。后来领导找我:经过党委研究,让××介绍,他口齿清晰表达流畅,效果会好一些。部队要的不就是效果吗!我把这话传给战友们,他们大叫:"狗屁!"

客观上,我能理解领导。讲不讲,对于我都一样。结婚后,我在妻子的口中才认识到我的土音的严重性。古越大地孕育出来的我这农家孩子,虽读了十几年书,出口的话语仍像会稽山那样邦邦硬。家乡的话属吴语系,但与钱塘江以北的吴语有着质的不同,一个刚硬,一个柔软。妻子生长在上海,普通话音韵清纯,可我也是顽固,改口学练的几个字词,没几天,又回到老家普通人说的话音上去了。妻子有些不耐烦:"跟你一块当兵的×××、×××,不也是浙江人,哪个不比你强,你怎么连个拼音也不会?"

拼音小时学过,声母、韵母也识,可连起来一拼,念出来往往还是我原来的读音,她又气又笑,一时无话可说。

妻子喜热闹。有段时间,她们这帮姐妹借节假日凑到一起,旅游,逛商店,到D厅唱歌,打牌,AA制聚餐,也盛情地邀请几家男士参与。我常常回避。我觉得整块整块的时间那样消磨,不如在家看点书写几句话;另是我不像她们那样能说会道,也不如有的男士那样"有绅士风度",在"你看看,像××那样,才叫男人"的话前,有点无地自容的感觉。连个"男人"都不称,还跟你们玩什么! 虽是说笑,说到哪扔到哪,可有人管制似的第三只眼监督着,不痛快。

有天,在餐桌旁与妻子面对面坐着,吃着,说着,突然她愣住,我觉得她没明白我的意思,又说了一遍,她还愣着。我说第三遍,她涨红脸,这时我才回过神来,是我说的两字音将她弄蒙了。她数落我几句,最后说:"你这人怎么这样!"

这话触动了我的自尊。以前我们常有"白牡丹对课",此时我倒冷静。我说:"你的普通话的确比我好,也比我会说话,多少年后,你的话随风飘去,我的话留给了历史。"

妻子好一会沉默，我也不再续话。

后来妻子对她的姐妹们说，我的这句话，对她震动很大。

这事过去两年了。上述这篇小文写就也快两年了。两年来，我也时常在想，我的那几本书，那些小文章，真能留给后世吗？

2009年8月25日改定

寻找长城脚下的乡亲

到金山岭长城，是为寻找我亲爱的乡亲。

明朝时期的戚家军，从我的家乡出征，抗倭取得辉煌战绩，随军幕僚徐渭感慨赋诗："帐下共推擒虎将，江南只数义乌兵。"他们解甲返乡不久，再度应招，沿运河北上，披星戴月近六十天，抵达通州张家港，又日夜兼程奔向京北最为险要的古北口。他们自己也没想到，从此家乡成故乡。戚继光在密云的石匣营，检阅了这支来自江南的旧部。《明史》记载："浙兵三千，至陈郊外。天大雨，自朝至晟，植立不动。边军大骇，自是始知军令。"从此，戚家军成为长城戍边的"兵样"。那次点检，也成为戚继光治军的经典之笔。

想起这些，心中的血就澎湃起来。我决定独自出行，走向寻找他们的路。

初秋的天，湛蓝湛蓝，几缕白云在空中飘荡。我背着双肩包，乘上了北京开往滦平的长途汽车。当年的戚家军是扛着鸟铳，步行在崎岖的山道上的。史书也称这支队伍为"南兵"，他们分守长城沿线重要关隘。"黄崖、义院等口，屡被属夷侵犯，守墩南兵，每成堵回之功。"那时的长城，是明朝开国大将徐达主持，在齐长城的基础上修筑的，两百多年的战火摧损，风雨侵蚀，业已残破不堪。古北口是京畿重隘，又是边城"软肋"，元朝败退大漠的贵族部落，曾多次举兵从这里夺关南下，威逼京都。

燕山重峦叠嶂。关口平缓，而两侧的山势，连绵攀升。边防的守卫，是个整体。关隘与群山，互为犄角，遥相呼应。由谭纶举荐，戚继光担任蓟镇总兵，他视察边关后主持修建长城，加宽加高，用砖砌筑，最为重要的是，从山海关至居庸关西一千二百里的防线上构筑骑墙空心敌台，可以长期驻军，昼夜把守。戚家军奔向边关各隘口，正是修筑长城开初之时。抵达古北口的戚家军，就投入了修建的行列。这是明隆庆三年（公元1569年）。想当年，密云道古北路属地的金山岭、司马台的山岭沟壑上，到处有戚家军——义乌兵构筑敌台、城墙的身影。隆庆五年（1571年）十月，戚继光请求朝廷批准，又从浙江义乌招募六千兵士北上。

　　金山岭长城位于河北滦平县境内，与北京市密云县相邻。我遥望一座座耸立在群山之巅的敌楼，心绪不由自主地激荡。跨进金山岭长城管理处，自我介绍后，迫不及待地询问："这里有当年戚家军的后裔吗？"

　　显然，这有些唐突、茫然。

　　戚继光在《练兵实纪》中详细记载建空心敌台的部署、结构、方法及军事守备的作用。他还写道："今招南兵一万，分布各台五名十名不等，常年在台，即以为家，经年再不离台入宿人家。以此台上时刻不致乏人，故此数年不虞。"为让守台将士扎根边陲，戚继光采取了随军家属的做法，于是，大批义乌兵的妻子、儿女又远离故土，在长城的敌台上建起"夜半边城吹觱篥，何人不起望乡愁"的新家。

　　我是怀着现代军人的悠悠愁思，从砖垛口缓缓登上金山岭长城的。这里的每一级台阶，每一块砖石，都留有我家乡先人的体温。我一面抚摸温暖的墙体，一面静心倾听先人的声音。城垛上，我隐约看见身束戎装的兵士，紧握鸟铳，目光炯炯，注视着关外。有队军士从身旁铿锵而过，述说的吴语乡音，是那么的亲切、动听。我不敢放重脚步，恐怕惊醒先人的梦；我不敢深重呼吸，我在寻找我自己的梦。当我渐渐地登上山巅,一轮红日正从东方天际升起,重叠起伏的群山隐在黛色的迷蒙之中,座座高耸的敌楼岿然屹立,镶嵌着金色的光辉。在这里,长城九曲迂回,如巨龙逶迤盘绕,又欲腾飞。雄伟,壮丽,崇高,坚韧,众多美好的字眼,霎时涌上心头,又被热血吞没。刚柔相济,曲伸自如,柔美的艺术与刚强的力量,在我国古老的长城上,赢得无与伦比的统一。

景区内有座"金山岭长城碑记",显然是竣工之时所刻,"隆庆四年夏孟之吉"。上面铭载一大溜明朝官员的职务、籍贯、姓名。史书往往为将相而写,碑刻亦然。万千修筑金山岭长城的普通将士,就湮没在岁月的长河之中了。历史无情,又很无奈。

我不敢贸然叙述当年戚家军——义乌兵在修筑金山岭长城中的挥汗洒血,但我清醒地知晓,这里的六十七座敌台,三座烽燧,按戚继光部署的兵力计算,则有三百五十至七百名南兵把守。来自我家乡的这些南兵,千里迢迢一路风尘到了燕山深处,"常年在台,即以为家",风和日丽、阳光普照时倒也罢,风雨交加、大雪狂舞的日子里,他们又是怎样坚守高台、点火做饭、养育儿女的呢?他们的后人,又是怎样以台为家,拓荒种地,几百年守望着这座座神圣楼台的呢?

现在,人们习惯称敌台为敌楼。

我数度沿着长城行走,从河北的山海关、小河口、董家口、板厂峪、义院口,到天津的黄崖关。我住在楼台军后裔的村落,晚上盘坐炕上与他们长谈。他们倾吐漫长的思乡之情,让我多次落泪。泪水冲刷着时间与距离的隔膜,我们成了相知恨晚的朋友。

记得是青山绿水披上朝晖的时候,我走进张鹤珊的家。张鹤珊是位长城守望者,"2008年感动河北候选人"。介绍词后一句写道:"秦皇岛市抚宁县城子峪村民张鹤珊就是义乌兵勇的后代,为了心中的信念,他三十年守护长城,从最初的'义务守城人',变成'长城保护员',从最初的普通农民,成为中国长城学会会员。"

长年的野风吹染,张鹤珊的脸庞呈紫铜色,五十大几的身板,抡起斧子劈柴,咣咣的,浑身有使不完的劲。他说咱村大多是守城军士的后代,山上有座张家楼,就是我家祖上守卫的。我们从小听长城的故事长大,我爹说长城救过他的命。

　　那是抗日战争时期,冀辽交界的城子峪一带属八路军活动区。日军为切断老百姓与八路军的联系,在村子前后各筑有炮楼。听说八路军的粮食藏在山里,日军到处找也没找着,就将张鹤珊的爹和一些百姓抓进炮楼审讯。张鹤珊的父亲叫张世文,他和群众没有吐露半点信息。日军气急败坏,就将他和部分群众押到后山敌楼上。张世文是共产党人,日军看出他在群众中有威望,就将他拽到楼顶上,用枪点住脑袋:"不说出粮食在哪里,就把你推下去!"

　　高高的敌楼矗立在山脊上,一边是千丈悬崖,一边是俯视村庄的山坡,从哪边推下,张世文都将粉身碎骨。面对日军凶残的威逼,张世文镇静、从容。他懂得,八路军是抗日的队伍,是老百姓的军队,粮食维系他们的生命,决不能落到鬼子手中。日军见张世文拒说实情,就狠狠地把他从楼顶推了下去。

　　空气突然凝固。刹那间,张世文就要倒在长城下的血泊中。

　　万万没有想到的是,张世文从敌楼呼啦飘落的当儿,挂在了半空的流槽上,沉重的身子像个钟摆,悬空摆动。不知哪瞬间,就会忽地坠落下去。死亡敲击着张世文的脑门。日军咧着狰狞的嘴狂笑:"你的,就挂着吧!"

　　张世文在流槽上从晌午挂到黑夜。炮楼的日军觉得这家伙肯定死了。他们没有想到夜阑人静时,几位村民悄悄扛上座杆(独脚梯),将他救了下来。

　　多少年后,张世文将这一切说给张鹤珊听。"城楼救了我的命,也是祖上救了我的命。你长大后,给我好好看着长城,别叫人破坏了。"张鹤珊铭记心中,自觉走上了保护长城的漫漫路途。

我在张鹤珊家住了两晚。我们一起走进骑筑在长城上的张家楼。那一带还有姜家楼、骆家楼、吴家楼、孙家楼、王家楼、耿家楼、陈家楼……都是以守楼义乌兵的姓氏传呼下来的。张鹤珊抱着厚实的楼墙，深情地叙述祖上守城的一些传说和义乌兵留存的风俗，让我久久地感叹与沉醉。我一次次走上长城，一回回掀开长城农家的门帘，正是谋求倾听筑城、守城将士的故事和他们的心声。四百余年来，这些历史的碎片，已经浓缩成言语的文物。当然，我也实地看到后裔珍藏的当年的作战利器与守城生活用具。对于我，更为珍贵的是从他们的故事和心声中，真切地感受长城文化的意蕴与精神的传承。文化是民族之魂。精神至高无上。

　　在金山岭长城上，我从六眼楼、桃春口、将军楼、沙岭口、大小金山楼，到东五眼楼，一座座的抚摸、观赏。有座城楼底层一处，整齐砌筑的墙体灰白分明，凹部的地面与砖墙上有明显的火烧烟熏痕迹。蓦地想起，这兴许是当年守城军士烙饼焖饭的地方。炊烟从城楼上袅袅升起的时候，他们幼小的童孩，是扶着长枪守护在城垛上，还是抱着刚刚从城下拾得的干柴送到妈妈的身边？狼烟四起时，城楼上的妇女、儿童是与家主一道操枪提刀，还是退至几十米、上百米外的库房躲避……有用没用的疑问像山泉一样地涌出，我没有能力回答，只能在臆想中完美自己的追问。

　　秋阳亮亮地照来，映得山峦清晰、峻拔，长城更显崇高了。我在欣赏、感受长城的同时，又在欣赏、感受迎面而来的游客，从他们面部的表情里，品读一个个不尽相同又疑相似的宽广而又惊异的心境。

　　恰在这时，有位少女怀抱一束山花走来，雅致的花簇衬着她秀丽的面容，青春气息花一样地绽放。从她匆匆的脚步中，我觉得她不是游客，那她又为何要到长城的大山上来采撷鲜花呢？

几分的鲜奇,我与她搭上话语。少女是位高中生,正值暑期在家,她奶奶不慎摔伤。听奶奶说他们家族祖上是从浙江来守长城的,过去在金山岭,后来搬到口内的山脚住下来,祖祖辈辈在那里生活,现在有的搬到北京城里去了。她说奶奶是口里嫁到口外来的,奶奶说这里离长城近,站在家门口就看到高高的城楼。有次,奶奶的兄弟来拜年,大雪天,还一起上长城呢,好像他们对这里的长城有特殊的感情。这回她躺在床上,要我上长城采束鲜花回去,说他们的祖上是在开满山花的时候来守长城的。

我压抑不住激动。皇天不负我。让她看了我的军官证,说一个星期后想去你家采访你奶奶。她告诉了地址、电话,就匆匆挥手。一撮马尾巴似的黑发飘忽在渐行渐远的视野里。

整整一个星期,我如约给女孩家打电话。孩子在电话那头哭泣地告诉我,奶奶昨日去世了,身旁还置着那束鲜花。我脑子嗡了一阵,老人摔伤怎么会溘然而逝呢?是内出血过多,还是没及时送医院,或在治疗中出现意外……我不敢过多地追问青春年少的孩子,我存有自责:为什么当时我不跟随女孩去拜见这位几百年前守城兵士的后人呢?期间,中国散文学会组织散文名家到金山岭长城采风,我为什么不再留宿一晚,翌日去他们居住的那个村庄呢?或许老奶奶见到我这个故乡来客,苍老的眼神闪烁着惊喜,拉着我叙述祖上和她心中积郁已久的思念;或许她联想到古北口长城抗战的弥漫硝烟,又勾起对家史的种种回忆;或许她抿着几颗残牙,当着孙女的面,给我述说他们那一代人委婉而又率真的爱情……

遗憾!这一切都成为遗憾!我默默地反省自己,为什么"一个星期后"就非要"一个星期后"呢?遵守时言和某些想法一旦成"迂",不就耽搁了人生诸多的机遇了吗?如果我及时去拜见老奶奶,倘若她的生命有转机,或延续,那不正是求之不得的吗?我知道,我无力回天,但我多么希望那成为现实啊!

　　女孩眼里流淌出来的是苦涩。在电话里,我真诚地安慰她,请替我这个远方的故乡人向老奶奶磕个头。我想,过一段时间,我去看看老奶奶的兄弟姐妹,他们一定有许多故事和藏在心底的话可以讲给我听……

2014年9月9日于北京

第二辑　用自己的头站起来

又是烟雨迷蒙时

一场细细的春雨,把我的心淋回到了昔日江南烟雨迷蒙的故乡了。

我记得那时春节刚过,阳光就暖烘起来,没几日,地皮转青,山脚路边的黄花、粉花就摇曳在春风中。我们用刚刚泛青的桐树皮卷号角,香椿皮做口哨,吹得山野活络络的,而会稽山仍沉沉地卧着,待几番春风春雨,才轻松活跃起来。桐花开了,可下潭游泳了,此时的水不伤身了。在弯弯的山溪中,深潭一个连一个,小孩们赤膊钻潭,大人们抽闲也来嬉戏。我记得家父在深潭的水面上仰天直挺,能静躺个把时辰,他说有空可躺一日,我们羡慕不已。后来闻听毛泽东畅游长江,也会这动作,仰躺在长江上漂游。

毛泽东是大人物,家父是一介草民。小时,我觉得家父是大人物,他能撑住天。

那时,会稽山脉的各条溪滩里,鱼很多,谁想吃,提个篓,到滩水里随意摸摸,一会工夫,就可回家下餐。清晨在滩边,常见爬行的鳖,孩时不懂,猛地去逮,被咬住,哭叫声全山村都听到。大人教导,抓鳖的背盖或尾后两侧,它的头扭动着想咬,脖子再伸也无奈。有时,我们见深潭中翻滚着脸盆般大的鳖,像小孩翻筋斗,煞是惊喜,却无法逮到。

又是一个烟雨迷蒙的日子,滩边来了个穿簑衣的汉子,估摸五十开外,我一眼就觉得他像家父那样习水性。他说他来打鳖,我们很好奇,赤脚跟后,他手中捏一把胡琴上的那种弦绳,绳头有镖,镖上有"倒锁",似鱼钩,却比鱼钩大,这我懂,是扎住让它逃不脱。我们蹦跳着问这问那,打鳖人卖关子,不说。

天色蒙蒙,轻雾罩山。我们拥着他到溪滩那口最大的深潭旁,潭水清得发黑,雨脚落在水面上,像筛米花。我侧身打了个水漂,石片如三级跳远,飞到了潭中。潭很深,平时大人一猛子钻不到底,他们说下面有鬼,小孩不敢独来。

打鳖人凝神潭面,两手摸索着将镖装入篾袋,踩着鹅卵石在水边走动。小憩,他说:"有鳖!"我们亢奋,但不敢声张。

山雾弥漫下来,远山近岭都蒙上茫茫的青白。打鳖人边走边拍掌,五指骑缝,声音脆亮,圆润,有弹性,这空心掌仿佛掌掌拍在潭面上,又回荡在空谷烟雨中。

"拍掌咋哩?"我们心里疑问。

他连拍七八声,两眼像苍鹰瞄小鸡。我们听到他轻轻自语:"有了!"

我们齐刷刷地望去:满潭雨脚,哪来鳖影?!

正在这时,我们听到"嗖"的一声,篾衣人将镖打了出去,潭中翻起几圈水花,一声哗啦,又一声哗啦,大伙不禁雀起:"准啦!"水波散,一会折东,一会游西,渐渐向岸边靠来,我意识到打鳖人收线。须臾,一只脸盆般的鳖在浅水中翻动,十几双光脚在河滩上欢腾:"就是我们这几年望到过的那只!"

鳖系在石柱上。打鳖人跟我们说笑,解答疑问:"鳖最喜欢姑娘,它听到啪啪的声响,以为姑娘在潭边用木杵汏衣裳,就上来偷看,它不知道看了你们村多少漂亮姑娘呢!"

"鳖也喜欢姑娘?"我们嘻嘻哈哈吵闹着。

几十年过来了,我一直念着打鳖人的这则笑话。山里人大多机敏,在笑话后面,总隐喻着什么。我时有这样那样的感悟,但至今也说不清。

　　烟雨迷蒙的时节又要到了,我又想起我那心醉的江南故乡……

2003 年 2 月 22 日于北京

怀　竹

　　我家乡义乌的好大一片土地,是隐在会稽山脉南端的。我们那小小的村庄就隐没在重重叠叠蓊蓊郁郁的山涧中。

　　不知从哪个朝代始,这山涧称六都山坑,我们方言中的"山坑",是"山涧""山沟"之意。六都山坑与邻近的五都山坑、八都山坑、九都山坑,形成几条终年流淌的清清溪流,五都山坑水流向金华江,入富春江进钱塘江,六都山坑与八都山坑、九都山坑之水汇入浦阳江进钱塘江,六都山坑水是浦阳江的两大源头之一。这几条山坑,都属于清代顾祖禹著《读史方舆纪要》中称谓的越王山区,六都山坑险要峻峭,最为雄奇,坑口两侧的清潭山、龙祈山高超八九百米,像两座巨大的门神护守着这绵亘几十里六都风景长廊。会稽山北,古时称山阴,山南称稽阳,义乌古时八胜中的"金峰麟集""清潭鹰啄"就坐落在六都山坑,素有"稽阳明珠"之美称。

　　我每次回乡,总是留恋于山水之间。不仅仅是空气比大城市清新,重要的是这里更易汲取大地之精华,使我神情灵动。我是山里佬的儿,回山里就像回归娘的胎盆,越来越接近我的本质。

　　我又一次向山里走去。六都山坑依旧是山坑,却常看常新。这两度向山里走去的目的地,是坑里山背下的高山盆地——里西岗,那里有千顷翠竹,布满在盆地四周。这块高山盆地与邻近的雪顶盆地、九都山坑的大畈盆地,据说都是当年勾践卧薪尝胆时的屯兵之处。这两次,我没工夫去拜谒当年那位越王的驻扎地、后人建起的勾践寺和那座神秘的勾乘山,这一带的越王山区是永远走不完、读不尽的。

高山盆地千顷翠竹中有棵古树,黑皮乌枝,一抱来粗,叶子深黛,与碧绿的竹叶相比,它厚重硕大多了。这树隐在层层翠竹中并不显眼,奇异的是这棵"千年古树",空心怀竹,七根粗壮的毛竹在这空荡的树心中挺拔而出。我没有眼福亲见尖尖竹笋是怎样从树中破土而出又茁壮成长的,我钦佩的是虚心的竹子竟遇虚情若谷的千年古树,这应成为美谈。

我的乡亲说,这棵古树究竟有多大,谁也说不清。我想,它如果生长在树林中,如果高俊、挺拔、健壮,那早已成为栋梁之材而消失,可它偏偏夹杂在茫茫竹海中,又是那般的"不成器",岁月的销蚀又使它仅存皮肉,失去内腹,这倒好,它成为自然界的弱者。弱者存,哀者胜。多少松竹良材在这大山中呼啦啦倒下,而这棵空心杂树却依然耸立,阅尽春色。

它太不起眼了。它却生存着。

也许受周围多少代竹君子的影响,也许真的要感激千层竹林的护拥,也许真的感觉到了内心需要脱胎换骨,于是乎,一年年的,它的心清静起来,虚空起来。静虚为自己,为他人。静虚是一种境界。于是乎,在它的静虚中有七根粗壮的毛竹相拥而起。至今仍是七根,像七炷高香,旺旺地燃烧着。

我在这棵古树前久久地默念着。

乡亲说,这是古树返老还童,盼子心切。它向观音求子,观音说:"身在竹海何须求?!"于是,古树抱竹为子,成为佳话。也有人称之为"胸有成竹"。有位林业专家说,这是"当今世上绝无仅有的奇观"。

我觉得家乡的这空树虚竹有意思,特记《怀竹》。我不巴望很多人去看它,倒巴望更多的人去想它。

2013 年 2 月 16 日于白云乡

鹁鸪声声

"格咕咕——咕——""格咕咕——咕——"在上海五原路小住，每日清晨苏醒，声声鸟鸣从窗外传来，清清的，含有水分的甜韵，富有情味的乐感。

该是鹁鸪吧，在我们家乡，农家人是这么称谓的。布谷？布谷鸟是"布——谷——"布谷鸟是在烟雨迷蒙的春天叫得最嘹亮，是农家人捋起衣袖，卷起裤腿，戴上竹笠，揣起篾斗，走在泥泞的秧田里播撒谷种的时候。那时，从云罩墨黛淡眉含秀的山坞里，从百回淌荡垂柳依依的溪水旁，透过雾气蒙蒙的空山灵谷，传来阵阵湿漉漉的呼唤。在这声声呼唤中，暴出细芽的谷种，在农家人温暖的手掌里，在他粗壮的手指间滑行，似撒花，在半空中飞扬金黄色的流线，均匀地散落在平整细腻湿润温柔的嫩土上，麻麻点点地布局，一幅彩色的画卷。偶有鸟儿飞过，在麻麻点点的田畦里，明晃晃镜似的照见它起伏飞行的身影，还有那飘动的云霭。细溜的泥鳅噗噗地蹦上脚背，翻跳个身，又钻入混沌的泥浆中。牛蛙在远处荷叶亭立的池塘里，嘎嘎地鼓吹，无数的青蛙伏在不知踪迹的四处，呱呱声起声落，老牛犁地，间歇啃草，仰头伸脖，粗钝地嚷着"哞吆——"悠长的布谷声，还有牧童用竹叶吹起的悠扬的口哨，演奏着天人合一的旷野春曲。我记得，鹁鸪是一年四季都在山前屋后鸣叫的，尤在秋日，那"格咕咕——咕——"声响，很饱满，饱满得像圆鼓鼓的蜜橘，触一下便要冒出水来。晴朗的天空下,阳光黄澄澄的,迷迷茫茫的庄稼田地闪动着金亮亮的光泽,农家人挥镰收割,沙沙沙,沉甸甸的稻谷醉卧在青山绿水间,醉卧在农家人的心里,这时的鹁鸪声仿佛是优美的赞歌,声声回荡在原野沃土上。怎么?上海清晨鹁鸪的鸣叫,与我家山野鹁鸪的叫声不同呢?是楼房遮挡得回音转折,是吸取城里的水吃了城里的饭,就叫出一种城里的声音?不会!这鹁鸪或许是从我家乡飞越来的,你听,它的声调、音韵与我家乡的鹁鸪是这样的相近相似,它分明还保留了稽山浙水的韵致呢!现今,城市建设是越来越快速了,在快速中也注重了绿化规划和环境治理。生灵是崇高自然的,它本身就是自然的分子。

大自然是协和的整体。生于自然,顺其自然,自然而然才合乎天理呢。

"格咕咕——咕——""格咕咕——咕——"

这不是我家乡的那个白云山庄嘛?!在这静谧优雅的山庄,何不赶快起来,留几点可取的文字。

2005年11月1日于上海五原路

狗　事

　　夏晚在门口纳凉,听人说在中央电视台上看到有只狗拉着一位残疾老人上街,会避车,认得红绿灯,给这位不能行走的老人带来快乐,也给周围的人们带来欢笑。我平时少看电视,不是不喜欢,而是觉得上面功利的东西太多,碍眼。依据这条线索,我查阅《中央电视报》,见到了这篇文章《"粉条"是只狗》。

　　故事讲的是四川自贡市的一位六十四岁的陈大爷,年轻时因病致残,儿子经常不在身边,与妻子分开后他便独自生活,朋友们看他寂寞,就送了一只小狗给他做伴。粉条是陈大爷每餐必吃的主食,虽然很便宜,味道却不错,他吃什么都要给小狗吃什么,小狗吃"粉条"自然是常事,老人便亲切地称它"粉条"。"粉条"有次擅自离开陈大爷,被人当作野狗打昏在地,陈大爷发现后将它抱回,在怀里照料了四天四夜,"粉条"死里回生后再也不离开老人。白天做伴,夜间放哨。有回,在一段上坡路上,陈大爷的老式轮椅推得很费力,"粉条"突然冲了上去,用力拉车上了坡,从此,"粉条"就自觉地成了陈大爷拉车的角色。聪明的"粉条"很快学会了过马路,"遵守"交通规则,从不闯红灯,不逆行,还每天拉大爷上超市、逛公园,陈大爷从此不再寂寞。自贡的灯会全国闻名,每年举办一次。陈大爷从来都是仅在街坊邻里的描述中得到享受。一天,陈大爷在热心的余大爷陪同下,有"粉条"的鼎力协助,终于实现了梦寐以求的夙愿。生活充满着欢乐和梦想。如今的陈大爷正准备编写一本以"粉条"为主角的童话故事。

我是深深地被这个美丽的故事所感动的。狗通人性。人有善意,狗也理解。人和狗同是这个星球上的生命。看到"粉条"不觉让我想起老家的那条黑狗。我长期在外,我爹身边的那条黑狗何时起养已记不得了,农村养狗,主要是看家护院。我有次回家探亲,头次见到黑狗,它用疑惑的眼神审视我,没一会,它觉出我与家人的亲密,也同样对我亲昵起来,我每每外出,它总是人前人后的奔跑。第二年回去,在村口我意外地感到有狗突然扑过来,原来是黑狗,它快活地摇动着高高竖起的尾巴,像杆旗帜在飘动。"你还认识!"我感激地用脚蹭蹭它的皮毛,它在前面欢蹦着,引导我回家。

我对爹说起这狗。我爹说狗是最有义气的。他吧嗒吧嗒地抽着用小竹根自制的旱烟斗,徐徐地喷吐着已在胸腔窜游一番的缕缕白烟,慢慢地说起一件狗事:我们附近从前有家人在外做生意,有日他带着银子向诸暨方向的路上走去,那时没有汽车、火车,旱年浦阳江的水浅,船也撑不得,到杭州全靠两只脚。他起了个老早,路上没有行人,只有家狗送行,走着走着,他觉得该在山路边拉泡屎,那是个山背,山这边是义乌,山那边就是诸暨了。拉完屎,他觉得轻松了许多,下坡脚步自然快捷了。不知到了什么时候什么地方,这人发现自己的银子袋不见了,头嗡地一下大了。赶快回头寻。他风风雨雨地一直寻到拉过屎的那个山背,已经是第三天,原以为送他远行的狗早已回家,这时还趴在不远的草丛中,叫了一声,没有回音。狗已经死了,意想不到的是狗肚子下是他的银袋子。这狗是一直为主人守候着这只丢失的银袋子的,可它没能活着盼到主人的回来。主人哭着抱起这只真挚的狗,泪水簌簌地洒在原野上。后来这人用这银子在这两县交界处的山上为狗建了个墓,路旁盖起一座凉亭,亭楣刻上三个大字:狗义亭。

我真责怪这人粗心。我爹也没讲清楚这人是背着行李还是挑着什么起早贪黑赶往杭州的。怎么拉泡屎一袋银子就失在那里,走了那么长时间居然浑然不觉,引来这个悲剧呢?！这狗的悲剧阐释的,却是一出赤胆忠心、舍生取义的响亮正剧。

　　前些天,我在《金华日报》上又见到一则义犬救主的事。我很感激故乡对我的厚爱,长期馈赠那里出版的报纸、杂志,让我这个游子能及时地了解故乡的变化,领略生我养我那方故土的温馨与芳香。报载8月4日凌晨,武义县大雨,雨水冲进桃溪镇一村民家院,主人仍在酣睡,不知危险即至,门外的狗急了,怕大水冲走主人,(开始肯定是先用爪扒门)就不断地用头撞门。主人酒后的沉睡导致又一悲剧出现。待主人被吵醒,起来开门时,忠诚的狗已经头破血流,在奄奄一息中永远地闭上了双眼。这件事强烈地震撼着这农家的主人和周边的百姓,他们被这狗的忠义行为深深地感动了。

　　我真想为狗呼喊。人有德性,狗有道行。以上的几件狗事,让我对狗的感觉,与书上读过的不一样了。鲁迅先生的那篇说梁实秋是"丧家的""资本家的乏走狗"的文章,今天念之,也有别样的滋味。

2009年8月26日于北京

故乡的野菜

　　今年北京的雨水是近十年来最盛的,立秋了还落了几场雷阵雨。清晨,妻子又拎了一兜野菜回来,足可炒几盘的。我们大院西侧原是苗圃,开发商圈了地,其中有块树苗移走了,房还没来得及盖。在这片暂时闲置的空地上,长出了许多野菜,前段时间,她已采了几次。

　　这些野菜,我小时在老家吃过,那大多是在春天。春天是我故乡的雨季,如丝如网的雨水编织几天,地上就长出了许许多多娇嫩的绿来。在满地翠绿的杂草中,我们从大人的口中识得了好多野菜,如荠菜、苋菜、马龙斗、苦麻、水芹等;春天又是青黄不接的季节,旧年的存谷空了,来年的大小麦正在拔节、出穗、灌浆,还不到饱满成熟的橙黄辰光,野菜便成为我们农家填补粮缺的重要成分,有时连俗名叫狗尾巴的野草在水里焯焯也掺入米面里,熬粥调羹。那时,我们吃得很香呵,呼噜呼噜地喝着碗里,还想着锅里,喝得肚子蜘蛛那样圆鼓鼓的,可不到下顿就叫饿了——没油水。这样的日子,几十年来再也没有重现,可那时提只竹篮、拿把镰刀在路旁地头采野菜的情景,总是常常浮现在脑际。那是苦涩的记忆,又是童趣的再现。

　　最有意思的是,下了几日的连绵阴雨后,叫上几个邻居的男女小孩,头顶斗笠,拎只小篮,到后山去采蘑菇、拾地皮。蘑菇稀少,地皮蛮多。地皮是一种菌类植物,连续的雨水和适时的气温孕育,密密麻麻、厚厚薄薄地长在岩滩上、草坪中。如酥的春雨轻轻地洒在斗笠上,沙沙地低吟着一曲无休无止的歌。我们蹲在岩滩草坪上,忙不迭地选捡一朵朵仿佛是刚刚为我们盛开的黑色的花。黑色的花一样的地皮带着晶莹的雨珠,带着弥漫的山野气息,带着我们愉快的手温,欢乐地飞进小竹篮。

那时,我们高兴极了,全忘了曾经的饥饿与惆怅。在岩滩上捡拾,上面附生的苔藓,毛茸茸滑碌碌,稍不留神就会连人带篮摔倒。小孩不怕摔,可拾得的地皮随竹篮从岩滩上一个跟斗一个跟斗地翻下去,谁都情不自禁地哭叫起来,在雨雾蒙蒙的空谷中,那伤心的声音传得好远好远啊!

每回拾地皮,我们都要逗乐一番。我们的性知识,就是在那时启蒙的。有几句顺口溜,不知是哪代山民传下来,我们这些男孩咧着嘴大声嚷嚷,像吼原生态的山歌那样:"拾地皮,拾地皮,一脚滑去无老B,抓块黄泥做老B,拿根柴棒捣捣嬉。"穿红着绿的女孩从斗笠下扭过头,白来一眼,酒窝边传出轻蔑而又嗔怪的声音:"没脸皮!"

真的,那时候我们不知道害臊。

返归时,嘻嘻哈哈的说笑声始终荡漾在弯弯的湿漉漉的山道上。有时,大伙还会比比竹篮里地皮的多少,有人说我今日最少,其他小孩就会慷慨地抓几把给她(他),或许她(他)就成为最多的一位了。

进家门倒入水中冲洗,捡干净。当妈的夸奖几句后就会用地皮炒青笋,再切上几片红辣椒、几根小葱,色香味都全了,是道可口的佳肴。做丝瓜汤放上一把,味道也鲜美。

离开家乡多年来,我再也没有尝到过地皮菜的鲜嫩滋味了。

前两天,妻子应邀到京郊房山的一个农家小院住了一宿,第二天清早在野地里看到那么多野菜,实实地采了两袋,村民说:"这是我们几十年前吃的,你们城里人真是!"

城里人图的是新鲜、乐趣。只不过现在许多运进城的菜，大都是外地专业户种植的，他们为了产量，有的用了增产剂、增色剂、杀虫剂，菜的个头大了，色彩艳了，煞是好看，口感却淡了。我回老家，看到二弟在门前梳理几畦蔬菜，他说他从不喷农药，自家吃得放心，味道也香浓纯正。

在外面久待，我是很想在春天的雨季里回老家住些日子了。

2009年8月11日于北京

义乌南枣

前几天,家乡有位朋友到京,给我送来一袋义乌南枣,这是我小时就爱吃的东西,它周身乌黑发亮,花纹清晰细密,果肉肥厚滋美,吃了好久口还留有余香。

我们家乡的田地不足,丘陵、河滩上,水果树却栽植得很多,梨树、李树、桃树、石榴树、枣树……一排排,一片片,将山坡滩边都层层地覆盖了。从山上往远望去,一溜溜的果树,将平展展的稻畈切割成一块块的,金秋时节,绿的碧翠,黄的灿烂,也是一道美景。春天,万千梨花白如雪,桃花人面相映红,石榴花开旺如火,只是那小小的枣花,静静地绽放在枝头,不招人显眼,可它有一种特别的幽香,几里路外都能闻到它的芬芳。

枣树是种耐旱植物,在我那江南的故乡却随处可见。一方水土养一方物种,我们老家的枣树上生长的是一种双仁枣,到了稻谷金黄的时节,在那知了鸣叫得格外嘹亮的枣树上,到处都缀满了一串串、一撮撮泛白、泛黄的大枣,白、黄是种成熟的标志。秋风徐徐吹拂的时候,我们跟随大人举起细细的长竹竿去敲枣。枣树有刺,树又高,在我的记忆里从来没有摘枣这一说。一个"敲"字,勾动了我们童孩多少活泼的心思。

一筐筐的大枣挑回家,或背回家,铁锅烧水,大枣哗哗地倒入开水中,焯一下便捞出来,用青土布闷在扁篾编织的箩筐里,过一会倒出来,那大枣就变成红红的模样了,晾晒几天后蒸熟,让其风干,或用炭火烘干,它就成为乌黑油亮的义乌南枣了。这是我小时见到的农村最简易的加工方法。

据县志记载,义乌特有的南枣,清乾隆时列为贡品,故当地又称"京果"。《中国名产》上称"江南枣中佳品,是浙江义乌南枣"。专家鉴定,义乌南枣营养丰富,含有丰富的糖分、淀粉、蛋白质,多种维生素和氨基酸,鲜枣的维生素 C 含量高出苹果、梨、桃的90—120倍,更比橘、橙、柠檬强。义乌南枣是种养生滋补的食品,具有润心肺、止咳嗽、补五脏、治虚损的药效。

1958年建水库时我家搬出大山,在迁居的那个村庄,有一座建于民国初年的地主家的大屋,三十六间屋连成一体,三进大厅,雕梁刻柱,天井上方有铁丝网,麻雀也飞不进去。从前这地主家腌火腿、做酱油,远销杭州、上海。无商不富。现在义乌依托小商品批发市场,不少昔日的农民成为千万亿万富翁,比过去的地主有气派多了。时代不同,观念也变了。这过去地主家的大屋外墙上,画有几幅"大跃进"的宣传画,其中一幅是一位司机开心地驾驶一辆卡车,上面载着两个大冬瓜模样的东西,旁有字白:"义乌南枣多又大,大量南枣运出国。各国人民齐赞扬,人人都要购买它。"那是个吹大牛、坐火箭的年代,可这幅漫画,用夸张、诙谐的手法,从一个角度反映了义乌盛产南枣的景象。义乌南枣过去是外销港、澳、东南亚各地,供不应求。现在义乌有了大市场,南枣的行销景况,我倒不得而知了。

义乌除产南枣外,还产蜜枣,也叫金丝琥珀蜜枣。它是选择一定重量的大枣,经过精心划丝、糖煎、捏枣、烘焙、整形等多道工序制成,看上去形状扁圆,纹缕如丝,色泽嫩黄,透明如琥珀,吃起来倍觉糯软、甜美,也是远近闻名的一种热销产品。

经过烘烤的南枣便于存放,四季常用。平时顺手拿几个,是种稀有的享受,家中一股在炖鸡炖排骨时抓上一把,待到开锅时那浓浓的香味扑鼻而来,把我们的心都熏醉了。农家大都以此当作一种补食侍候贵客或产妇、病人。包粽子、蒸发糕有它做料搭配,色彩鲜丽,香甜可口。

　　日子过长了,也尝到山西、陕西的大枣,山东、河北的金丝小枣,它们都是在树上挂到大红时才收获的。"大红枣儿甜又香,送给亲人尝一尝。一颗枣儿一颗心,嗳嘿哟……"这又是另一番情感的抒发。当吃到其他地方的枣时,或尝到枣蜜时,我总会想起故乡的南枣来。

　　如今,我将朋友送来的南枣,装一罐立在餐桌上,其余分成几小袋藏入冰箱,准备长期食用。如有亲朋好友串门,我一定会置一盘给他们尝尝,或许在言谈中我会不经意地说到它的来历与身世。我觉得在这乌黑油亮的南枣里,有许多我们童年时代的故事,还有那飘动着的永远难以散去的缕缕乡情。

2009年8月13日于北京

芝麻糖的记忆

　　冒着纷纷扬扬的雪花,我取回故乡朋友寄来的包裹,刚刚剪开,浓浓的芝麻糖的香味扑面而来。

　　对于芝麻糖的向往,由来已久。故乡那个镶嵌在山坞里的小村庄,每到腊月,大人们一次次地上市,购置年货。生活虽不富裕,但各家总是置办得有几分的热闹和喜气。小孩盼过年,玩得痛快,吃的更诱人。放在八仙桌上接待客人的有花生、瓜子,最要紧的是自家切的糖。腊月的后半月,我母亲叫我烧灶火,她在锅上铲炒稻谷,听得一两粒爆花,就举个竹笠盖上,一会就听到噼噼啪啪爆米花的声响,震得满屋喷香。一锅铲起,又爆一锅。我从灶火旁站起,抓把米花,噘起嘴吹去稻壳,白花花的米花倒入口中,脆脆的,一股沁人的香味直入心田。家境不同,准备切的糖也不一样,有米花糖、玉米糖、小米糖、花生糖,最为高档的就算芝麻糖了。

　　记得有年,我爹在溪滩边开出一块沙土地,种了十几垄芝麻。到年关,准备切芝麻糖。这是小山村最忙碌最充满活力的时节。那天,我爹请隔壁大叔切糖。大叔是个彪形壮汉,力道大,心却绣花般细,切糖是他的拿手好戏,每到这时,他都应接不暇。他说,本燮哥家夜里切。本燮是我爹的大名。大叔将切糖的工具一一放置在大板上,我忙着烧锅熬糖。在我的记忆中,这是我家头一回切芝麻糖,看上去我爹妈也显得格外的庄重。我爹给大叔递过一支烟,点上火。穷人家,切芝麻糖,该是芝麻开花,盼着节节高呢!

我妈将炒过筛好的芝麻倒入簸斗,又将炒过的少许花生放在旁边。糖锅架在门外,煎熬的红糖啪啪地冒起紫红的泡泡,糖烟袅袅升起。为了增添黏稠,再放入一把麦芽糖。

"大叔,糖好了!"我叫道。大叔走过来,对着沸腾的糖锅吹了口气,眼一瞄,说:"行!"我爹随即用两块旧布裹住锅把,将滚烫的糖水徐徐倒入簸盒,大叔手中的长竹筷,哗啦哗啦不停地搅拌。松散的芝麻、花生,在大叔的竹筷间调遣得团团旋转,香甜的气息,随着阵阵的哗啦声,飞扬起来。

大雪飘舞,小山村弥漫在茫茫的雪野之中,而在农家的老屋,热气腾腾的切糖情景,汇集着山民一年的辛劳。大叔将搅拌黏稠的芝麻花生倒入糖架,平铺开来,抓起滚筒咔嚓咔嚓地碾压,芝麻花生服服帖帖地平平躺卧,挤压得紧紧的,滚烫的糖水渗入其里,将它们密密地结成整体。

大叔把那浸透了无数家糖水的闪闪发亮的枣红色长方形木块,往糖架里一放,作为尺码,操起糖刀,先用刀背将木块往糖架边轻轻一敲,仿佛是种礼仪,又是丈量,右手紧握刀把,刀锋指点,嚓嚓地落下,刀刀触底。浑身涌动着无尽香气的芝麻花生,在大叔麻利的刀锋上,飞扬起更为浓醇的香甜来。

枣红色的木块——糖板,有规则地移动,糖刀随即跟进,恰到好处地切割成几条。糖架脱开,整齐的芝麻花生糖立在大板上。大叔端详,自言自语,仿佛又是赞赏:"啧!色泽真纯!"他取过最近的一条,用两块糖板啪啪地四面拍拍,压平,左手扣住,右手持刀,嚓嚓地切成片状。我妈守在边上,第一条切出,就拿几片给我们这帮馋猫先尝,当然,她先递一片到大叔的嘴边,以示对他劳作的敬意。

切好的糖,一层层地放入几只齐胯高的陶罐,为防潮,再撒入一些米花,盖严。待到正月初一,各家各户的鞭炮声响过,一盘盘的米花糖、小米糖、玉米糖、花生芝麻糖就端上桌，一方面待客，另一方面自尝。可我家那年切的芝麻糖，按我妈的吩咐，年前就分送几条给几家亲戚。她说，这年份，切芝麻糖的少，让他们品尝。亲戚来拜年，我们小孩也不敢上桌拿芝麻糖。我妈早有交代："芝麻糖给客人吃，你们小孩注意点。"等到正月初八，我妈才松口："客人都来过了，你们吃吧！"我们这群如狼似虎的孩子冲上去，各都抓了好大一把。

时光匆匆过去几十年了，现在的农家，每到这时，是不是依然沿用这种传统的切糖方式，我不晓得。至于如今的小孩，不用说芝麻糖，就连外国的各种糖果，几乎都尝遍了，而我这个从故乡的土地上走出来的人，最忆的仍是芝麻糖，那份渗入血肉的挥之不去的香甜，不知为什么，是那样的刻骨铭心，意味绵长。

2013年1月13日于北京

勾乘联想

　　故乡浙江义乌的北部,有座山,称勾乘山,古在诸暨境内,清划归义乌,属会稽山脉。那里山峦叠翠,溪水长流,古木参天,修竹成林,环境优美,景色十分迷人。两千五百年前,吴越争霸,越王勾践率五千残甲败退,《史记》中所载的"保栖于会稽,吴王追而围之",这保栖之地,就是勾乘山。当年,勾践也是从那里赴吴为质的。返国后,勾践一度以勾乘山为国都,宋代嘉泰的《会稽志》记载:"勾乘山,在(诸暨)县南五十里。旧经云:勾践所都也。"他"身自耕作,夫人自织,食不加肉,衣不重采,折节于贤人,厚遇宾客,振贫吊死,与百姓同其劳",卧薪尝胆,励精图治,兴师北伐,终成大业。至今,勾乘山上仍有退马坡、刀劈石、射箭岩、王坟岗、勾践寺、万岁桥等古迹遗址。

　　春上,回乡探望年迈家父。有天,我独自前往,经朱元璋御笔"杜门书院"的杜门村,到达环山怀抱中的岭下金村,即"文革"时改名的红峰村。村庄坐落在勾乘山脚,村中千年银杏华冠如云,村后茂林修竹,苍茫如海。一条古道逶迤在白峰溪旁,潺潺水流演奏着永无休止的咏叹。伫立典雅的石桥上,不觉想起唐时的诗人戴叔伦,他当年在我的家乡作了《苏溪亭》后,是经大陈江,还是经这条古道进入诸暨的?如经这古道,他一定会在桥上或溪旁憩歇,俯视饱含古越臣民泪渍的北去溪水,仰望兵败困守、尝胆卧薪的勾乘山。拊膺怀古,他是怎样的感慨?桥旁古树一片,春风习习,低回地叙说着什么。

山坞寺庙,墙面斑驳,杉木、毛竹绑捆,高高地支撑着寺梁庙壁,危危的似风中老人。五六百年了！这是神州大地上唯独的勾践寺。香火稀疏,丝丝飘升。越王的尊容历经沧桑,有所疲惫,而那威严的坐姿仍是叱咤风云,八面扬风。

一群约莫四五十岁的村民,腰扎绳索,背插柴刀,肩扛锄把,嬉笑着走进寺庙,他们说要在这里建城里人游玩的地方。看他们的模样,我想是开山平地基,在寺庙的前殿旁稍坐片刻,就从两面通透的后殿——勾践塑像前出寺上山了。

寺庙清静。有位居士给了我一份印刷得很精细的勾乘山区彩图,我以为是导游之类的宣传品,原来是"勾乘山千秋大计,越王宫宏伟蓝图"的草案,当地村民金国炉,出山经商,富起来了,想的是家乡的建设。他说,创业学勾践,经商拜范蠡,欲搭历史文化之台,唱曲生态休闲大戏,策划开发勾乘山,得到了村民的大力支持和响应。我觉得,勾乘山山清水秀,鸟语花香,自然风光得天独厚,又有深厚的历史文化作基垫,一定会产生良好的效应。

我怀着极浓的兴致,从勾践寺一路沿九曲山道,蜿蜒地上到王坟岗,据说这是勾践之父允常的古墓遗址。为何墓居极顶？是登高远望兮,极目天下;还是退居高端兮,为避敌侵？四处寻访,仍在云雾缥缈中。

回到北京,我很想为此写点东西,又觉留点有价值的文字,很难。琢磨数月,仅为蓝图中的几个景点拟了对联:

题越王坊(两副)

勾乘风流,先王尝胆卧薪争霸业;
白峰倜傥,黎庶吐气扬眉著华章。

巍峨岳嶂壁千寻,乾坤鼎立;

浩瀚江湖波万顷,沧海尚存。

题越都门或越都坛

柳绿桃红,秀媚江南千古韵;
戈横剑断,雄浑战火六朝秋。

题朝山亭

日月垂天地;
山河纳古今。

题胆剑亭

胆气冲霄汉;
剑魂照汗青。

题朱雀口

勾勒千年成范本;
践行万履有蠡泉。

题陶朱公(范蠡)居

进退从容一剑客;
去来畅快两侠风。

题朝天湖

泉有恒,好个清凉界;
风无定,难得寂静园。

　　对联,雅称楹联,是我国汉文化的一种独特的文学表现形式,有着广泛的群众基础和深厚的文化底蕴。我想起备受人们喜爱的春节联欢晚会上送春联的节目,初稿拟出后,就去请教曾为该节目执笔主题联等四副联的叶子彤老师,他是这方面的专家高手,据我所知,他现是《中国楹联》杂志的编委、《中国楹联学会会员大典》副主编,还为我们上过这方面的系列课。他热情帮助并认真为之修改润色,让我对楹联有了新的认识。他和蔼可亲的形象、诲人不倦的精神,深深地铭刻在我的心里。

愿这点点勾乘联想,能为故乡的美景添点色彩。

2005年9月19日于北京

心中的佛堂

　　小时,我生活在义乌北乡的一个山坞里,一条弯弯的小路,从田塍上、溪滩边牵出去,村下有一座木桥,桥脚老高,像后来我读书时用的圆规,桥板下有条沉沉的铁索串联,每逢山外集镇的市日,天没亮,村民们就挑着箩筐、畚箕,悠悠地从小桥上出山,销售了手艺货,再籴米回来。山区可耕地少,籴米是件大事。家父常常鸡叫头遍出发,去义乌县城,或到浦江、诸暨销售,父亲说,与这些地方相比,义乌南乡的佛堂,箩价最好,米最便宜。

　　自此,在我幼小的心里,就埋下一颗不断壮大的种子:佛堂是个富庶的地方。

　　1964年秋我到金华读高中,后遇"文革",在那里当了兵。这一走,显得那么的漫长。待我坐上昔日同学、战友的轿车进入佛堂时,已是改革开放多年、人文环境发生了很大变化的年月了。

　　那天,我是匆匆地从佛堂的江畔、老街走过,仅是浏览而已。偶入巷间民居,看到恢宏博古的构建,纷繁精妙的石雕木刻,一时我不知用什么语言来表达。我觉得高雅精深的艺术,总是集聚在人文荟萃的都市古城,想不到,在我故乡的这块土地上,有如此精致、厚重的雕刻艺术。这种根植于民间的艺术,饱含原始的冲动,蕴寓深厚的传统文化,其刀功技法,恐怕现时追求功利时尚的所谓大师们是无法比拟的。那天,我还要去双林寺、云黄山,访冯雪峰、吴晗、陈望道等故居,没有更多的时间品赏这些明清建筑的风韵。一晃间,又这么多年过去了,我也没再度叩响佛堂的老街,再度欣赏那片神圣土地上矗立的古老民居的美妙与神奇。

江南千年古镇——佛堂,其名源于双林寺。

据说,来自古印度,曾在嵩山面壁九年的达摩,是释迦牟尼的第二十八代佛祖,在少林寺传灯后的一天,他朦胧中得观音菩萨开道:"震旦佛像侣伴,之江逆水西上,临水观影璎珞,双梼鹤树法坛。"为避免小乘教派的妒忌与追杀,他改称"嵩山陀",南下之江(钱塘江),逆水而上,经富春江、婺江,到义乌建寺弘扬佛法。公元520年渡江时,遇见傅翕。傅翕自幼好学,对道家、儒家有很深的研究。二十四岁时由嵩山佛陀达摩指点,临水照影,他看见释迦牟尼第二十七代佛祖璎珞宝相,悟前缘,依达摩指教,在双梼树下结庵修道,称为"善慧大士"。傅大士由此成名。傅大士创立道、儒、释三教合一的中国维摩禅宗,三上京城给梁武帝讲经传道,名扬神州;他创建的双林寺,至今已有一千四百八十八年的历史,比天台山国清寺早五十五年。在佛界五百罗汉中,傅大士排行一百三十一尊。佛堂是善慧傅大士的出生地,成道处。佛堂的地名由此播扬四方。

我去那时,双林寺正在重建。原先的寺庙,上世纪50年代修建水库而沉没。重建,是双林寺悠久历史的延续,香火的承传。院墙刚刚砌起,用的是红砖,不知后来抹上怎样的泥色?大殿高高,恢宏大气。门柱、窗棂、樑檐都是刚刚刨皮的木质,纹路柔和新鲜。殿内空荡荡,几尊大像是用一块块樟木板组装起来,已经成型,像刚刚出浴的莫大的胖童,也许是我从他的脚部仰视之故。童孩永远年轻,永远地充满希望。不知何时给它涂泥描彩,更难知晓哪时开光了。寺庙、道观开过光,就显它的神灵。我从大像的莲台旁走过,闻到了浓浓的天然木香。人们常说,盛世修史,是不是盛世也修庙宇呢?

我是从流传的傅大士偈语中认识双林寺的。

在我的视野中，有几首偈语印象特别深刻。"手把青秧插满田，低头便见水中天。六根清净方为道，退步原来是向前。"唐时布袋的这首诗，清新、纯美，读罢，有豁然开朗、重见天日的感觉。"未曾生我谁是我？生我之时我是谁？来时欢喜去时悲，合眼朦胧又是谁？"顺治皇帝皈依佛门后对人生的诘问，深深地震撼人们的心灵。对于傅大士，该是他们的"导师"了。最令我难以忘怀的是他的"空手把锄头，步行骑水牛。牛在桥上走，桥流水不流"。刚读时，我费解，查阅资料，方悉傅大士是义乌人氏，修道双林寺。这一刻，双林寺在我心中留下了深刻的想象印记。反复品读，仿佛感识其中的某些意味。从文学的角度看，傅大士是运用感觉的话语，形象地反映了行为的自然轨迹，而这种司空见惯的感觉，往往被人们的思维定式、思维逻辑所模糊、消解，所排斥、掩埋。自我目光所见，心灵所感，恰是事物本质的层面或侧面的展现。人们阅读这偈语，大多在雾里梦里，不解其妙，正是因为他们违离了人们本有的直觉与体悟。

文学是弘扬真善美的艺术。道、儒、释的共同处是善解宇宙、人生。这种审视宇宙、人生的观念，与人类文学艺术的追求何其相似，甚至可以说是殊途同归。傅大士创立的维摩禅宗的本意，并非我们要领悟的这等层次的文学意识，可它的偈语让人觉醒的这种意识，又会影响我们的人生追求。

我是读着"葡萄美酒夜光杯"的《凉州词》，踏访酒泉，领略唐时将士的豪迈与悲壮的；是沉吟"大漠孤烟直，长河落日圆"的诗句，感寻居延海的雄浑与苍茫的；是默诵傅大夫的这首偈语，遥想千里之外的双林寺，思念故乡那田园牧歌的景致的。双林寺，不是金戈铁马、气吞万里如虎的疆场，没有风尘弥漫、枕戈达旦的困惫，从那里不时传来的是叮当的风铃和晨钟暮鼓的寂静，飘来的是云雾般缭绕的香烟和这种香烟传达的鼎盛与庄严。在我国辽阔的大地上，疆场与道场在不同的地域，以不同的方式，演奏着不同凡响的乐章。羌笛已经远去,黄河披戴盔甲;梵音声声净和,祈祷国泰民安。当我这一次,至今仍是唯有的一次拜谒双林寺时,有似曾相识燕归来的感觉。

我是以一位军人的心境,体味枪炮声与木鱼声的区别与调和的,又是以年近半百、似乎历经诸多苦难的身世,体察社会、感悟人生的。时光越是久远,解悟人生、诠释生命的话题,越是接近人的本性,越容易切入人的心灵。

那次佛堂之行,太匆忙了,至今想起,仍有遗憾。时隔多年,该大变样了,那地方更加招人喜爱了。可我在北京,不能想回就回。日子越久,越发地想念她。想得越多越久,心中的佛堂也越是清晰、美好,这份情也牵拽得越紧了。现在,如果有人问我,佛堂在哪里,我会立刻告诉他:在江南独特的明清建筑里,在傅大士偈语的清音里,在我故乡蓬勃的大地上,在我游子的心窝里。

2008年5月19日于北京

廊桥之恋

记得去年这个时节，浏览故乡赠阅的《金华日报》，忽地眼前一亮：武义县的熟溪桥已有八百年历史。宋元明清已经远去，美丽的廊桥依然固守在青山间的绿水之上，固守在深深眷恋的那方沃土上。

中国古廊桥主要分布在浙闽两省交界地域的高山深涧、重峦叠嶂中。听说现存三百多座古廊桥，浙南的庆元、景宁、泰顺三县就占二百余座。我们不会忘记我国宋时名画《清明上河图》中杨柳依依、商埠熙攘的情景，其中那座横跨河道的全木结构的虹桥，成为整个画幅的重心。汴河上的这座木拱桥，昭示着中国桥梁技术的一个巅峰。时至清朝中期，这类虹桥大都在陈旧失修与战乱中消亡，取而代之的是石拱桥，木拱桥的建造技术也随之失传。壮观俊俏的木拱桥，在中国桥梁研究专家的视野中消失了，中国桥梁史在喧嚣的风尘中失落了辉煌的一页。直到上世纪80年代，人们在浙江九山半田半溪水的泰顺县重又发现木拱桥，断带的史册才柔和地衔接起来。经查，泰顺境内还幸存木拱桥三十二座。藏在深山无人识，一朝美名天下传。这一奇现，又让中国的木拱桥闪烁异常绚丽的色彩。

浙南大山深处的木拱桥大多是廊桥，具有交通功能，能遮风避雨，又显美学意味。我国著名桥梁专家考察全国廊桥，去年又发现，处于浙中武义的熟溪廊桥，身世最长，可谓我国"古廊桥之祖"。

上世纪60年代,我在金华三年多,对于周边的大好河山和历史文化遗产并没着心。离开的四十年间,虽不时返乡,但对于近在几十公里的武义,没有涉足,更不用说一睹熟溪廊桥的模样了。近一年来,熟溪桥的姿容,经常在梦中萦绕。梦是会开出花来的。在我的思念中,越来越显现它的古朴、典雅、高贵、坚贞,有时也溢出浪漫的情怀,不觉想起缠绵的梁山伯与祝英台,想起《白蛇传》中的许仙与白娘子,长亭不长,断桥未断,绵绵情思化作纷飞的彩蝶,化作飘荡的英魂,留在故乡的烟雨中,留在游子的心绪里。美国小说《廊桥遗梦》,叙述的那对中年男女销魂蚀骨的爱情,长相思,长相忆。这部风靡美国的小说改编成电影,又将这个奇妙的爱情故事,通过影视画面,更真切、更形象地传达给世人。人们记住了廊桥。仿佛廊桥更具蕴藏玫瑰色的情调与深意。

从电影画面看,美国麦迪县的那座廊桥,与中国古廊桥相比,其气势、神韵、美感,不可同日而语。中国的廊桥,似彩虹,似弯月,似黛眉,卧在水光潋滟之上,历经世事沧桑。不同的肤色,不同的人群,在不同的地域、不同的时代,生发许多不同的故事,而人类的情感是息息相通的。在清波荡漾的熟溪桥上,一定有更为刻骨铭心、永难割舍的美妙传说,等待我们去发现,去寻觅,去创造。

何时回故里,欣赏古老而又年轻的廊桥的芳容,倾听和感受那些经久不衰的故事呢?

2008年4月29日于北京

老　鹰

小时候常做老鹰逮小鸡的游戏。

最近,有位飞禽专家诉说老鹰生死磨难的故事,着实让我震惊和感动。

鹰原来不称老,可是那只鹰确实很老了。尖利的喙越长越弯,很难啄食了;敏捷的钩爪,老化迟钝,难以猎物了;翅上的羽毛越来越厚密、沉重,不能远走高飞、俯瞰四野了……

生命的终极临近了。

苦恼、烦躁、懊丧、萎靡、焦虑、愤世,不时袭上它的心头。

它望空喟叹:风烛残年啊! 声声悲鸣,在山野、平畴上游荡,抒发出浓重的惆怅、无奈,甚至绝望。

时而,它眼前又跳动着青春的火花,灿灿的闪烁光芒,诱动那颗还没完全泯灭的心。

记忆的闸门徐徐开启。幼时卧伏巢穴待哺的温馨,羽毛初成展翅试飞的惊喜,风雨中勇猛搏击的悠扬英姿,双双翱翔蓝天的幸福、甜蜜,以至自然界互有争斗、互为依存的关联……

生活是多么的美好! 原有的那种狭隘、嫉妒、明争、暗斗,是那么的不屑一提。

面对死亡的步步逼近,它悲恨过、彷徨过,现在,它突然觉得生活的意义,生命的意义。

新的抉择产生了:寻求苦难的蜕变!

它振作精神，扇动笨重的翅膀，挣扎着飞上山崖的绝壁洞穴。它不吃不喝，谋取长远的生存要素，静心用喙不断地叩击岩石。日子一天天地过去，老喙终于有所动摇，有一天，老喙竟然真的脱落，一副崭新并带有血丝的通红的新喙，在幽亮的阳光下显现了。

卧在简巢里，它不时用那根细长的舌尖舔舐娇嫩的新喙，期待它尽快地坚硬起来。

猛兽感觉到了它的存在，在崖顶一阵又一阵地刨蹄，一次又一次地虎视崖壁，贪婪的垂涎挂到了洞边；狂风呼啸着从崖上刮过，半空中的崖洞简巢几番欲掀欲坠；罪恶的枪声，从远处清脆地传来，掠过消瘦的晴空……

这，动摇不了它的信念。

没几时，它就试探性地用新喙轻轻地敲打爪甲，丝丝疼痛传向大脑，渐渐地，坚硬起来的喙，像小锤，雨点般地落在爪甲上，尔后又用喙使劲地拔，第一个老爪甲拔掉了，第二个老爪甲拔掉了……

新的爪甲像它的新喙那样，带着漫长的时光，带着坚韧的希望，一个个锋利起来。

这时的它，没有停歇追求，唱响生命蜕变的第三部曲，用新喙、新爪，坚定地拔掉翅上、身上的一支支陈毛旧羽。

每拔一支，宛如抽筋削肉，殷殷的血从羸弱的躯体上渗出来，漫开去，整个身子像一团熊熊燃烧的火焰……

每回的磨难，每处的求变，都是一次艰苦的炼狱。

五个月的血肉煎熬，五个月的生命更替……待到那日，它抖抖再度轻盈、丰满的双翼，又以矫健的身影，异常自信地重归了蓝天。

飞翔，似朵乌云；立崖，如尊岩雕。它居然返老还青，又获得三十年的新生。

从此,老鹰成为它的称谓。

老鹰把自己的经历和感受传给了孩儿。一代代的,老鹰就成为常见飞禽中最长寿的鸟。

2008年6月13日于白云乡

用自己的头站起来

几十年前家乡的小镇上,那天,我到街面去凑热闹,街不宽,街角有块场地,黑压压的大堆人群,窥见圈内一老头满面红光,白须飘忽,恭手言语,嘈杂中听不清。倏然,只见他弯腰,头顶地,嗖的一下倒立起来,两手平伸,双腿并直挺立。

围观者一片惊叹。

神奇的是,老人两脚一蹬,来了一个倒立转体,刷刷地接连数个。霎时,掌声、喝彩声爆竹般地响起。

我真为老人担心。头盖贴地,花白的发须散落得让我辨不清他的面目,红红白白的模糊在一处。我希望他马上翻过来,还给大家一个正面的形象。

可老人没有就此收场。围观的人们越圈越多越往里挤,拥过来,拥过去,那股蛮劲稍为使过了,就会呼啦地倒塌过去。老人没有在意,是不是倒着看不见?正在我揪心之时,老人的腿自如地一勾,又一勾,头在地面竟然从容地像脚那样挪动,仿如行走⋯⋯

群情顿沸,我被挤在人堆中,看到的都是衣衫与头颅。待有缝隙见老人,他已作揖致谢。

我为老人捏了把汗。

后来,我听说道家、佛家的练功。练成此功,青石板砸头,板石碎骨粉身,头却无妨。可那时眼见的毕竟是华发斑白的老者。街头卖艺的,大多是年轻人的把戏。

人群渐散。钦佩感、惊奇感的驱动,我决意问问老人。

"师傅,倒立有什么好?"

老人微笑,没有答话,两眼蓄满和善、睿智。

我陷入尴尬,却分明感到他是那样的亲切,那样的和蔼,仿佛是见到了从未谋面、仅在老祖母口中常常念叨的爷爷。我期待着。他的目光,像两只温暖的手,抚摸着我。

老人默然以对,又似表达。

蓦地,我想起祖母的话,"人老脚先老。"老人常跌摔,是脚力不济。身子每天行走,脚始终负荷最重。可脚离心最远,血脉最长。沉重的负载与欠缺的供应,极不公平地落在它身上。这种长期的反差,怎不让腿脚未老先衰?!练功者,是不是让头足颠倒,互换角色,使气血在放松中有新的转机、舒畅呢?

那是生命科学。

我渴望着什么?

老人没有嫌弃我的无知,终于开口,轻轻说道:"人,用眼睛看清太阳下的一切,却看不见眼睛后的自己。"

我怔住。

老人的目光仍然温和,语气徐缓:"看清眼睛后自己的是心。"

仰视他,我胸中忽地点燃一团火。

"看清自己才有觉悟。"老人稍有停顿,"其实人,靠自己的头,才能真正地站起来!"

我顿有感悟,即刻跪叩。待抬头,老人已经飘然而去。

2008年元月23日于白云乡

在北京看婺剧

7月24日、25日两晚，在北京的民族文化宫大剧院，浙江婺剧团为庆祝中华人民共和国成立六十周年献礼演出《梦断婺江》。接到这个电话，我心里顿时有股热流涌了上来。

婺剧是我的家乡戏。上世纪50年代，在我们那个偏远的小山村，过年过节时看"锣鼓班"敲拉弹唱，好是稀罕。父亲在锣鼓班里拉京胡，那一班人我叫唤他们伯伯叔叔，有了他们，窝在山坞里的小村平添了热闹。小时觉得好玩，老跟在他们后面，不知不觉会哼几段。父亲说，这是金华戏，也称婺剧。虽然没见他们做戏，但那拿腔拿调的念唱，在我幼小的心灵里，种下了后来蓬勃疯长的乡音、乡曲谱就的浓浓乡情的种子。离开义乌、金华四十余年了，在京城一直无缘倾听婺剧，享受曾经给予的梦幻般的美妙与遐思。去年，婺剧确定为我国非物质文化遗产，浙江婺剧团晋京，为首都人民献上一台精彩的《白蛇前传》。头一晚，我应邀到场，儿时的激情与几十年萦绕心头的思念、狂想，那一刻，像决了堤的水，飞流直下三千丈，泪洒衣襟。曲折的剧情，俊美的扮相，优雅的唱腔，绝妙的演技，与江南小桥流水、湖光塔影的舞台美术融汇成情感的江河，将观众都湮没在这激流中了。

我为家乡那片土地上孕育出这样优秀的剧种而骄傲，也为剧团奉献出如此富有强烈艺术感染力的剧目而自豪。第二天，我设法要了十几张票，邀请并陪同朋友观看。演出前，多位朋友问我昨天看时的感觉,我却只淡淡地说:"萝卜青菜,各有所爱。地方戏嘛,也不知对不对你们的口味?"我们座位靠前,观赏过程中,舞台灯光反映过来,忽明忽暗,我从他们时而紧张、时而舒展,时而欣喜,时而悲悯的表情中,感受到了他们的沉浸与陶醉。演员谢幕时,大家噙着泪水站立起来,热烈的掌声浪一样的起伏。在掌声的海洋中,朋友们从不同的角度伸过手来:"太美了!""你们家乡太可爱了!"这种赞叹的音韵,至今仍在他们的言语中传颂。

剧团又一次来京,我自然又想到这些朋友。从心底里,我也希望有更多的人欣赏这个剧种,更多的文化人或喜爱者,成为婺剧的知音。

《梦断婺江》反映的是太平天国侍王李世贤率部攻占江南重镇金华,刀斩浙江提督,击毙洋人头目后的一段故事。李世贤有志向以金华为大本营,横扫吴越,席卷江南,重振天国雄风。可那时的天国大势已去,人心离散,命运决定他不可能挽狂澜于既倒。1862年秋,天王洪秀全令他驰援危在旦夕的天京。军令如山,李世贤率领七万大军撤离苦心经营近两年的金华,走上了悲壮的不归之途。在这大背景中,剧本以李世贤、柳彦卿两位男女主人公的关系为主线,通过两人相遇、相聚、相争,到相识、相助、相敬,直至相殉天国之梦的曲折情节,展示两人复杂的心路历程和命运沉浮的轨迹。

剧目中,主人公柳彦卿与场外演员反复演唱的"太平军造反为百姓,为什么百姓又反太平军",一次次沉重、悲愤地叩击观众的心扉。从百姓自愿挨饿为太平军运送粮食,到太平军向灾荒严重的百姓逼税逼粮,交不上甚至杀头的情景,人们自然想到的是"军逼民反"。义乌人自古就有刚正勇为的反抗精神,据有关书籍记载,在那短短的日月里,我们家乡有众多生灵倒在他们的长矛大刀下。我们村庄的许多房屋,是在当年太平军焚烧的废墟上重建的。上世纪70年代初,我家就在那时残留的一片瓦砾上盖起四间瓦房,几家邻居也是。门前有口那烽火岁月填埋的井,又重见明丽的阳光。几十年来,古井壁上的青苔越长越绿了,水也越打越清了。历史难道不也是这样吗?!

风格迥然的《梦断婺江》,依然深深地打动众多观众。朋友颇有感慨,深情地对我说,这是出大戏,跌宕多姿的剧情,展现了厚重的历史文化。透过这段悲剧,折射出太平天国败亡的前车之鉴。剧目艺术地再度唤起我们深沉的忧患意识,和对人类命运的关切,以及相伴而生的悲悯情怀。

2009年8月3日于北京

紫 玉 兰

我该为门前的那棵紫玉兰写几句话了。

现在城里建板楼，大都取北门，楼道层层盘上。这样的设计，主要是为了住户多留南房。不无道理。我这个南方人，在北京工作，单位分房时，我要了个一层，且有南门。北方的风紧，到了秋冬，呼呼地往单元门里钻。我即关北门，开南门，负阴抱阳。最大的好处，稳风且南门外有花园式的绿坪，可赏心悦目。我在房前点上长豇豆、小白菜，尤其是丝瓜，蜿蜒的藤蔓爬满了窗架，爬到了我楼上的二层、三层，所结的丝瓜长长的，用竹竿也够不着，便留作风景。夏日里，瓜藤如棚，为我遮阴送凉。我在书房静思写作，累了，歇下笔，就着板凳书桌，从房内开窗爬上窗架采摘，妻儿在旁指叫，别有一番情趣。

刚搬时，是冬日，大雪很快纷飞。那时，我只看到我门东、门西两棵高大的雪松，青龙白虎，雄姿秀色。葱翠托着的纯白，层层叠叠的，巨伞般向上，真有直上云霄的气势，间或喜鹊登枝，喳喳声来，满堂欣喜，一会，它扑楞楞地飞起，抖落几堆闪动的银来。有时，抓捏几团雪儿，与女儿追追打打，飘荡起铜铃般的尖叫和一团团云雾般的喘息。

门前的那棵紫玉兰，这时并不显眼，它仅一人多高，干枝柔细，在漫雪衬映中，越发显得它的干瘦单薄。我还担心过，寒冷的朔风过来，千万别把它刮折了。看看那雪松，多蓬蓬勃勃大大团团的,它却在萧萧地颤抖,瑟缩在数九寒天的残酷中。此时此刻,我倒是越发地怜悯起它的单纯无助。有时,我也想,像农村那样给树干捆上一圈稻草,可城里有的是报纸书籍,这些并非原始的东西经不起雨雪,绑上塑料纸之类,又恐玷污了它,窒息了它,这般一日一日地,我也就罢了。

料峭的严冬还没尽去,几丝春意便染上了枝头。迎春花吐黄的时候,我突然发现寒冬里曾经数度颤抖的玉兰枝头上,那一个个小包包居然孕育出几分紫色。这紫色日日见长。有一天早晨,我打开南门,它竟然在晨风中已经绽开几瓣紫玉,刹那间,这棵小小的铁枝似的躯干上,绽放了一群热烈的花朵。风儿还有些刺面,它却在刺面的风中摇曳,像一群丰姿绰约的少女。枝摇鲜花时,嫩绿又浮上树梢。没几日,繁华的紫红灿然一片,观赏的人们也多停留在我家门前,芳香扑面,迷醉了多少人的眼,荡涤着多少人的心。

我相信好花不常在。雨飘英落。我望着草坪上憔悴的花瓣,心中有说不出的滋味。它经受了一冬的严酷,迎来和煦春风开放,难道又在和煦的春风中凋零。大自然这么的不公平,让它这样美好的容颜在这一瞬间消落?我俯身拾起一沓沓,放置在书房的窗台上,让春光照耀它,让它的芳香伴随我的墨香,让我的桌案上的每一个字都散发它的清醇,渗透它的纯净。

门前的草坪一派葱绿了。长豇豆悬挂在竹架上,一簇簇的,像长长的筷子,齐茬茬地飘动,饱满丰厚;鲜亮的丝瓜花上,辛劳的小蜜蜂嗡嗡地飞旋,一条条娇嫩的瓜儿,顶着黄花,毛茸茸的,羞羞地躲在硕大的绿叶里。当我采摘下几茬豇豆,颀长的丝瓜已经表现出来,像芭蕾舞的演员,踮着脚尖满面春风地举着纤细的手,以绝妙的肢体言语展示着亘古的美。

农民的儿子——我,欣赏着这份劳作的快乐。蓦然回首,俏丽的微笑又躲闪在浓郁的绿中,不知何时,在这夏日里,在这棵似乎蓬勃起来的紫玉兰茂叶中又闪动出紫玉色的花朵，脉脉含情，启唇吐露数日不见的情愫。我知晓，花开花落，有生有灭。我不责怪它的隐去，今日倒惊喜起它的早早回归。花开二度，难道明媚的春光仍在，难道春的信息还在光顾？可时光分明已是盛夏。京城的雨季来临，它不像江南那样的缠绵，越剧般的薄绸细腰，嫣然百媚，雅淡悠长得让你千回百转，寸断柔肠。京城的雨，是北方的雨，是高亢激昂的河北、山西梆子、秦腔，浓眉大眼，雄浑沉稳，铿锵有力，火辣辣的奔放，让我想起西凤、竹叶青、二锅头。北京的雨，是北京的二锅头，它又是一种艺术。呼呼啦啦一阵激情地宣泄，满地的青草，满树的绿叶，满枝的花朵，都清醒明快起来，我家门前的那棵紫玉兰，是在二锅头似的激情中又奔放出妩媚的。我又静静地观赏着，安详地对视，仿佛在悄悄地诉说，我闻到了它的气息，感觉到了它的呼吸，聆听到了它的细语。我想，它是为我的笨拙而开的，它是为我粗浅稀疏的文字而开的，它让我看到了和暖的春光，它让我有了阴凉的夏夜，它让我多长了几个记性，它让我多铸了几个文字。我是吃了那一茬茬颀长的豇豆，嚼下那一条条芭蕾舞般的丝瓜，坐在桌旁享受它给予的芬芳的，感受它给予的灵性的。

炎热稍稍褪去，天色渐渐高远，白昼缩短，黑夜拉长了。凉意夜合，萧瑟的秋风不约而至。丰盈的豇豆，夏日里就败退，繁华骤长的丝瓜叶，这时也沙沙地呻吟，变了脸色。几度风劲，黄褐的叶片蜷缩飘零，连同爬上二三层的藤蔓，也啪啦啪啦地脆落下来，丝瓜苗条的身躯已经橙褐，在秋风中摇动体内的黑籽，沙沙啦啦地低吟。草坪枯黄了，衰败了，摇曳的草籽随风飘荡，寄寓未来的希冀。那棵紫玉兰，宽厚的叶儿还茂着呢！只是些许厚重深沉了，灿烂的紫玉，依然闪烁在凝重的秋色里，这时的它不像春天那样妖娆，不像夏日那样奔放，却有秋实的几分神韵，一种成熟的神韵，一种企盼的神韵。我又一次地默默注视，它也默默地注视，心颤颤的，我感念到了它的心绪，体悟到了它的期待……光阴匆匆，一去不再，人生要做的事很多很多，可人生又能做成几件事呢?!

寒风凛凛，百花凋谢，我门前的紫玉兰的叶儿，缓慢转黄，片片飘落，有了几道黄褐皱纹的紫玉，此时仍俏立枝头，却有几分的依恋与不舍。我也明白，十分的依恋与不舍，也将是分别。分别是种承载许久的苦痛，是满身眷恋的回送，像斑竹那样流尽千滴泪，也有归去的时候，何不期待风雨后的重逢？铁骨似的躯干又在烈风中颤动，这时的我，并没再去悲悯，倒是想起了它三度花俏，已是奇观。它馈赠于我的很多很多了。它该有歇息的日子，该有蕴养自己的时光了。

就这样，夏去秋至，冬逝春来，我在那里住了整整六年，这棵原本只有一人多高的紫玉兰，长得越发的高拔俊俏了，花花相奉，紫红玉洁，伴着我家三口，伴着我的书房，伴着我的墨香，在芳香中我结出许多无籽的果，在低回中我舒展无数生命的歌。去年冬天，我又一次搬家，离开快一年了，回想起那棵紫玉兰，总有说不尽的留恋与悔意。

我想，世上的诸多事何尝不这样？爱情，事业，修行，每每远离了，才倍觉它的珍贵。

今天以深切的心情记下这，权作久远的纪念了。

2005 年 10 月 28 日于上海

我 的 根

环周的群山,深黛,肃穆。村旁清澈的溪水,静静流淌。门前杏树、梧桐和村下几棵香樟上的蝉,"知——了""知——了",叫得此起彼伏。不晓得它们知道了什么,我们这群小孩好像什么也不知道,只知道玩,知道跟着大一点的孩子疯追,尤其喜欢听大人讲大话。

我们家乡说的讲大话,就是讲故事。山里人觉得自己没多少文化,说的是小话,有来历、有出处、有书本的那些人和事,才是大话。在听大话的间隙,我们常常好奇地提问,大人一一解答。他们也常常考问。

有回,大人问我:"侬的根在哪里?"

我的根在哪里?茫然不知所答。我不好意思,伸出舌尖舔着上唇,旁的小孩看看我,又看看大人,好像把他们也考住了。

我摇摇头。

大人的目光扫视我们,似乎是一只竹笼提起了十几只虾,我们心里都扑通扑通地蹦,却不知怎么才好。

看来谁也答不上。他伸出一只脚,沾满泥巴的脚尖对着我的开裆裤,嗖!夹住我两腿间挂着的那点肉,说:"在这里呢!"

我急忙后退。

伙伴们哄然大笑。

我却生痛,涨红了脸。

从此，我的根，就是那东西，多少年里成为这茬孩子的笑柄，连漂亮的小姑娘见了我，都是诡秘地一笑。

走出小山村，上了初中，几个喜欢语文的同学，课间围着讲台，听老师破解名字。

我说："老师，解释解释我。"

老师抿抿嘴，笑颜沐浴我，眼珠转了转，慢条斯理地说："'贤'字嘛，是有道德、有才能的意思，'根'嘛——'根'，'根'就是人，就是体。看来——你王贤根，是个德、智、体全面发展的好学生。"

这话，引得同学一片啧啧声。

从此，我对父辈为我敲定的名字，有了新的认识和理解。在以后的几年里，老师的这话像催化剂，让我坚信、坚定，我是一块读书的料。上了省重点高中两年碰到"文革"，闹得没有机遇考理想的大学，只好先与部分同学报名体检，应征入伍，心里盘算的是，当两年兵回来考大学。

穿上草绿色军装，拉到新兵连严格训练，缩短了一个学生与一名军人的距离。工程兵建筑部队是打山洞、修工事，分到老连队，就投入紧张繁重的施工。当兵总要像个兵样，不能落在人家后头，自小在山村长大，这点苦，能受！

有日，指导员找我谈话，问了几句"给家里写信没有""父母身体好吗"之类的话后，突然转问："你的根在哪里？"

我脸刷地热了，想起了小时大人沾满泥巴的脚趾挟我的情景。

指导员肯定有用意，我知道铁打的营盘流水的兵，可对于这样的提问，我真的不知该如何应答。

会稽山南支脉褶皱里的小山村，是生我养我的地方，那里是我的根脉，即使当几年兵回去再求学，从此走出山沟沟，小山村依旧是我的根基所在，祖辈、父辈辛勤劳作的地方，是我千里远行的皈依。但我心里还是有点忐忑，腼腼腆腆地告诉指导员："我的根在家乡。"

"没错,还是很有乡土观念呢!"指导员微笑着,"不过,你现在在部队,就要胸怀祖国,放眼世界,扎根军营,安心服役,为部队建设做贡献!"

现在听起来,这话有些高拔,可在当时,这大道理,真的管住了许多小道理。我的单纯稚嫩的心灵,立刻"烘"热,迅捷地雄壮起来。

人生的道路,是需要激励与指点的,尤其是在转折处。指导员的这几句话,真把我的根压进了绿色的营盘,不知不觉就到了"乡音无改鬓毛衰"的辰光。

人,到了一定的岁数就好怀旧。有人说,常常怀旧是衰老的表现。可我三四十岁的时候就常常想念孩时的情景,青山环抱的村庄,小伙伴天真无忧地玩耍,打水仗,追山鸡,想念长辈对我的一些举动和他们头上飘动的长发,脸上滚动的汗珠,以及他们上山时弓着身子一脚一脚缓慢行走的背影……

部队不时地调防,离家越远,这种无名的思念越来越重,有时浓郁得拨动不开,像一张漫无边际的幔,将我的身心裹住。待我回过神来,泪水已经从脸上落下来。

后来,我就拿起笔,记下这份惆怅的心绪,记下萦绕于心间、笼罩在身围的这种感觉和感受,这就成了活着的文字。有的压在抽屉,时而拿出来翻翻,顿会觉得是揭开了一坛陈年老酒,醇香扑面而来;有的发给报纸杂志,与广大读者共享,他们中有人说,你这是思乡的情怀。说不上我的文字有多好,但我的情感是真诚的,我获奖的散文集和几篇文章,大都属于这一范畴。去年出版的长篇报告文学,述说的也是故乡的人和事。

"你的这份乡情,就是乡愁啊!"朋友以肯定的语气对我说,"乡愁就是你文学的根。"

2015年11月29日于北京

我是故乡的一条狗

　　我小时候居住的那个山村,只有两条狗。山区缺粮,养狗也是负担。这两条毛色黝黑的狗,不仅是主人家的护院好手,也是小山村的忠诚卫士。

　　有回,一只棕色的黄鼠狼叼走了我家的母鸡。狗的听觉、嗅觉甚灵敏,闻得母鸡的惨叫,从下半村的主人家飞跑到上半村的我家,沿着母鸡悲鸣的方向,直追往村后的山上。黄鼠狼被追得没法脱身,只好使出它的绝招——放臭屁,狗在柴草丛中被黄鼠狼的屁熏得团团转,打了几个喷嚏,待臭气散去,黄鼠狼已无踪影,母鸡一拐一拐地回到家,翅膀上满是被黄鼠狼咬破的血。后来我妈对我们这帮小孩说,你们今天吃到蛋,多亏了那狗。

　　我们村的小孩特别喜欢这两条狗,上山,出村,常常呼唤它,它摇头摆尾地跑前跑后,很快活。尤其是上山,看到野猪、山麂之类,它如一位勇猛的战士,呼呼地冲过去。山里的野兽,大多是前脚短,后腿长,上山蹿得快。有时,我们带上这两条狗,悄悄地从山梁上去,从山岭的上方人狗一道将野兽往下赶,我们期望它们因了前短后长的腿,在人狗的突然惊吓和追赶中栽下来,可每回都是看到它们向下慢跑一段后即斜着向上箭一般地冲向山岭的一侧。虽然这样的把戏从未成功,但我们每年都有一两次预谋与偷袭。

　　迁出小山村,日子熬过几年困难期,我家也养起了狗,后我当兵外出,每次探亲返乡,家狗总是像久别的亲人那样,亲昵地贴近我。我们围着餐桌吃饭,它在桌下候着啃骨头。我妈收拾满桌的碗筷,将剩下的饭菜扣到狗盆里,它高兴地跑过去,吧嗒吧嗒地吃得很香,最后将盆底舔得干干净净,摇摇尾巴以示谢意。

平时,狗在村中和野外觅食。觅食是它的谋生手段,又是生活的一种乐趣。

狗觉得人的残渣余食全是上品,它的饮食习惯,绝不会"三高"。人可不同。人心不足,生活好了,优越了,还要吃穿山甲、蛇肉、锦鸡,甚至熊掌、猴脑等等,都是保护动物,都是珍贵的生命呀!那一刀剁下去,有多残忍!人的贪欲太强烈,就连蛆也称之为"肉芽"端上桌:"这是高蛋白!"

狗不会说话,只有汪汪地叫。

狗不厌家贫。贫穷与富贵,卑微与伟大,在它眼里都差不多。有时,破衣烂衫的人进村,它也会嚷几声,但这不是它的主流,几声吼后很快恢复平静,它觉得这破衣烂衫之人与西装革履之人没什么质的区别。可,如有日本鬼子扛着枪偷偷进村,或有汉奸、侦探悄悄潜入乡村,一旦被它发觉,就会毫不犹豫在第一时间发出狂吼,向村民报警。如果鬼子向它示威或开枪,它定会勇猛地冲过去,即使倒在鬼子的枪下,也不畏惧。中国不缺英雄豪杰,中国也不缺汉奸卖国贼。我不晓得,如果现在有鬼子进村是怎样的情景,会有人拿到钱就出卖我们的同胞吗?会有人送他一套房子就出卖国家机密吗?我不敢往深里想。我们的狗不会。我们的狗,即便吃了别人给的骨头,也决不会咬自己的亲人。

我们老家的那条狗,夸它、护它,它兴奋地翘尾巴,在你身旁蹭来蹭去。骂它、打它,就知趣地走开,几分钟后,又悄然地出现在你的眼前。狗,记吃不记打。

我是故乡的一条狗。

我总念着故乡的好。

我小时调皮,打过架,骂过人,偷过生产队田里的草籽,学名叫紫云英。在人民公社办食堂后的日子里,在家里的大碗米汤照见弯弯月亮的时候,我趁着夜色,从房后生产队的田里割回一把草籽,洗净切碎撒进锅,米汤一下变稠变得有色彩了。我还爬到邻村的梨树上偷梨,一个个抛向树下的伙伴。上山我悄悄地拔过邻家的竹笋装入围兜,从未告诉家人。读书时还撕过同学的练习簿,恨他向老师告密,说我晚自习偷看连环画……我小时候做过许多许多荒唐的调皮捣蛋的事,故乡的亲人、朋友、同学都原谅了我,宽容了我。故乡如同我的家人,包容了我的优点与缺陷,包容了我的一切。

　　狗,随处大小便。其实这是一个习惯,又是一种智慧。它走一路撒一路,尤其是拐弯处,总要留下印记。不管走到哪,不管行多远,循着撒下的气味,终能找到窝,回到夸它、护它、骂它、打它的家。

　　后来,我也走远了。我也是走一路,撒一路,走到哪,思念到哪。我把对故乡的思念,大大小小、多多少少变成文字。这种思念成为习惯,成了我生命的重要部分。故乡人的喜怒哀乐,故乡人的爱恨情仇,都是我的财富。亲人朋友对我的爱,溶化在血液里;对我的恨,铭刻心间。恨我不成钢,恨我当年不娶她,恨我不常回家看看……爱是一种情,恨是更深的爱。还有怨和误解。怨和误解也是一种思念,哪怕嫉妒。在时间的长河里,一切的怨和误解,只是一滴水,消解时不留一缕烟。

　　如果有人说,你的文章是堆狗屎,我不但不生气,还高兴。本是故乡的狗,拉出来的定是屎。这屎留有我的体温,留有我的营养。假如你有兴致,将它铲入你家的土里,说不定经过一番沤烂,上面长出鲜艳的花来;如果你是一棵乔木之苗,它是一份养分,让你更挺拔出众。不论你是花,还是木,完全可以忘却狗屎的存在,但你一定要记住,你是长在大地上的,大地是母。

我确是越走越远了。走得越远,越是想念故乡,恋着故乡。故乡青青的群山,故乡悠悠的溪水,故乡参差梯田上灿灿的油菜花,故乡微风中沙沙摇曳的竹海,故乡古老祠堂上那一块块书写着大字的匾额,故乡昔日村民摇动的拨浪鼓,故乡市场上来往穿梭的人流,故乡校园里那朗朗的读书声,故乡文坛上那些勤奋的笔耕者,故乡一直深爱着我的兄弟姐妹,还有故乡那怨我恨我的亲朋好友……

　　走遍天涯海角,故乡依然是故乡。

　　我是故乡的一条走狗。

2015年4月9日于白云乡

第三辑　走进罗布泊

将 军 石

在茫茫草原的深处,或说,在寂寥草原的尽头,突然下沉有一沟,沟里怪石嵯峨,榆树散缀,沟底的葱葱然,石缝上虬盘的,有的坚挺,有的枯朽,如根雕,根须似无数双嶙峋的手,伸得长长的,乞求的是水。水,永远的渺茫,老天爷起码的怜悯也没有,仅沟底有点浅浅的积水,散发着马粪牛尿的浓浓气息,鸟喳喳地起落,竞相吸水,留下重重叠叠的足迹。

边防部队的连长,盛情地陪同我们:"这是几百公里绵长的边境线上最好的景观所在。"很久没雨,原上草枯枯黄黄地呻吟,已经没有点滴气力了。我们的越野车,在巡逻线上奔驰,扬起的烟尘,也如燃烧的火团。真不想再搅扰他们,真不想再搅扰静谧枯燥的原野,可他们说,这沟边有块将军石,值得看看。

这位将军不知是哪朝哪代了,他离开他那可爱的家乡,随着金戈铁马的队伍征战,不知立了多少战功,可在这茫茫的草原上倒下了。将军精忠报国,马革裹尸,随同的将士就将他埋在了这稍能避风,有树有水之处。将军家乡是绿树水乡吗?面向绿树清泉,是将军生前的所好,还是将士一种深情的寄托?这,谁也道不明了。传说,将军的家乡闻悉,迢迢千里,亲人们拉来一块家乡石,矗立在茫茫草原的深处,矗立在将军的墓前。

我是被这一传说深深吸引的。到边防线上,我这个从戎三十八载的军人,不去朝拜一下前人征战永远留下的英灵,是要受到良知谴责的。待我们赶去时,原先蔚蓝的天空,忽地乌云翻滚而来,如万千铁骑驰骋。淅淅沥沥的雨水飘落下来,草原拉上了白莹莹的幔帘。这是喜雨,连长说,已是八月底了,太迟了,但还可挽救。那这绵绵的雨,是不是将军在天之灵的感应? 我暗暗地祈祷着。

我们是冒雨直奔那沟那石的。鸟群盘缠,有的落在我的肩上。与它的亲密接触,我情不自禁,想起哪朝哪代到今还不知姓名的这位将军,这鸟是不是他的身灵回归? 如果喳喳的声响是与远道而来的后代军人的会语,那我将以怎样的言语来与您沟通呢? 将军,您是汉民族的子孙,还是华夏其他兄弟民族的后裔? 您是从哪里踏上征途? 又要奔向何方?

细雨沙沙,染绿了沟旁不知名目的草丛。将军石矗立在沟旁稍高处的岩边。我们拔去杂草,将军石便凸现出来。也许由于年代久远,坟墓已为平地,只有这块碑石屹立着。碑上没有字。乡人亲人,意想不到,在他们生活的那个年代,辽阔荒茫的草原上,不用说道路村庄农舍,就连稀少的牧民也难以寻觅,更找不到能敲会凿的工匠了,无奈中,他们只能将这块碑石慢慢竖起,让它永远地屹立在神圣领地的北疆。

我默默地伫立在石前,向这位不知姓名的将军,致以虔诚而崇高的敬意。

连长庄重地说,我们每年都要到这里来,有时还组织连队来。

天色黯然,雨是越落越大了,衣帽都浸湿了,肩章帽徽经过洗礼,倒越发地辉煌起来。咱们走吧,连长说,再过一会车子寻不得路了。这时,我们才缓慢地走出沟谷,走向苍茫暗垂的草原,向远处那片有所亮色的方向驶去。

2005年10月23日于上海

边陲月夜

一个静谧而又苍凉的边陲之夜。

干部战士都已酣睡,明月投抹银辉,原本雪白的墙壁,在夜色里又亮明起来。这是一个接待上级来人的房间,隔壁就躺卧着连长、指导员。三十年前,我也如他们,连队的主管,自觉也虎虎地有生气,那时我在杏花春雨江南,他们现在大漠疾风北疆。那时我们"一颗红心头上戴,革命的红旗挂两边";现在他们军装迷彩,质地牢柔,军衔清晰,亮亮丽丽。那时,我们带领一百几十号人整日在山地里滚爬,炎夏泡钱塘江,背枝烂枪游过来游过去,似浪里白条;寒冬野营拉练,最后两天长途奔袭,一天一百二三十里,末了还要攻击,大伙端着枪嗷嗷地呼喊着冲上山巅;现在,晨曦初露,他们在一声骤响的哨声中滚碌而起,虎背熊腰,齐吼着口令奔跑在荒芜的漠地深处,五公里越野回营,上下午紧张的课目训练和布哨巡逻,晚上是你争我嚷的班排篮球赛,紧紧凑凑,有条不紊。这时的他们,沉眠在甜美的梦乡,只有哨位的战士和巡逻的士兵,仍在警惕地注视着前方。

我披上军装,悄悄地走出房间。辽阔的原野,在这里有了起伏,营区前,湖涸草浅,丛丛的芨芨草也收缩了身腰,沙石的打击,令它杆折叶断,穗穗的芦花,零零落落,如硝烟弥漫古战场中残败大军破燃的旗帜。湖底坦露,四周的山坡显长了,北侧营地也略呈高拔起来。气候干燥,大地燃烧过一般,只存稀稀拉拉的草根,苦苦地扎在荒莽的沙泥里。这里,原先草茂湖蓝,百鸟飞翔,天苍苍,野茫茫,风吹草低也难见牛羊。传说当年成吉思汗三千战马放入湖旁,水肥草深,马官纵骑寻找,却不见踪影。那时的水草多么的诱人!不知何年何月,繁茂的草原变成了这般的荒凉,如再不控制放牧,更难抵御残酷的天象,要不了几年,这里就成沙漠了。天上明月,大地如霜,起伏的原地层次柔和明晰,又苍茫地伸向远方,幽深得没有一点动静。战士说,前些年还看到黄羊在低矮的草地上奔跑,现今消失了,连苍狼悲怆的哀嚎也成为过去。无情的变化令他们再度担忧。

营门的岗哨,背着钢枪,虽是盛夏,深夜仍有些许凉意,他们着军服,扎腰带,月光映在他们的刺刀上,忽闪忽闪的,一副庄严的模样。这里,没有晶莹透明的露珠,万千的露珠没有机遇滋润我们的战士,飕飕西北风沙,灼灼高原日烤,个个黑黝黝的。

沿着山梁,有条弯弯曲曲的小道,通向山顶的哨所。踩着碎石,咔咔地,碎了月光。两侧梁坡上隆突的岩石,似尊尊潜伏的战士,若隐若现地卧向远处。远处沉沉,沉沉地交融在迷迷茫茫难以度测的国界线上。线的那边景况?不知道。一步之遥,战士是不能跨越的,只瞭知那边有高高耸立的观察哨楼,有荷枪兵士警觉的目光。同是一轮明月,映照在辽远绵长的两边,两边却是不同的国度,不同的理念。国强民安,边陲相宁,可战士们没有忘却,这里曾经剑出鞘,弩伸张。

哨所上执勤的两位战士,一位来自江南,一位来自黄河边,今年十九岁,都是父母的独生儿,脸上还有几分稚气呢。他们的战友,来自十几个省市自治区,刚到时,风冽,唇裂,水涩,撒尿冻成柱,现都习惯了。他们想家,个把月给父母打个电话,开始流泪,后来笑,他们说笑声可给大人以安慰。我感觉到孩子懂事了,懂得疼爱生养他的父母了。入伍以来,他们没有进过城镇,他们嬉说飞过这里的鸟都是公的,可聊起边境情况,他们一脸庄严,顿时变得老成干练起来。

在哨所向下俯瞰,寂静的夜空下,几代戍边军人踩出的深深脚印的小道,和那延绵漫长的巡逻线,由蒙蒙的月色涂抹,柔柔的似一条悠悠的江水了,这条特殊的江水,犹如蜿蜒连绵的长城,巍然屹立在祖国的边防。漠天一色无纤尘,皎皎空中孤月轮。漠畔何人初照月?漠月何年初照人?人生代代无穷已,漠月年年只相似。不知漠月待何人……这何人是谁?就是把守边关的将士!这时的月下,没有了花前,没有了唐时少妇思念征人的惆怅和哀愁,只有长年戍边将士肩上锃亮的刀尖。

一个静安而又凝重的边陲月夜。

2005年11月5日草于上海

雨 中 三 湾

　　春暖花开,我们上了井冈山,参加曾在那里浴血奋战过的一位老红军、共和国开国将领铜像的揭幕仪式。将军当年安源暴动后从莲花那个方向上了井冈山。我们本想沿着将军走过的足迹前行,顺路到三湾看看。三湾是我们的崇敬之地,是革命武装的重要转折所在。可听安源萍乡的朋友说,现正是雨季,那条路很难走,我们只好走东边的那条大道了。

　　在翠绿苍葱的井冈,每到一处,我们都是重温,又是新奇。那里的一山一水,一树一竹,一坪一屋,一椅一桌,是那样的平素,淳厚,质朴,自然,而又无不辉耀,闪烁精华。这是一块圣地。毛泽东率领秋收起义的队伍,在三湾改编后,选择了井冈山。这是神圣的选择,光明的选择。这种神明的导引,使后来的队伍不断壮大起来。

　　南方的春天多雨,连连绵绵。在井冈山,我们办完事,又游览了几个主要景点,返回时想从黄洋界、茅坪方向过三湾的路,听说途中有滑坡,又难通行,我们只好选择拐永新的方向了。早饭后,我们上面包车,从茨坪出发,在雨雾中徐徐下山。茨坪,作为井冈山革命摇篮的主要瞻仰地,红色旅游的重要景点,已人流如潮了。我们车经厦坪,看到那里,正在繁忙的作业之中,一座座楼房平地立起。车在坎坷的泥道中颠簸,泥水扇形地从车轮下喷向两侧。

在蒙蒙的细雨中,车子又转入起伏不定的山区,岗岗岭岭,正是当年游击的好去处。打得赢就打,打不赢就走,善聚便散,能攻可守。当年毛泽东率领的队伍,在这一带一定打了许多仗,我们前行的车道——当年的羊肠小道上,扎着红袖章扛着红缨枪,挥舞着大刀的队伍,一定多次从这里冲过,追杀围剿井冈山的敌人。

烟雨笼罩,深黛的岗岭弥漫着灰白。不知跑了多少路程,司机提醒我们,三湾快到了。山路弯弯,茫然中觉得车子在下坡。一会儿,从雨帘的车窗外,我们望见蒙蒙的一棵樟树,渐渐地清晰起来,长长的枝权伸展过来,宛如与远方的来客亲近地握手。

这是一棵蓬硕杆伟的大樟,枝叶森森覆盖大地,独立掌撑茫然的天空。当年,毛泽东就在这棵大樟树下集合队伍,宣布秋收起义的队伍改编的。队伍中的兵员少了,枪也少了,可这么一改,凝聚力增强了,战斗力增加了,军威重整了,从此,基层的连队似一把把钢刀,砸不垮,打不烂,却锋利地直插敌军的心脏。由一个个钢铁般凝聚的集体,在日后的万千战役战斗中,冲锋陷阵,攻无不克。人们回顾这一次次骄人的胜利,无不深情地回望三湾赋予的深厚基垫。

人们说这里叫枫树坪。四顾茫茫,唯有青黛的山峦,依稀的村庄,隐约在视线里。听说,这周围的山野原先多有茂密的枫树,不知哪个年代,枫树渐渐稀少了。如今,四野枫树的精魂,刹那间,都浓集在这棵荣茂的大樟树身上了。

大樟树根旁,有枫树坪三字的碑,它记录着历史。碑的附近,繁茂的枝叶下,塑立着毛泽东的半身铜像。他是那样的年轻,富有朝气,英豪中又透着坚韧。烽烟四起中,他感受到这支队伍肩负的重大使命,感受到了历经千山万水后中国未来的期待。现在,我们这些后来人,已经知道了毛泽东那时的艰难和他后来奋斗的磅礴,他和他的同伴们,为中华人民共和国的建立,为几亿中国贫穷百姓翻天覆地的变化,思虑谋划了一生。

雨还在下,敲落在樟叶上,一片沙沙地响,透过层层树叶滴下来,噼噼啪啪地打在毛泽东铜像的头上脸上身上,汩汩地往下淌。他如果健在,已经百岁挂零了。他虽容光不变,可久久地这么淋着,会是怎样的感受? 我们是在雨中乘着车来的,钢铁和玻璃抵御着大雨的敲打;我们是撑着伞来的,硕大的伞面抗击着雨水的侵扰;我们是穿着雨鞋运动鞋来的,厚实的胶皮围护着我们的双脚,而他呢? 他始终在雨水中浇淋,他昨天在雨水中浇淋,今天在雨水中浇淋,明天他还要在雨水中浇淋,而我,我们……想到这些,我的泪水不知不觉涌落下来。我默默地过去,将伞高高举起,踮起脚尖,我想,我只能为您老人家挡得半边风雨。雨噼噼啪啪打在伞上,又打在他的那半边身上,我心中念叨,先为您遮挡这半边,让您老人家稍有歇息的时候。默举一会,我踮着脚尖走到另一侧,又高高举在老人家的头顶。雨,哗哗地坠落,毛主席啊,您老人家在世时,想的是多为天下百姓遮挡风雨,今天,我这个普通的从井冈山成长起来的人民军队的新一代军人,多想为您老人家挡挡风雨啊!

　　时间不知不觉中过去,同事们都上车了,他们回望叫我,我才反应过来。我恋恋不舍,慢慢收起伞,立定在他老人家前,深深地鞠了三个躬。

　　车在雨蒙中向永新县城方向行驶。车内,面对倾盆大雨,大家议论纷纷。稠密的蚕豆般的雨滴射在挡风玻璃上,炸成啪啪的花,汇成刷刷的流。我心中不是滋味,脑子里全是三湾大树下毛泽东的那尊铜像,泪水又噙满了眼眶。我不敢与同行人说话,轻轻地取出手绢,悄悄地擦着双眼,又不住地往肚子里咽。现在,我们的日子越来越好过了,可那时打天下的毛泽东和他们那一代先辈、英烈,经受了多少艰难啊! 为记住他们的丰功伟绩,在三湾、井冈、全国各地的野外,塑造了许多这样的铜像、石像以示纪念,可大家想到没有,这样,却让他们长年累月地日晒雨淋啊!

我多么希望三湾那棵大樟树下的毛泽东铜像，早日移至将要落成的纪念馆中去。

2005年10月29日于上海

老　兵

　　阳光暖暖地洒在老人身上。这群老人,年逾七旬,走南闯北,戎马一生,我对他们怀有崇敬之情,相见尊呼时,引来他们快乐的纠正:"什么老领导,老兵!"

　　其中有一位老兵叫易楚云,他给我讲了另一位老兵的故事。

　　那是1958年初,易楚云不满十八岁,刚当新兵,在原广州军区四十一军直属工兵营。连队宿舍他的铺位紧挨一位老兵,看上去约莫三十岁。易楚云在家读过私塾,初中毕业,但毕竟是老百姓。从老百姓到军人,还是有一段距离。一天,班长叫他把长发理了。他觉得这样自然,舒服,说不理。班长说军人就要理短发。他说,凭什么我理,老兵还没理呢。班长说,你不能与这位老兵比。易楚云说,他也是列兵。班长没再吭声。

　　吃过晚饭,星星爬满夜空的时候,老兵找易楚云谈心,说,易楚云,你说的对,我的头发也该理。咱俩拉个钩,我理,你也理。易楚云迎着老兵伸出右手,俩人的指钩拽了几下,表示说话算数。

　　第二天,工兵营的一位战士提着理发工具,见到老兵好像要叫什么,即被老兵一个手势止住。

　　老兵理了个寸头。易楚云觉得这个老兵还行。老兵看着易楚云理了,很高兴,说:"战士就要服从命令听指挥,你有文化,在部队好好锻炼。"易楚云说:"你这个老兵,怎么不进步,这么大岁数还是个列兵?"老兵说:"是啊,我进步不快,以后努力。"

与老兵朝夕相处，易楚云越来越觉得老兵亲切、和善，像位兄长。早上起床，老兵问易楚云，夜里听到呼噜没有？易楚云说，一躺下就睡着了，什么也没听见。老兵放心地笑了。那时，易楚云想，工兵营连队有许多机械、车辆，需要有技术的老兵，眼前这位老兵也许就是这样的骨干。不久他知道了，老兵到连队比他才早三天。

　　那时，易楚云直呼老兵的名字。班长严肃地说，叫陈同志。易楚云想，凭什么，他比我早三天入伍就称同志？还不如叫老兵好听。他把自己的想法悄悄告诉老兵。老兵说，就叫老兵，很好！不过班长说得也对，我们都是来自五湖四海，为了一个共同的革命目标，走到一起来了，说明我们有共同的革命志向。

　　天天在一起生活、训练，老兵真是好样的。易楚云觉得，这个老兵信得过。有一天老兵问易楚云名字的来历，他就轻轻地说给老兵听：我生下不久，父母亲请位老先生取名，老先生看我是男孩，说男孩该从小立志，就提起笔在一方红纸上写下"易楚天"三字。红纸贴在墙壁上，没想到夜里被老鼠咬破了。父母觉得，这是不是不吉利？便告诉老先生。老先生是位文化人，他捋捋胡须，说："'天'太大了，改为'云'吧，下有地托，上有天管，一生顺当了。"

　　听到这里，我觉得易楚云已将老兵当作知己。我知道，易楚云后来上军校，在部队锤炼，一步步从基层走进总部机关。他的一番叙述，让我情不自禁地插话："老易啊，你这片云，从湖南飘到广东，飘到湖北，又飘到北京。你是一片彩云啊！"

　　易楚云哈哈大笑，又徐徐地讲述下去。工兵部队的训练、施工很紧张，间隙老兵就讲战斗故事，尤其是二万五千里长征的故事，让易楚云这帮新兵听入了迷。老兵说长征途中，我们的一支红军队伍遭到敌人围堵。敌人的兵力比我们多好几倍，武器装备也好。战斗打得异常激烈，也没突出包围圈。后趁着夜色，连长选择一个方向突围。这时全连只剩下二三十号人了。连长决定，由一排长带领大家突围，自己负责掩护。一排长不干，说你是一连之长，你就应该带大家冲出去，我带几名战士掩护。连长说，你们年轻，你们先走。正争论着，三班长拄着长枪站起来，一排的正副班长仅剩负伤的他，其他都壮烈牺牲了。他说，连长、排长，你们都不要争了，我腿负伤了，跑不快，就由我们几位伤员担负掩护，你们大胆冲出去。待胜利的那天，你们面对我们阻击的方向放几枪，喊喊我们几个的名字，我们就知足啦……

老兵说到这里，眼圈红红的。

悲壮的一幕，让易楚云他们落泪。

这时的易楚云，觉得老兵的肚子里怎么有这么多的故事？知识又那么广泛，了不起！易楚云对老兵说："你可以当我们的排长。"老兵说："我当不了排长，我们的排长要懂机械。"

不知不觉间，老兵在大家的心目中，有了很高的威信。

好像是个把月后的一天，一辆美式吉普开到连队，车上下来一位战士，捧着一套呢军装递给老兵，老兵穿上，肩上有颗金黄的星，老兵顿时将军模样。班排长过来向老兵敬礼，称呼陈副军长。班长在旁解释，陈副军长下连当兵，才一个月，军部工作多，要回去了。

"易楚云，你们几个过来。"陈副军长拉着易楚云的手："我还是老兵。这一个月与你们在一起，很愉快，也学到了许多东西。回去了，你们可要来看我这个老兵啊！"

陈副军长走后，班里的同志都很想念。一个星期天，易楚云等五个新兵徒步走到不算远的军部大院去看望。院门岗哨打电话，得到回音，说陈副军长欢迎你们。走进陈副军长家，他们向首长敬礼。陈副军长第一句话就问："你们向班长请假了没有？"当易楚云回答请假了，他才拿出水果招待这几位"战友"。临别时，陈副军长一再嘱咐他们在部队里好好磨砺自己，还依依地送了一程。

易楚云说到这里，两眼闪着亮光。阳光透过树丛，斑驳地照在身上。他完全沉浸在美好的回忆之中……

经查解放军出版社出版的《中国人民解放军将帅名录》，悉陈副军长即陈宗坤（1915—1982），四川省旺苍县人，1933年参加工农红军，1935年入党。土地革命战争时期，任红一军团四师十二团排长，参加长征，任连长。抗日战争时期任营长、团长、军分区副司令员兼参谋长。解放战争时期任军分区司令员、师长。新中国成立后任湖南省军区军政干校校长、四十一军副军长、广州军区副参谋长等职。1955年授予少将军衔。

老兵，原来是位开国将领。

2015年4月22日于北京

走进罗布泊

为写一部报告文学,我走进罗布泊。

经吐鲁番、托克逊,穿过条条寸草不长、山洪留下斑斑痕迹的干沟,翻过高入蓝天白云的天山山梁,抵达塔里木盆地的东北部边缘。我记得我的乡人骆宾王曾随唐军入交河、天山、疏勒等地,留有不少军旅边塞诗篇,"阴山苦雾埋高垒,交河孤月照连营。""阵云朝结晦天山,寒沙夕涨迷疏勒。"交河故城位于吐鲁番市西十公里,唐时统辖西域最高军政事务的安西都护府,曾设立于此。骆宾王当年是否不辞辛劳翻越天山山脉,抵达我现时所在的博斯腾湖旁,没有考证,他的边塞诗章好似没有涉及此地,更没有提及烟波浩渺的罗布泊。

罗布泊,蒙语是指多水汇入的湖。上世纪50年代,罗布泊水域还有四千余平方公里,可到1972年,浩瀚的罗布泊痛苦地干涸了。罗布泊的消失,成为一个谜。1980年五六月间,著名科学家彭加木率队考察,在这里不幸失踪。1996年6月,探险家余纯顺徒步横穿罗布泊,不幸遇难。也是在同样的6月,我们几位军人乘上越野车,向扑朔迷离、变幻莫测的罗布泊腹地进发。

一条丝带般的黑色公路在广袤的大漠上延伸。越野车像匹撒野的骏马,奔跑在望不到边际的旷漠上。几十年前,我军几支精锐部队听从党中央、毛主席的召唤,为了中国"不但要有飞机、大炮,还要有原子弹"的勇气和抱负,千里迢迢翻山越岭到这里,又扛着武器装备冒着强烈的漠风、狂沙，徒步向罗布泊腹地挺进，他们在千年荒漠中不知吃了多少苦头，才赶到了在那地图上可以找到的孔雀河畔、罗布泊边。他们用重锤深深地砸下铁桩，固住帐篷，谁也没有想到，当他们解除路途劳顿、呼呼入睡之际，虎啸狼嚎般的风声将他们唤醒，他们在帐篷里顿觉气温骤降，个个拥挤在一起，卷进篷里的风沙呼啸打转。帐篷外是另一番天地，穿着皮大衣荷枪实弹的哨兵，被一阵沙石刮倒，他艰难地站起，又被更为猛烈的沙石打倒，他看不到一切，他后来说天地间像扣着的一只大黑锅，他趴在地下，慢慢地爬向帐篷，他抓住帐篷的绳索时，呼呼呼的几声啸吼，他明显地感觉到了，是帐篷刮起，他被帐篷带上天空，他知道，如果失手，就会粉身碎骨，他双手死死地攥着篷绳，冲锋枪在肩膀上啪啪摔打，狂风不知将他吹向何处，他感觉到只要紧紧抓住，帐篷的降落会像降落伞那般，也许有条活路。果真，当第二天人们找到他时，已在一公里之外，脸、手被沙石打烂，军大衣被风沙撕咬得像张灰色的羊皮。这时，他才得知，昨夜另有一名哨兵失踪，后出动直升机也没找到他的踪影。

那时的部队是在极其秘密的情形下行动的。我记得我的一位金华一中的老校友，上世纪50年代她已是著名的化爆专家，当时分管这项工作的张爱萍亲点她出阵，她告诉家人要出差，第二天就出发，她丈夫说，他也要出差，他是武器装备研究专家，他们放下幼小子女，各自匆匆走出家门，登车离开北京。谁也没有料到，他们在罗布泊的原子弹试验基地诧异地碰面了。就是这位女专家带领的效应测试人员，准确地报告了我国第一颗原子弹爆炸的当量。北京坐镇指挥的周恩来总理，已得知蘑菇云的升起，他说再等一等，等到当量的准确报告，才确信是爆炸成功，他报告了毛泽东主席。后来，党和国家领导人接见这次试验有功之臣时，周恩来总理紧紧握住她的手："女代表！女代表！"这批接见人员中仅她一位女性。

越野车继续向罗布泊腹地奔驰，当年修向试验中心地带的道路已经破损，车子在茫茫的戈壁中颠簸，不时脑袋撞到车顶，嘭嘭直响。漫无边际的旷漠，黑铁般的石砾铺满大地，壮阔、雄浑。车子以一百二十码的速度飞奔，没有道路，方向就是线路，地面有条条车轮碾压的痕迹，像一把拽不到头的粗线面条，柔和地漂游在浩瀚的漠海上。我们沿着这一排柔和的车痕，向望无尽头的前方突进。

太阳白生生地悬在头上，火烤火燎。我透过车窗远望，四周坦荡无际，我们一行人都感觉到，在这辽阔的天地间呼吸、行进，胸襟自然舒坦、宽敞，仿佛换了人间。大地无限地平展延伸，偶见几个隆起的高坡，陪同人员告诉我，那里有当时构筑的地下效应工事，为获取资料，当时在与原子弹爆心不等的距离，都由工程部队昼夜奋战，构筑了地下坑道，放置了各种动物。我们还远远地绰约可见大炮、坦克的残骸，还有历经几十年的各种露天建筑群楼、桥梁，有的破损倒塌，成为废墟，有的完好如初，巍然屹立，它们由各种不同的材料构建而成，在原子弹爆炸的高温和冲击波后，显示各自的惨烈与悲壮。

"爆心快到了。"陪同告诉说。我们伸长脖子，目光搜寻着早已从照片上看过的那座第一颗原子弹试爆时倒塌的铁塔，当我们从空旷的戈壁远处，影影绰绰望得一团扭曲的钢铁藤蔓渐渐清晰时，五个多小时奔波的疲惫顿时烟消云散。打开车窗，滚烫的漠风扑面而来，鼻腔、嗓子眼立时干燥闷热，但大伙还是不约而同地呼叫起来。

越野车戛然停住，我们几位军人抢先跳下，荒莽的戈壁大漠衬映着一幅龙骨般的钢铁框架，一根粗大的钢管像雄健的脊梁托起龙的高大身躯，其他粗细不等的钢铁残骸如根根筋骨、腿骨衬出龙的庞大身姿。1964年10月16日，我国第一颗原子弹就在这座高达102.438米的铁塔上爆炸成功的。沉闷、剧烈的爆炸，铁塔上半部化作气体、液体，随着冲击波飘散而去，下半部比碗口还粗的12根钢管，瞬间变成火红，柔软地瘫卧在大地上。当巨大的蘑菇云升起，在戈壁深处栉风沐沙奋战数载的部队指战员，无不激动得涌出热泪。我在洛阳曾采访过当时开升降机送这颗原子弹上塔的那位老职工，他说他那时就坐在这原子弹上，开着升降机徐徐地升到百米高的铁塔上，那时手续很严格，各道工序的参与者都在工作表上签字，以示负责。他送上去后，将原子弹移置高耸云天的铁皮屋里，再由工程技术人员安装。可想而知，那是一项一丝不苟的庄重事业。

在这钢铁的废墟前，1986年10月16日立有一块花岗岩碑，上面刻有开国上将、为"两弹一星"立下赫赫功绩的张爱萍的手迹："一九六四年十月十六日十五时，我国首次核试验爆心。"我国1985年已宣布停止大气层核试验，从此，罗布泊又恢复了它久远的沉寂和神秘。当我们庄严地站立在将军题写的这块石碑和这副似龙如虎的钢架前，无不为我国我军的科技工作者和优秀的指战员骄傲和自豪，是他们，在这洪荒的罗布泊腹地，为中华民族撑起了坚强的脊梁。

我们围着这副钢架和石碑走了三圈，发现黑色的废墟旁长有一束瘦绿的小草，中间还有一根纤细的花茎，一朵浅黄色的花儿，在这渺无人烟的漠野上，鲜丽地开放着。

2003年11月7日夜于北京

"神舟"升起的地方

　　这是一个值得永远纪念、深切体味的日子——2003年10月16日,我国航天员杨利伟乘坐"神舟"五号飞船遨游太空,围绕人类久居的地球14圈后稳稳当当返回,中华民族千年的飞天梦想成为亲眼所见、亲手可触的现实。人们也许没有忘记,三十九年前的这天,我国第一颗原子弹试爆成功。偶然的巧合?还是精心的布局?我们没法更深层地探究。政治家有政治家的思考,科学家有科学家的逻辑,我是普通百姓,空暇写几笔文字,抒发的是一种情怀。

　　我到过"神舟"五号飞船徐徐升起的地方,那是在酒泉以北几百公里的内蒙古额济纳旗境内,四周是漫无边际的旷漠戈壁,一泓绿洲像颗翠碧的珠宝,镶嵌在柔弱的黑水河下游,这片绿洲就是中外闻名的酒泉卫星发射中心——中国的东风航天城。

　　这里始建于1958年。北京的中央政府和毛泽东主席下了决心,十万精兵就从四面八方昼夜兼程向大漠深处浩荡挺进,步兵、铁道兵、通信兵、测绘兵、空军,进驻最多的是工程兵,他们担负繁重的导弹试验基地的各个场区的建设。那时条件极其艰苦,又值我国三年困难时期,部队吃、用都成问题。物质生活十分贫乏,精神却弥补一切。我曾采访当年奋战在那里的一位工程兵连长,他回忆说,那时执行的是国家特种工程,特别的保密,我们就称特种工程部队,虽然全国全军全力支援,但那时的交通不像现在这么发达、便利，许多物资真正赶运到大西北的荒漠之中，实在不是一件容易的事。当时，为了抢时间，我们昼夜奋战，各项工程都是提前再提前。我们连有回接受营区建设中的刷墙任务。有任务，领不到刷子。怎么办？心里很急，工程等不得，各个师、团、营、连都在大干快上，十万将士你追我赶争先恐后，我和连队干部战士商议，突然有一念头：全连理光头，整理头发自制刷子。这想法像脆响的晴空闪电，大家兴奋地呼叫起来。就这样我们自制了各种样式、长短不一的一百多把刷子，解了燃眉之急。在那个年代，中国最原始的和最现代的，在那特殊的地域、特殊的环境，得到充分的展示与融合。

额济纳旗风沙大得没法用言语比喻。运进场区的满装大油筒在戈壁滩上刮出几十里。由铁道兵抢建的从清水到场区的铁路，在戈壁中穿行。有一次，刚卸完的空车皮，被一阵风沙刮到路基下，车皮被沙石打得疙里疙瘩。部队居住的帐篷半个在地下，半个露在戈壁上，用芨芨草与泥巴糊实，防风防沙，冬暖夏凉，从空中俯视，像一排排一行行硕大的蘑菇。导弹试验基地基本完成，部队就种树植草，绿化场区，让戈壁变绿洲，美化大西北的家园。

导弹试验部队也在这时咬着牙关做准备，工程安装部队在星辰闪烁的戈壁深处树起了高高的发射架。1960年9月10日，额济纳旗晴空万里，爽朗明静，新建的导弹发射场上屹立着我国第一枚墨绿色的导弹弹体，金色的阳光照射在年轻并富有生命的弹体上，熠熠生辉。随着指挥员的一声"点火"，导弹尾翼喷射出浓烈的火光，弹体在火光和轰鸣中缓缓腾空，飞行在蔚蓝的天空中，它按照预定程序飞完全程，弹头准确地击中远方的目标。我国的第一枚导弹试验成功后，完成任务的部分工程兵师、团又向原子弹试验基地开进。

开国上将、原军委工程兵司令员陈士榘对笔者说："当年，我作为'两弹'基地建设的特种工程部队的司令员兼政委,毛主席、周总理亲自交代这个任务,压力很大,在建设过程中,许多问题是直接请示周总理解决的。经过几年努力,我们提前完成了,交给当时的国防科委使用。导弹、原子弹试验成功,毛主席很高兴。1965年元旦的军民联欢晚会上,毛泽东主席来到我们军队的高级将领中间,一手握着我,一手指着国防科委主任张爱萍上将,用赞许的口吻说道:'祝贺你,你们立了功,他们出了名。你们做窝(建成"两弹"基地),他们下弹(成功试射导弹和试爆原子弹),我们中国人说话开始算数了,你们都立了大功。'"

后来,人们欣喜地获悉,在这个基地上,成功发射了我国的第一颗人造卫星和日后许多次的卫星上天、"神舟"升飞。

在那个"不是东风压倒西风,就是西风压倒东风"的日子里,酒泉卫星发射中心的人们,都亲切地把这块他们日夜相伴忘我奋斗的地方叫作"东风"。酒泉下火车,接待我们的年轻人热情地说:"我们回'东风'去。"一个"回"字,令我们欣慰地感受到,"东风"就是他们的家,也是我们千里旅途的家。这"东风"就是我们送卫星上天,送"神舟"五号飞船遨游太空的航天城。

经过几代航天人在戈壁深处的不懈努力,酒泉卫星发射中心——东风航天城,已经建设得异常美丽且有气魄,绿树成荫,花草遍地,楼房整洁,道路经纬,各个卫星发射塔、航天飞船发射塔巍峨地耸立在坦荡无垠的大漠上,它们像一位位坚强的钢铁将士,时刻期待着祖国的神圣号令。

2003年12月25日北京

伟 人 山

罗布泊腹地有座伟人山,多年来我一直念着它。

那是6月的一天,我们刚从第一颗原子弹成功爆响的纪念地回到马兰,便乘上越野车直奔地下核试验基地。

离开营区,车子向着东南方疾驰,原野上高耸挺拔的白杨向后隐退,茫茫的绿草地一片片地迎面扑来。新疆广袤的地域上,有水就有草木,就有人类活动,就有热闹繁华的城镇;缺水处,便是荒寂的戈壁、沙漠。难怪,新疆有份大型文学期刊称《绿洲》。绿洲,是现实的美好,又是美好的期冀。

在我们的视野里,紧接着几百里的荒无人烟。黄澄澄的厚重苍凉,反衬得整个天空也是黄澄澄的,连成漫漫的无限怅惘。看来天气有变。越野车在海洋般的怅惘中飞奔,不一会儿工夫,漠风卷起沙尘呼啸着弥漫过来,刹那间,原本昏黄的太阳消遁在沉沉的苍穹中,我们仿佛陷埋在黑色的世界里。沙砾暴雨似的狂敲越野车,哐哐地、沙沙地跳弹。我们无法辨认方向,只好停下。大约半个来小时,风势稍为平息,太阳在昏迷的天幕上模糊出一个印影,我们的越野车又缓缓前行,这时,我们隔窗看到,远处戈壁升起一柱巨烟,直直地窜向天际,又旋转着在天地间移动。此时此刻,我恍然觉得"大漠孤烟直,长河落日圆"的景致,不是古代诗人的奇思妙想,而是自然界实景真情的生动写照。

车子还在有条条轮胎碾磨成槽的茫茫戈壁上奔跑。我们清晰地看到相距不远立有几块碑石,上面赫然刻写着鲜红的大字:"永久性沾染区"。陪同告诉我们,那是当年的地下核试验处。我心不禁震撼,昔日千军万马涌动、全国上下欢呼的动力,竟发自这么一块僻远而又荒芜的地方。

越野车突然停在一座小山前。我们下车四顾,陪同对着寸草不长的灰秃的酥松山体说,这又是一处试验地,那时坑道掘进,核弹在山的深处试爆,炸得整座山都跳起好几米,震得有的国家的决策者心里发怵。在纷繁的国际舞台上,他们总是千方百计地打压我们,而我们浴火重生的中华民族,却像远方的大山那样巍然屹立。

"大山,是中华民族精神的象征!"一身戎装的基地军人指向那座横亘大漠深处的大山说,"那,我们就叫伟人山。你们看,整座山体,多像毛泽东仰卧的模样!"

这时,风止云静,天晴朗明。山显得那么的壮阔、清晰,好像一下拉近了许多。我们放眼望去,横卧的山型,徐徐呈现出毛泽东的容颜,饱满的天庭,高挺的鼻梁,微合的嘴唇,背梳的头发,与整个丰满的面部、起伏宽广的胸襟,自然和谐地融为一体。我们情不自禁,一次次地喷出声来,躺卧着的毛泽东老人家的形态是那样的平和,那样的亲切,那样的安详,我从心底说出:"大自然竟有如此神奇绝妙的景象!"

陪同告诉我们,这还是基地司令员的功劳呢!他说,司令员是上世纪50年代第一批开进这块像浙江省面积一般大的核试验领地的部队成员,那时他是工程兵的一名技术干部,他们扎帐篷、建营地、立铁塔、挖地道,在茫茫的旷漠中建成了我国的核试验基地,为我国第一颗原子弹、氢弹的试爆创造了先决条件。核爆的成功,使中国人民在世界民族之林中腰杆挺得更为硬朗。那时,司令员他们虔诚而又坚定地认为,毛泽东的话就是巍巍的标杆,立在理想的前方,必须不懈地去追赶、去奋斗。他们风餐露宿,昼夜奋战,一次次地完成了艰巨的试验任务。成功令他喜悦,理想让他心胸大漠般的坦荡,肩膀大山似的崇高。毛泽东的逝世,司令员悲痛了很久很久,他决定一辈子扎根戈壁,让这身骨肉贡献给固防强军的事业。有次,他出差到北京,首先去毛泽东纪念堂瞻仰老人家的遗容。几天后他回到基地,回到了地下核试验基地的官兵们中间。这时,他站在这座正在掘进的山体坑道口,眺望远处起伏连绵的大山,突然惊喜地发现,那山不正像在北京看到过的毛泽东主席安详平和的形象吗?!啊,毛主席他老人家不正是和我们指战员终日在一起,静静地守护着这片神圣的土地,护卫着祖国的壮丽与尊严吗?!

伟人山的美名就这么一下子传开了!

从此,基地的指战员每有余暇,总要到这里来,怀着崇敬的心情,远远地眺望这座巍峨的大山,眺望远在天边近在眼前的这座毛泽东的卧像。当一轮喷薄的红日从大山上冉冉升起时,整个试验场到处是金灿灿的辉煌,生发着蓬蓬勃勃的一派生机。

听说南海有座"毛公山",形态酷似毛泽东,国内外慕名瞻仰者络绎不绝;河北赤城也有座伟人山,我曾伫立在明时朱棣北进打败外敌侵扰的高高的山岭上遥望,那形神兼备的景象,也触动了我的心灵。我感觉,就磅礴的气势、逼真的形象,罗布泊那座为最。

在罗布泊腹地发现、欣赏伟人山,是现代军人的一种广阔胸怀,又是神圣使命的一种再现与延伸。有位军旅作家说过:"为了避开世界,我们筑起了墙;而为了接近世界,我们又在这墙上开了窗。为了和平,我们宣称要消灭战争;而为了最后要消灭战争,我们又不得不拿起枪。"为了不让具有大规模杀伤力的核武器残害人类,我们不得不拥有核武器;为了人类的永久和平,我们必定最终消灭核武器。

青海海晏美丽的金银滩上,曾经有座神秘的核武器研究院——原子城。这座与罗布泊试验基地同时由我军建造的城池，如今已成为人们悉心游览、回溯历史的一块胜地。大好河山是留给人类的，人们总有一天会自由地往来于如今仍是军事禁区的罗布泊那块神秘的领域，撩开红盖头般美丽的面纱，欣赏那青春少女般清明玉洁的孔雀河，仰望那雄伟壮丽、勃发光彩的伟人山的。

2007年9月10日

与熊相处的日子

黎明前的那一声枪响,多少年来始终血写在我的脑海里。

上世纪60年代的最后一个冬天,特别的寒冷。那时我国北疆形势紧张,迫使部队加强了训练。来年初春,我部接到命令,在飕飕的寒风中野行拉练,向苍茫的神农架深处进发。

雪花零零落落地飘舞,满天灰蒙。周际的麦苗、荒草、河道,起伏的山岗、树丛,显得格外的萧条、凝重。队伍几天几夜在乡间的小道上奔袭,直逼陡峭的大山时,一长溜解放牌大卡车,从河道上哗哗地犁开水,追到我们身旁。指挥员即令我们上车。车辆在森严的峡谷间逆水而进,两侧险峻的山岩仿佛要塌压过来。河床不像山外那般平缓,车子为躲避巨石,东拐西扭,颠得有的战士呕吐。有些地段实在过不去,指战员们跳入冰冷的急流中,翻滚石头,硬在水中辟出一条车道。就这样,夜幕降临时分,我们进入了神农架原始森林的腹地。

就地设营,帐篷就安扎在巍峨的山脚下,奔流的河水边。

雪还在飞扬,山上已经花白,山下倒显得纯静。几天的疲惫都化作呼呼的沉睡,虽有几分寒意,大家拥挤在帐篷里,并没觉得什么,如果不是这一声清脆的枪声,我们怎么也不会迅捷地从地铺上滚碌起来,穿上衣裤,端起冲锋枪,箭一般地射出篷子。这时,我们听到的只是哗哗的水声和嘈杂的跑步声,还有个别战士被卵石绊倒又爬起的动响。待我们赶到出事地点,只见一只肥大的黑熊倒在雪地里,透过微明的银光,看见一滩鲜血印在雪白之上,莹莹地闪着幽蓝。我们从未见过这么大的熊,像农村翻倒的一扇门板。这时,它还没死,两眼透露着痛苦与悲悯。它几次挣扎,想站立起来,几次都砰然倒下,再也无法显现它往昔的威严与雄壮。两只熊仔嗷叫一阵,咝咝地依偎在大熊身边,咧着小嘴,惶恐凄怨。

听哨兵说,他执勤时,听到老远的雪地上有吧嗒吧嗒的声响,心想,天还没亮,这深山老林还有百姓来蹚河滩?白天进山,一路没见山村农寨,几十公里没有人影,难道会有人趁黎明前我们熟睡时袭击?他趴在雪地上静候。吧嗒声越来越近,还夹有细碎的杂音。这个方向,已没有队伍,领导查哨也不是这种脚步声。当他发现有个老大的黑影向帐篷这边移动,还尾随两个小点时,心绪骤然紧张起来:不是佯装之敌,便是凶猛的野兽。待他看清黑熊带着两只小熊直向刚刚设下的营地而来,紧迫之时,瞄准大黑熊,食指扣动了扳机。

这一枪,在辽远深幽的神农架原始森林中清脆地回响着;这一枪,惊醒了在河滩上设营的部队,霎时都进入了战备状态。

我们连队的人马荷枪实弹地围在大熊四周叽叽喳喳地议论着。有人赞许哨兵的机敏,有的觉得有所后怕。这时,两只熊仔呻吟着,小小的舌头舔抚母熊身上那个枪伤处涌出来的鲜血,红迹已经糊涂了它们的小脸,可它们仍在不停地舔着,仿佛这样能安抚母亲的痛苦,挽救母亲的生命。

那时,人们是多么的愚昧和无知,不但对野生动物缺乏保护意识,在报刊上还把在野外打死老虎、金钱豹的事当作英雄行为宣传。部队有纪律,不准随意放枪。连长跑过来说,这事已向上级报告,以后不允许擅自枪杀野兽。

我们每天在茫茫的雪地里滚爬,在几乎不透风的密林中穿行。我们这些南方兵,从没经历过这么厚的积雪,也从未经历过如此寒冷的初春。在盈尺厚的雪域里,就想珍宝岛,想乌苏里江,想那片雪原上的枪声、马达声。一天累得真想趴下歇憩,可回到帐篷放下枪,就直奔炊事班的大架子篷,去看那两只小熊。

小熊长得很可爱,只是多有几分野性。我们抱它、逗它,它用小掌扒我们,鼻孔乖巧地蠕动,幽亮的眼珠疑惑地辨别我们这群嬉笑的兵士。不知炊事班的战友给它们喂啥,听说小熊还在哺乳期,那时的连队没有乳奶,更没像现在这样的"伊利""蒙牛"。炊事班每天磨黄豆,做豆浆,连队吃大锅,它们吃小灶,让它们吃细食、软食。饭后,我们也常带点饭菜去喂,它们像老太婆咬东西,歪歪扭扭地嚼半天。

那时,我在连队当排长,一天疲惫,回营与战士们一道,从小熊身上寻找乐处。野地训练的最后半个月,每有空暇,我们就带两只小熊在冰雪上追逐,两团球样的身子走走滚滚,与我们嬉要在一起。

大运动量的野练,体能消耗很大,饭量如斗,吞食似牛,可我们每天必须节省点肉食饲养小熊。在大家的喜爱调养下,棕黑的绒毛渐渐泛亮,幽亮的眼神由幼稚痴呆变得活泼兴奋起来。每见我们训练归来,它们会不慌不忙地摇过来,用那湿乎乎的嘴鼻哄闻我们带有冰雪的腿脚,以示亲昵,有时我们也会用脚故意掀翻,当它从冰雪中滚碌起来,会像小狗似的跟随我们,可它们没有小狗那般灵活,那般忠诚,而是憨憨的,又觉笨拙。笨拙一是来自它的体态,二是它的视觉。与小熊的接触中,我们觉得它那两颗嵌在绒绒毛发中的眼睛,对许多东西好像视而不见,神光没聚焦。后来我们才知道它的视线只有四五米。对送给它的食物,我们刚刚露面就见它们兴奋地快速过来,可想它那椭圆形鼻子的嗅觉和两只竖着的耳朵的听觉,是何等的灵敏。熊也喜在夜间活动,但与军人生活在一起,慢慢地,也适应了晨起晚息、一日三餐的习惯,战士们也视它们为连队的一分子了。

有天上午外训，我们排的两位战士悄悄地抱上了它们。我有点恼火，但已经行进在山地上，不便再追究。当我们进入密林地域时，传来命令，说发现有股"敌人"侵入我部防区。我们感到很突然，战士们急忙用备有的绳子将它们拴在一棵杂树上。当我们匆匆在林中穿梭数公里，用实弹击倒几十个活动靶归来时，大伙寻了好一阵子，才找到那棵系有一条白毛巾的杂树。在那冰天雪地的密林中，一条白毛巾的标记是多么的不显，系白毛巾的那位战士直说"不当"。看到那两只小熊瑟缩地挤成一团的情景时，我蓦地想到，是枪声的惊吓！它们会想起是这样的枪声杀死了它们依恋的母亲吗？

　　回归的路上，战士们倍觉它们可怜，仿佛是被遗弃的孩子，竞相怀抱。在过一段河道时，脚下石滑，有位战士连同小熊跌入冰冷的水中，可他仍紧紧地抱着，人与小熊都浸湿了。人们将他从河道中拉上来，争先用毛巾擦熊毛，用棉衣将它裹起来。回到营地，赶紧叫炊事班做姜汤。那个落水的战士端碗热汤，呼呼地用嘴吹，用小瓢喂，喂得小熊连打几个喷嚏，喷得刚换的干衣麻麻点点的，大伙逗乐："认个熊儿，你就当熊爸吧！"

　　神农架的深壑密林，藏匿着多少秘密，谁也不知道，谁也说不清。

　　我们的介入，无疑打破了这片原始林区的固有寂静，侵扰了野生动物的生活圈，也危及它们的生命。那时，我们没有现在这样的清醒认识，只是不允许对野生动物再开杀戒。有次，连队拉到山林里训练，仅炊事班几位大员和连队值班员守候，有只金钱豹大白天窜到河滩上的帐篷边，炊事班人员发现，谁也不敢吭声，端枪伏在小熊旁，惊恐地观察金钱豹的一举一动。这只金钱豹大摇大摆地巡视一番，蹿到伙房的篷架上叼走了一大块猪肉，又大摇大摆地走向不远处的丛林。战士们望着金钱豹远去的身影，才轻轻地松了口气。可他们谁也猜不透，这只金钱豹的偷袭，是冲着血腥的猪肉来的,还是冲着人和小熊来的?

两个多月后,我们拉出了神农架,与我们朝夕相处的两只小熊,要交给上级机关去处理了。送行时刻,连队干部战士都拥过来,争着再抱抱这两只曾为我们带来无尽乐趣的小家伙。

时间不经意过去一年半,我已在团机关当宣传干事,到师部去参加学习马列著作的培训班。走进招待所院落,就见有只黑熊在一棵树脚的盆子边吃食。我们早就听说黑熊进了师机关。管理部门说招待所来往军人多,有残羹余饭。我正欲问另一只时,招待员敲着盆子过来,将一盘有菜有肉的食物扣在地上的大盘里。他头一扬:"那家伙在天上哪!"果然,另只熊从头顶的树上缓缓爬下来,原来它团在树杈上栖息呢!

相别载余,刮目相看。这熊站立起来竟与我胸部齐平了。白天它们放养在院内,晚间用铁链锁在院角的小棚里,那就是"家"。我亲切地抱它,死沉死沉的,大约有一百几十斤了。我开始与它玩耍,当我扒开它嘴,想瞧瞧它那口参差的牙时,它的前掌一把将我手拍下,还抓出了血。我想,这家伙六亲不认了,长得也不似小时灵动可掬啦,总是懒洋洋的,打不起精神,养尊处优的日子培植了它的惰性,如果早日放归大自然,会是这等模样!?想归想,总还有一种亲近感,每天中、晚饭后,总要拽着它的前掌,像拽着孩子般地在院子里走几圈,它那两只后掌吧嗒吧嗒地迈着八字步,头翘得高高的,与穿军装的平排走在一起,仿佛是种荣耀。

动物也有它的灵性。相处多了,你不找它,它还要找你作乐呢。有天,我从院子里漫步穿过,突然身后有人使劲拦腰将我抱住,待看清两只毛茸茸的手臂时,我已经摔倒在地,原是那只调皮的雄熊捣鬼,雄熊个头粗壮,气力也大。热闹惯了,它也怕寂寞。有天上午,我们正在房里讨论,这只雄熊竟悄无声息地爬上楼来,径直走进我们房间,毫不顾忌地爬上我的床铺端坐,好似参与我们的学习。它的到来,一时活跃了我们的情绪。我们谁也没有驱赶,倒是故作镇静,照常地发言,照常地喝水,它一会看看我,一会看看发言者,一会前爪挠挠耳朵,鲜红的舌头嘶啦嘶啦地舔鼻头,憨憨地期待着什么。好一阵子后,突然发现我白白的床单上有一片水印,意识到这东西在我的铺位上撒尿,我刷地站起,重重地扇了它一掌。它懒懒地起来,屁股摇摇,走出了房门。自此,它几次上楼进门,再也没爬上我的铺位。

　　培训班结束的那天中午,我们有顿丰盛的聚餐,其间我偷偷地将餐桌上的那盘蹄髈端出,扣到它们的食盘里。闻到扑鼻的香味,它们跑过来,吧唧吧唧地争着吃。我一边抚摸着它们厚厚的棕黑皮毛,一边轻轻地说道:"今天我们就要走了,以后不知什么时候再来看你们,如果老连队的人能来多好,他们常念着你们呢!"两只熊似乎听懂了我的话语,停住饮食,我拍拍它们的厚背,意想不到,它们居然站立起来,我赶忙拉住它们的前掌。此刻,我又一次看到它们幽亮的眼神,仿佛闪动着不舍的泪花……

　　后有消息说,我们部队饲养黑熊的事传到了武汉。武汉动物园领导持着湖北省革命委员会的公函找到师部,希望将黑熊运到省城让更多的人观赏。部队专门焊制了铁笼,备足路途食物,派车送往。野战部队流动性大,不久我们离开了汉楚大地。两只黑熊在武汉动物园生活得怎样?再也没有了信息。几十年过去了,我们那时的战友们相聚,还常常念叨当年与小熊相处的那段难忘岁月,念叨那只不该枪杀的母熊是否还有其他后代,像金钱豹那样活跃在神农架的密林深处。

2008年1月19日于北京

4月20日修改

老槐树下

电影《地道战》中,有个镜头深深地铭记在我的心里:高老庄那棵高高的老槐树。它那挺拔的躯干,粗壮的树杈,茂密的枝叶,像条盘龙从天而降又若飞升;还有悬挂在槐树上的那口铜钟。在夜深人静、村民们安然熟睡时,我们高老庄的党支部书记、人民的知心人高志忠还在巡视,他突然发现偷袭的日本鬼子悄悄进了庄,在这万分危急的时刻,他毫不犹豫,匆匆地跑向老槐树,鬼子端着枪追赶,高志忠鼓点般的脚步声在影片激剧的乐曲衬托下,更让人焦虑、紧张。高志忠终于颤巍巍地跑到了老槐树下,拉起绳子,响亮的钟声飞扬开去。全村的男女老少都被这突如其来的钟声惊醒,纷纷拿起消灭敌人的武器,转入地道。敌人残酷的子弹射向我们可敬可亲的高志忠,我们仿佛看到鬼子的那颗罪恶的子弹穿过热血沸腾的高志忠身躯,带着鲜红的滚烫的血迹,又射向了那棵巍然耸立的古槐,在古槐巍峨的肌体上,留下了一个永不消失的带有血痕、绿汁的焦黑的弹孔……

前几天,"高传宝"带我们到1965年拍摄《地道战》的河北清苑县冉庄参观。当年陈旧的冉庄,如今已经是比较繁华的镇政府所在地。抗战街与古槐路纵横交错在古老的冉庄中,如上世纪40年代抗击鬼子时的模样,保存下来,作为冉庄地道战纪念馆的重要组成部分。村民们又在旁边开辟一块地域,建造了崭新的富有朝气的新冉庄。当年与扫荡的日本鬼子周旋,展开了冀中平原上著名的地道战所利用的民居、庙宇、磨坊，随同它们身上的射击孔、观察孔，五花八门的出入口和地下迷宫般纵横穿梭的地道，已经作为全国文物重点保护单位，永久性地为人们参观、学习、瞻仰。一批批的游人纷至沓来，参观当年冉庄人民为了生存展开艰难而又顽强斗争的场景地，感受中华民族的优秀儿女生生不息、前赴后继的伟大精神，欣赏雄伟壮烈、气贯长虹的奋斗换来了今日的平安、繁荣的盛景。

我们来到老槐树下。

两棵苍劲的古槐，相依挺立在一起，两人合抱不住的粗大树干，向上强烈、坚硬地展开着它的分支，傲然地伸向苍穹。当年蓬勃的繁枝茂叶已经消失，只留存躯干，更显它的倔强、坚毅、挺拔、不屈。我问著名表演艺术家、《地道战》男主角高传宝的扮演者朱龙广，他说拍《地道战》时这树叶长得很好。冉庄地道战纪念馆负责人介绍，这两棵古槐已有一千五百年的树龄了。我肃然起敬。想起当年开展地道战时的冉庄人民，想起壮烈倒在古槐下的"高志忠"，我的心不由自主地沉重起来。

冉庄的地道，开始是为了藏身，后来发展到相连并适用于作战。我们在蜘蛛网似的地道中穿行，如不是导游带路，根本辨不清方向，也找不到出口。过去的地道，直到拍《地道战》时，还只是猫着腰才能行进，为了便于旅游，现修成可立身行走了，但仍然是玄关重重，需谨慎慢行。地道中有四通八达的巷道，有人们意想不到的进出口；有奇妙的陷阱，潜低回流的防水道，可以关闭、转流的防毒气道和悄然上升疏散的硝烟消气孔；有宽大的人员结集处、会议室，有能制造、修理一般武器的兵工厂……冉庄人民当年巧妙地运用地道，沉重地打击屡次扫荡的日伪军，在战火中，用自己的聪明智慧创造了惊天动地的奇迹。

"各小组注意，各小组注意，打一枪换一个地方，不许放空枪，开火！"随着电影中朱龙广扮演的这位英姿魁伟的高传宝的命令，一连串"开火！""开火"的口令传向四面八方，一场雄伟壮阔的战斗打得沸沸扬扬。

高传宝的这段话语，与刘江的"高！实在是高！"，成为《地道战》中的经典语言，在以后多次抗日战争胜利纪念日的重大活动中，朱龙广都以洪亮铿锵的声音为大家现场表演这段台词。我们从地道中上来，钻进一座稍高一点便于观察的民居时，发现了这根油亮的竹筒，我即上去，学着"高传宝"的神态、腔调，对着筒口发出了这个指令，可我这江南人的细调柔音，哪能与长得那么帅、那么精神、音质又那么浑厚的"高传宝"相比哟，只能引来大家的一阵哄笑。

朱龙广和他的夫人吴惠芳，是工程兵文工团演员，一个在话剧队，一个在舞蹈队，拍摄《地道战》时朱龙广二十六岁，吴惠芳十九岁。吴惠芳在电影中扮演一般的女民兵，那个从地道爬梯子上来，裹条白羊肚头巾，穿件黑白格子上衣，腰间扎根皮带，提只装有手榴弹的篮子的便是。吴惠芳说："那时导演叫我向街上扔手榴弹，我动作总是太大。"我说："你是舞蹈演员，动作舒展、柔美，可那是打仗，是战场。"吴惠芳笑笑："导演说你干吗使那么大的劲，你在高处，手榴弹从这小眼里拉线塞出去就完事啦！"她的话，又引来大家的哄笑。

"是不是那时候你就偷偷地看上了'高传宝'？"我以调侃的语气问吴惠芳。

一帮姐妹哗然，吴惠芳微微一笑："哪里，那时候我还小。"

"还小？多少姑娘围着朱龙广，他独独瞄上了你这年纪小的？"

"还是咱吴惠芳有魅力，看顾长的身材，天生的丽质，让那'高传宝'一看……"有位姐们在旁边做着挺胸的模样正说着，另一位姐们就紧接话茬："看上了，就拔不出来啦！"

笑声又回荡在我们的周围。

从七拐八弯的地道里出来，我们又你一句我一句地询问朱龙广当年拍摄《地道战》的情景，朱龙广当然是兴致勃勃，好像又回到了四十多年前的情景："那时，一大帮演职人员都吃住在冉庄老百姓家，有的睡炕，有的睡通铺。冉庄人民对我们可好了，热情得像当年迎接八路军那样迎接我们。这次我想到房东家去看看，多少年来我真想念他们呢！"

"我们跟您一同去！"

路上我们说说逗逗。来冉庄参观游览的人们有的认出了"高传宝"，上前探问，朱龙广认可后，他们顿时兴奋地请朱龙广合影。

在参观布满弹孔的街景时，有群如花似玉的年轻女子在旁指指点点："那是不是《西游记》里的如来？"每当看到这情景，我总是第一个说出口，又积极地引导朱龙广与她们站在一起，朱龙广如来佛那样平和慈善大肚地微笑时，相机咔嚓一声又咔嚓一声，这群姑娘仿佛从他身上得到了"真经"，笑吟吟地与我们挥手道别。

经过几道街弯，看到了房东的老屋依旧在绿树青草之中，但人去房空。听街面上人说，他们已搬进新屋。我们在朱龙广的指指画画间找到冉庄新区的老房东，朱龙广大声吆喝，见面时双方激动的面容在金色的阳光下闪烁着亮晶晶的泪花，当年蹦蹦跳跳的小姑娘，如今已做奶奶了。她将身边的儿子、媳妇一一介绍给朱龙广，又将当年的"高传宝"们在家居住的情景叙说给儿孙听。

我环视房东的新院，用红砖整齐砌成的新屋，比老房高出一倍，明洁的玻璃窗敞敞亮亮的，门口的两棵柿子树上缀满了沉沉的红通通的果实，在太阳下亮闪闪的格外显眼。屋顶上金黄的玉米堆砌成一排排，与四邻屋顶的金黄玉米呼应成一片金色的海洋。

这时老大妈从屋里走出来。当年她是位嫂子，如今已近米寿之年。她看到女儿还没请大家进屋，就嚷嚷起来，女儿顿觉失礼："快！快！请屋里坐！"

朱龙广夫妇进了房间，我们几个仍留在农家种满瓜果的小院里。院落安宁、清静、温馨，干干净净的，边上还种着几种鲜嫩的蔬菜，一群家鸡关在大笼子里，色泽艳丽的壮实的大公鸡，面冠涨得红红的，一声嘹亮的啼鸣，引得旁边的母鸡、仔鸡咯咯地欢叫，好似奏响了一支热烈盛情的迎宾曲。

年轻夫妇赶紧采摘挂在树上的鲜红的柿子，在门前树下的自来水处慢慢冲洗。坐在树下的小板凳上，手捧熟透的晶亮剔透的红彤彤的柿子，我真舍不得将嘴抿上去，我仿佛想起了六十多年前在这冀中平原与扫荡的日伪军周旋的"高志忠""高传宝"们，他们这时是握着枪杆子藏在深深的地道里，还是在青纱帐收运已经成熟的玉米？秋收的季节，鬼子要来抢粮，那时平原的八路军、老百姓能像今天这样的毫无顾忌地收获，又将金黄的玉米晾晒在平平坦坦的屋顶吗？"高志忠"他们有这样的余暇和心境在院子里静静地品味自家鲜红柿子的甜美香醇吗？

"真甜啊！"咻溜咻溜吸吮柿汁的响声与人们的称赞声，将我的思绪呼唤回来，端详着皮如蝉翼甜汁汪汪稍有不慎就会从手上、指间、我们的生活中流失的美好的果实，我倍觉它的珍贵。我缓缓地低下头，以虔诚地敬意轻轻地亲吻婴儿般细嫩通红的硕大的柿子，泪水不知不觉间落在它的上面，在阳光下像两只清亮的眼睛，与我对视着……

下午，"高传宝"又带我们去邻近的李庄。《地道战》的外景战斗是在李庄展开、拍摄的。雨后，李庄的道路泥泞，面包车在低洼的泥水中颠簸。李庄的村路不如冉庄，冉庄的路已用砖块蠹砌，干净收水，经得起几代人的踏磨。新村新房的道路也大都用水泥路面连通，这得益于地道战纪念馆。地道为历史付出了代价，也为历史赢得了信誉。

老房东铁木大哥听说"高传宝"来，匆匆从地里赶回，七十有几的身板依然健壮结实。我们坐在他的新居里，他的媳妇又是酸奶又是苹果地端到我们面前。铁木大哥情不自禁地向我们说起那时的情景："那时朱龙广这帮年轻人住在我们家,早上起床就打扫院子、挑水,把我们家弄得那真叫干净。有次我砌猪圈,他们硬一把泥一把粪地把我们家的猪圈砌得那真叫好。老八路的作风啊!叫我们感动得!要收麦子了,我们李庄沙地多,只能拔,有天我清早起来,他们却已经拔了好多麦子,堆在院场上啦!"

朱龙广与铁木大哥交谈得很热烈。

"那时条件不好,现在你们该在我们家住住,现在的生活",铁木大哥指指桌子上的一大堆酒盒、老人滋补品,激动又自豪地说,"我中午、晚饭每餐都要喝二两,不多喝,这样天天喝也喝不完啊!过去缺吃少穿,现在的饼,里面是油,外面也是油,餐餐有肉啊!这日子过得……"

铁木大哥头发花白,面色红润,灿烂着幸福的笑容。他对部队、对军人的那种深厚的情谊,对现实生活、对于未来的那种感美之情也深深地熏染着我们。

时间不早了,我们要回冉庄,铁木大哥一把拽住朱龙广:"不行,我儿子正在保定赶回清苑的路上,他自己开车,很快,一定要见个面,他小时还吃过你带来的奶呢!"

……

这天夜里,我们住在冉庄"高传宝之家"的小院,男女分睡在两边房间的炕上。这些当兵三四十年的老军人,又重温了当新兵时的那种亲近感、亲切感,通铺一溜儿地排开,头挨头,脚碰脚,少了那时的精干,多了现今的呼噜,倒是增添了一种新的无以名状的情趣。

第二天一早,我又独自来到了老槐树下,仰望它衬映在蓝天白云间的雄姿,抚摸它弹孔累累、伤痕斑斑的身躯,心里一股股热浪涌上来,真的,我有好多话想说,又不知从哪说起。心猛然一动,赶紧跑回小院,呼叫"摄影家"。

在老槐树下，我对"摄影家"说："你一定要把老槐树的高大、坚挺给拍进来，我要传给我的孩子，还要给她讲讲曾经发生在这里的一些故事。"

2007年10月12日于北京

回望将军

我是邓东哲将军在职时的最后一任秘书。

1978年5月,我从部队连队指导员的岗位上调到工程兵司令部办公室任外事秘书。在连队当了4年多时间的指导员,和全连168名干部战士生活、工作、训练在一起,有无穷的乐趣,也建有深厚的感情。刚到机关,觉得冷冷清清,也不认识机关的人,晚上和节假日就看看书写点札记。办公室兼卧室,十分方便。慢慢地,有零星文章在报刊上发表。1981年的一天,领导找我谈话:邓东哲副政委的秘书要调往武汉,邓副政委提出让你接替。

去见邓东哲将军,走进他的办公室。他是湖南茶陵人,中等身材,穿一身绿色的军装,他从办公桌旁站起来与我握手。在交谈中,他说:"我想找位能写点的、有一定基层工作经验的(人或同志)当秘书。"面对这位经历二万五千里长征、身经百战并在军队和国家机关都有较长时间任高级职务的老首长,我不知说什么才好,只是说:"我不行,请首长多指教!"

"(工作)先接过来,慢慢干吧!"邓东哲将军嘱咐道。

他家住在中南海西侧的府右街附近,到工程兵机关上班有几十里路。每天大都7点半到办公室,我必须7点半之前将办、阅的文件放在他办公桌上。

他的办公室在四层的南侧,我和另一位副政委的秘书在他办公室的斜对门,有事,他随时叫我。

中午,我到机关食堂去吃饭,那时我是单身汉。邓东哲将军就由警卫员点燃一盏酒精灯,热一热由家里带来的饭菜就餐,饭后就在办公室一张临时的单人床上休息一会。我听警卫员说,这饭菜都是炊事员按张士如阿姨的意思准备的。

连续数天,我发现警卫员为邓东哲将军提来的两个小盒:一盒是大米饭,另一盒是一点平常的荤蔬菜。像他这样大军区一级的高级将领吃得这样俭朴、随便?!我第一次感到,他与我们平常人一样。后来,我跟随他出差到下属部队、科研所去,他对他们说:"有四菜一汤就很不错了,多了也是浪费。"我记得,他下部队检查工作时,从没超越这个规矩。

他平时看文件速度不快,但他仍是有选择有重点地看。一般性的文件翻翻则过。每天都有一大打传阅件,中央、国务院、中央军委及各部委的指示性文件和参阅材料,要每份都详细看,的确也没那么多时间。

在机关办公,除参加党委常委会、首长办公会和业务性的工作会议外,他在办公室里,首先是看办件。作为秘书,我按照有关部门的意见和我对这些工作的认识,按先急后缓、先重后轻的秩序排好,待他批阅后,我即取回,登记退送有关部门,他此时再看参阅文件。

渐渐地,我对这套工作程序熟悉了,对他处理各项工作的决心和态度,也有了一定的了解和领会。

在工程兵几位副政委中,他分管科研单位的政治工作,同时又是工程兵纪委书记。工程兵的科研工作是有突出成就的,对我军的现代化建设有着重大的贡献。邓东哲将军经常带领工作人员深入科研所、试验场,与各单位的领导和科研人员亲切交谈,了解情况,共同商量,有困难及时解决,有重大问题一时难以决定的,带回来与工程兵其他领导和常委们研究,并尽快给予答复。每到一地,他总要到已经离退休的老同志家看望,听取他们的意见和建议,并要拜访和看望驻军当地政府的领导,一方面感谢他们平时给予的帮助和支持,另一方面希望他们一如既往。有的部队的一些问题长期未能解决,他就请地方政府协助,地方政府领导知道他原来是国家计委副主任,现是驻军的上级首长,又是那么谦虚地登门拜访,马上就爽快地答复了。

就我所知,邓东哲将军从未以命令式的口气与部队干部和地方干部说过话。有事,他常常以这样的口吻说:"王秘书,你看这件事是不是这样办为好?"实际上他已经深思熟虑了,可仍然是商量的口气。多少年后,我对战友们说起邓东哲将军这种处事姿态,有人说,他多年在中央、国家机关工作,他们不像部队命令式的多;也有人说,邓副政委到工程兵时间不长,比较谨慎。我无法否认战友们的见解,但我多年与他接触,深切地感受到,他与身边工作人员是以一种比较平等的心态来对待的,所以言语比较平和,大家感觉到他平易近人、亲切。当然,在他这种精神感召下,如果我有什么想法,一定会坦诚地说出来。

1982年,工程兵机关改编为总参工程兵部。军委领导与他谈话,要他任工程兵部政委,属高配。从三座门回来没两天,他向我吐露了真情,他说这两天想了想,还是不当这个政委为好。当然,他平时,仍是与工程兵党委常委、工程兵首长和拟任部长崔萍副司令员一道积极工作,为这次重要整编做准备。过了一段时间的一个下午,他叫我,我走进他办公室,阳光从西侧温暖地照在他草绿色的军装上,他慎重地给我说了军委领导的意图和与他交谈的全过程,同时,他还交心般地讲述了军委领导为什么让他当政委的猜想。他说我年纪大了,还是不当为好,我说几句,你给拟个给军委的报告,退居二线或离休吧。这事要让谭司令员、王政委知道,也要让总政知道,就经他们报军委吧。晚上,我就在办公室拟了个稿,第二天上午他阅后,我抄了一遍,盖上他的章就发出去了。我把当时的情景和这份报告也记在我的日记上。

后来,军委批复了邓东哲将军的请求,他离职休养了。我有爱动动笔的习惯,曾对他说:"您休息了,我给您写写回忆录吧?"他笑了笑说:"像我这样的在全军不少,有啥好写的!你年纪轻,我休息了,你还是留下来干吧。"军委工程兵改编成总参工程兵部,我留在部办公室做秘书工作。

虽然不在邓东哲将军身边工作了,但我们之间的感情纽带却越来越紧密。我结婚后住在筒子楼顶层一单间,邓东哲、张士如夫妇就来看望。我女儿一岁半从上海外婆家回北京,他们一听说,马上就来工程兵大院,来看看我们这个还不大会叫爷爷奶奶的小女孩。后来,我搬到五层楼顶层的一个小单元,邓东哲将军夫妇还上来看我们,当我开门时,他气喘吁吁的第一句话是:"王秘书啊,你高高在上啊……"我赶快请他们进屋……

这一切都深深地印在我的脑子里。我们既把他们当作首长,又把他们当作长辈。

1989年9月,我写完长篇报告文学《援越抗美实录》,觉得有信心为邓东哲将军写本回忆录了。我想,在湘赣革命根据地时,邓东哲就担任连队指导员,在长征中,他就任团总支书记、师组织科长,在抗日战争时期,大部分时间任团政委,解放战争期间,他任旅政委、师政委、师长,抗美援朝中任副军长,战斗经历丰富,战果辉煌,并且是职务较高的主要指挥员,又与我军重大的军事行动联系比较紧密,只要他肯谈,我用点心,完全有可能写成一本书。我要求再给他当秘书,于是我调到工程兵首长秘书室,担任两位原工程兵副政委的秘书工作。两年时间里,我为他撰写了6篇回忆录,在各个刊物和出版社发表,与此同时,我注意收集有关他的材料。正值此时,工程兵马苏政副司令员向工程兵部部长、政委提出,抽我与他一道撰写工程兵两弹基地建设的事,当我们的《西部之光》出版时,邓东哲将军已生病住院了。我去看望他,对他说:"您好好养病,待病好了,我一定为您整理一本回忆录,您的一生值得写写。"意想不到的是,邓东哲将军再也没有机会讲述他光辉的一生了……

邓东哲将军生前关心我们入微,而我为他做的太少太少了。

我感到内疚和惭愧。

去年3月,领导找我谈话,说张士如同志有意想要我写写邓东哲的一生。领导征询我的意见,我愉快地接受了并立即投入这项工作。

我将近二十年收集积累的关于邓东哲将军的材料重又翻看一遍,觉得没能在邓东哲将军生前由他详谈他的一生而遗憾。困难不少,必须采访曾与邓东哲将军在战争岁月中共同生活、战斗过的老同志,请他们谈谈战斗的一些经历和邓东哲在战役、战斗中的情况,于是我在京开始采访,还到大连采访原空三军的老同志,查阅在空三军时邓东哲将军的经历,曾在邓东哲将军身边工作过的同志也提供了不少素材。在此,我向这些单位和个人给予的极大支持和帮助,表示衷心的感谢!

在采访过程中,我被邓东哲将军昔日的战友们对他那崇敬的心情和激动的表述深深地感动了。邓东哲将军在敌人面前,威风凛凛;在同志面前,心平气和;在困难面前,勇不可当;在荣誉面前,退让三分,具有高尚的人格魅力。邓东哲将军不仅是我军身先士卒、出类拔萃的优秀的政治工作者,又是一位英勇善战、指挥果敢的战将;不仅是一位信仰坚定、表里如一、不畏强权、骨头刚硬的优秀共产党人的杰出代表,又是一位谦虚谨慎、平易近人、不耻下问、甘当学生的长者。我虽然在他身边工作数年,可对他了解和理解实在太少了。我把采访和写作的过程,当作是一次了解将军、理解将军、学习将军的过程。

"'高山仰止,景行行止。'虽不能至,然心向往之。"

虽然采访有限,掌握素材有限,但终于写出来了,起个什么书名好呢？我犹豫过很长时间。我想，用几个字很难表达将军战斗的一生、辉煌的一生，也很难概括他在各方面都具备的优秀品格和才干，于是我就想起比较通俗的书名《邓东哲将军纪事》。

2000年7月5日于北京

大别山深情

　　枫叶染红的时节,我们怀着崇敬而又虔诚的心情,从北京出发,护送一位身经百战的老将军的骨灰,回大别山革命老区的金寨安放。

　　老将军是安徽六安人,十二岁参加红军,在大别山的山山水水间留有他深深的脚印,也留有他奔腾的热血。在那艰难的战斗岁月里,有一次国民党的围剿部队蜂拥而来,作为红军连长的他指挥全连顽强地掩护主力部队转移,子弹呼啸,炮弹轰鸣,他身负重伤仍坚持与战友们一边扫射,一边撤出战斗,跳出包围圈。在一次遭遇战中,他一连射杀三个敌人后中弹倒下,战友们将他背下阵地。那时红军部队的医疗条件很差,没能及时取出体内的弹头,十六七岁的年轻人有活力,伤口不久愈合,这颗子弹和几块弹片一直残留在他身上。后来,他又参加了几次反围剿斗争和举世闻名的二万五千里长征,参加了著名的直罗镇战斗,后来部队开赴西安附近,支持张学良、杨虎城逼蒋抗日;他率领部队在著名的平型关战役、百团大战、苏中的七战七捷和淮海战役、渡江战役、淞沪战役、福厦战役中大显身手,打了许多硬仗、恶仗、险仗,取得了一次又一次的辉煌战绩。在社会主义革命和社会主义建设时期,将军仍像战争年代那样,风风火火抓军队建设。将军体伤,走路稍有一颠一颠,但他高大威武的身影,在雄壮的军营里,仍然独具风采。

将军戎马一生，战功赫赫，也有老的一天。他面对未来，面对死亡，仍像战争年代那般坦然自如，他说他要回去，回到当年留有青春热血、留有深一个浅一个脚印的大别山区去，回到有那么多同伴、战友浴血奋战又纷纷倒在那里的金寨去。

将军的遗体在八宝山火化，陪伴将军一生的几块弹片和子弹，在炉膛里闪烁着烫红的光芒，大家看到这场景，仿佛又看到了昔日将军激烈战斗的场景，弹头的呼啸声、炮弹的爆炸声又一次在人们的耳际回响。

载着老将军骨灰和那几粒特殊的弹片、子弹的车辆徐徐驶向大别山，具有光荣传统和开拓精神的金寨人民，像当年挥泪送别红军那样又挥泪迎接将军的回归，将军的魂灵在亲热的父老乡亲面前欣喜地游荡。

县委书记介绍，当年鄂豫皖苏区的革命斗争如火如荼，向东威胁南京政府，向西直逼武汉、开封，为扑灭熊熊燃烧的革命烈火，蒋介石集中几十万部队铁桶合围。他指令谁先占领苏区的中心地金家寨，就以谁的名字命名新设县。那时敌强我弱，我军主动撤退，国民党军队的卫立煌第六纵队占领了金家寨，国民政府即将安徽六安、霍山、霍邱三县的部分地区和河南商城县、固始县的部分地区划出，建立了"立煌"县，开始归河南，后归安徽管辖。再后来，我们的解放大军攻下金家寨，要向上报告，报个什么名好呢？就报金寨吧，金寨县由此而来，现在台湾出版的中国地图，听说还称立煌县。

"金寨过去有10万儿女参加红军，1949年10月成立中华人民共和国时，得知仅存几百位，他们中的绝大多数为中国人民的解放事业献出了宝贵的生命。"书记噙着泪花说道，"金寨还有两个'10'，建造梅山水库和响洪甸水库，淹没了10万良田，迁移了10万人民。"我听了不由肃然起敬，金寨是个山区县，良田是命根子啊！为了国家的整体利益，为了子孙后代的幸福，金寨人民又做出了重大牺牲。

在合肥,听省武警总队的领导说,夏天,淮河地区水灾严重,为了下游人民,处于淮河上游的金寨两大水库蓄洪,眼看着年久未修的水库水位猛涨,超过警戒水位,水库脚下的人民危在旦夕,作为金寨人民"父母官"的县委书记,心急如焚,他一方面组织力量,紧急转移县城所在地梅山镇的部分居民和政府机关,另一方面向省武警总队紧急求援。部队立即派遣一支队伍带上冲锋舟和其他防汛器材赶到金寨,既做防洪抢险准备,又担负梅山镇的巡逻、值勤。金寨人民宁可牺牲自己而顾全大局的精神和军队与老区人民的深厚情谊,又一次深深地感染了我。

六安市有108位红军老将军,其中金寨县59位。金寨是个将军县。现在有80多位老红军的骨灰安放在金寨县革命烈士陵园,其中有13位将军。至今仍健在的多位老红军、老将军深情地说他们是大别山的儿女,他们寄情于那片热土,表示他们身后将永远忠诚地守护那片神圣的土地。

安放带有弹片、子弹的老将军的骨灰那天,阳光特别的好,灿烂地照耀着山山岭岭。老将军安详地回到大别山的怀抱。按当地民俗,乡亲们放起一挂挂鞭炮,点燃一刀刀黄纸,刹那,火焰袅袅升腾,炮声震彻山野,仿佛,将军和他的战友们又回到了当年的战场。

2003年12月于北京

第四辑　春雨中的思念

送 别 巴 金

2005 年 10 月 17 日 19 时 06 分，一代文学巨匠巴金永远地离去了。

这则消息，我是当晚 10 时许在上海综合新闻中看到的，随即悲惜地告诉了家人。

巴金，原名李尧堂，字芾甘，1904 年 11 月 25 日出生于成都，祖籍嘉兴。他是一位优秀文化的创造者，也是一位宝贵生命的创造者。

他著作等身，《激流三部曲》(《家》《春》《秋》)《爱情三部曲》(《雾》《雨》《电》)《火》《憩园》《第四病室》《寒夜》等小说、五卷本的《随想录》，还有大量的翻译作品，据说有一千三百多万字，博大浩瀚。1964 年我上高中语文第一课时，就听老师说巴金曾给他们大学中文系讲课，一位大家尊崇的大作家，开讲时脸红红的，仿佛是不好意思。这是巴金给我的第一印象。我想，他该是一位不善言表，不事张扬，勤奋创作，关注生命，热爱他人的慈祥的文学前辈。后来，随着年龄增长、阅历的变化，我知道了巴金不但是位文学大家，而且是位杰出的翻译家、编辑出版家，在现当代，经他之手，培养和推举了一大批我国文坛的优秀人才。他是一位饱蕴温和善良之心的人，不论是他的青年时期，还是他的晚年。在上海电视的节目中，展现巴金长期支持希望工程的汇款单的长长的凭单，就是一个佐证。

在汇款单登记排列的长单中,我清晰地看到他的一长溜相同的汇款地址,这我才意识到,巴金的居地离这里(五原路)很近。这几日,我每天都两度走到他的门前,朴素的门闭着,偶有人员进出,绿树浓荫,拥抱素墙红瓦,几十年来,巴金就是在这个素朴的院子里,在这幢红瓦屋里生活、创作的。庭院静穆,我数次想敲门,以表我的崇敬、瞻仰之心,致以我的凭吊、怀念之情,但我又觉得,巴金还活着,他还在这个静静的院落里漫步,还在这淡雅的书房里写作,我又不忍打扰他。他是我们的前辈,我们的师长,他的时光比我们宝贵。每每举起手来,又徐缓地放下,我数度想走进他的心魂,却又觉路远遥望,一时追赶不及,可他已为我铺展了心路,又忽如径直许多。现时,我仅是在他门前的徘徊中,感念他的真诚与伟大。

　　昨晚的电视告示市民,今天下午三点在龙华殡仪馆为巴金送行。我得悉,其实是两点开始,先安排各层领导和有关部门人员,广大读者是三点。家人说:"要早点去,人一定多!"我十二点半出发,一点就到了殡仪馆的大门口。这时,人群已经聚集等候,警察成列,维护守卫,不让普通读者进入。我明白,向逝者的告别送行,如同上主席台,也是有三六九等的。这时的巴金,已经静卧在那里,在那里像往常那样静候着读者。高官是要保卫的,他的生命比一般人珍贵,普通读者可以拥挤。巴金他不会这样分。巴金曾说:"在我的心灵有一个愿望:我愿每个人都有住房,每张口都有饱饭,每颗心都得到温暖。我要揩干每个人的眼泪,不让任何人落掉别人的一根头发。"巴老是大仁大爱,他对待每个人都是一样的。

　　我出示了红本本证件,警察便说:"你先进去等。"里面已用绳线牵拉,划分路线,小批人员已经到达,大多背着、提着相机,是各地赶来的新闻记者。

　　不一会儿,人们陆续进来,这也算特殊待遇。来自巴金家乡成都的团队,由老人、老师、学生的代表组成,他们拉起一条横幅:巴老走好,家乡人民想念您! 记者们蜂拥而上,拍照、采访。有的人举着与巴金合影的大幅照片镜框,有的举着"巴老,一路走好"的放大报纸剪贴,稚气未脱的小学生手捧鲜花走来,颤颤巍巍的白发长者拄着拐杖走来,轮椅上的老人怀里捧着玫瑰由年轻人推来……

有位约莫七十岁的长者,高个,银发稀疏,面色红润饱满,着米色西装,浅条的白衬衣衬着湖蓝的领带,颇有几分气质。这时的记者,繁忙至极,拥挤着抢镜头。这位长者却独立静观。我上前与他闲聊,方知他是从美国赶回。他说:"我小时读过巴金的《家》等小说,受到很大的感染,大陆解放前,我初中毕业,后来去了美国。在美国,我还是想念巴金,找他的著作。我读了巴金的不少作品,他早期作品多,后期的《随想录》,他那颗真诚的心很感人。美国有海明威这样一批伟大的作家,中国的文化底蕴深厚,中国有像巴金这样一批伟大的作家。"他神情庄重,内心又透出几分自豪:"巴金的作品影响着中国和世界上许许多多的人。文学作品的感染力、渗透力是很强的,它不分人种、国界。"是的,巴金那颗诚挚而温暖的心是为人类而跳动的。

我是两点多排队进入的。天气晴好,阳光淡红,道路两旁,翠碧的树丛前,排满了花圈,花圈上挂满了挽联。巴金生前喜爱的柴可夫斯基第六交响曲《悲怆》的音乐,深沉低回,悲悯无限,人们排着队伍,缓缓地向大厅移动。

殡仪馆门外和灵堂前,悬挂着黑底白字的横幅:"为巴金先生送行"。灵堂墙上,是一幅十年前巴金在杭州西湖汪庄休养地拍摄的彩色照片,白发如霜,笑容自然灿烂,仿佛还在与广大的读者亲切交谈。

世纪老人,我们的巴金,安详地躺在火红的玫瑰之中,他还像往常那样,白色衬衫套件灰色毛衣,外着深蓝色西装,配条红色的领带,鼻梁上架着那副戴了多少年,看过多少书刊,记下了多少文字的眼镜,睿智的宽额仍然放射着明亮的光辉,博大的胸怀里跳跃着火一样的激情……在他的花床前,摆放着用101朵玫瑰编扎的心形,既寄寓了巴金生前无限的情趣,又寄托了他的子女的无尽思念,也代表了千万热爱他敬仰他的读者的美好心愿。

送别的队伍,一排排地向巴金鞠躬,有的泣不成声。我深深地向安详的巴金致以诚挚的敬意,向"心灵中燃烧着希望之火"的巴金诀别。我们围绕鲜红的玫瑰映衬的巴金缓缓前行,像围绕着一团熊熊燃烧的火,感受着太阳般和煦的温暖,享受着永不泯灭的信念之光。

缓步走出灵堂,在花圈簇拥如海、队伍缓进如龙的厅前,我俯首低冥,倏忽,一个清朗沉稳的声音,从天籁飘忽而来,这莫非是巴金老人向我独处的谕示……

我想起昨天,在巨鹿路仰赏上海作协举办的"怀念巴老"的图片手稿珍本展,展厅前也摆满了各界人士、各文学期刊、报社敬送的花篮,展厅中央端坐着巴老的铜像,两旁的楹联"巴山蜀水育方才,金笔巨书照玉寰",道出了千万读者的心声。巴金的作品,如同他的人品,会永远地铭记在人们的心里的。他,灵魂不灭,思想永生。在展厅的签到册上,我默默地写下:"巴老,我们是咀嚼您和您那一代人的文字长大的,我们还会咀嚼您和您那一代人的文字走下去,文学是项神圣的事业。神圣即是永远。"

记得,巴金曾为人题写:"我唯一的心愿是:化作泥土,留在人们温暖的脚印里。"我想,我们这些后来人,会踩着巴金温暖的脚印前行的,不管前面有多少风和雨。

2005年10月24日夜急就于上海五原路

回 想 魏 巍

　　我是 8 月 24 日下午 4 时许去看望魏巍的,他住在解放军总医院。走进病房,看到几位医生立在床旁,似在会诊。满头银发的魏巍,两眼微合,面色安详,静静地躺在洁白的床上,桌台监控机的屏幕上,清晰地显示着他心跳、血压的指数。一直守候在他身边的儿子魏猛告诉我,上午一度昏迷,下午好一些,血压比较低。我和魏猛默默地看了一会,出房间,交流了一些情况。这时的京城,是一片成功举办奥运的欢庆气氛,再过三小时,闭幕式就在鸟巢隆重举行了。我由衷地希望魏巍,日见好转,走出医院。

　　回到家,我给北京军区政治部创作室诗人李钧挂了个电话,告诉他魏巍的近况。意想不到的是,第二天上午,李钧来电话说,魏老于昨晚 7 时许走了,你可能是他生前最后一位去看望他的人。我惊讶不已,一时无语以对,往事不觉涌上心来。

　　记得第一次见到魏巍,是在 1991 年 3 月 27 日。寒冬刚过,春的气息萌动在大地深处,萌动在有生命的物种的躯体里。我来到西山八大处一片丛林下的那幢两层楼小院,冒昧叩响魏巍的家门。也许他正在写作,我看到他从楼梯上走下来时,神情仿佛还沉浸在思绪中,但当他与我握手的刹那,我看到他脸上闪着光亮,花白的长眉下的那双眼神,凝视中蕴含着一股诱人的暖意。

　　我们这代人,在课本上读过他的散文《谁是最可爱的人》《依依惜别的深情》,后来又读到他的长篇小说《地球的红飘带》《火凤凰》和荣获茅盾文学奖的《东方》。在我的印象中，最为深刻的仍是他作为通讯写就的《谁是最可爱的人》。初次见面的交谈，话语自然落在这上。魏巍兴致极高地说起当年深入朝鲜战场采访的情景，志愿军战士顽强作战的英勇气概，深深地铭刻在他的心里。1951年4月回国，他从采访记录的二十多个故事中，精选三个最为感人的事例，怀着激动的心情，写成了这篇文章。时任《人民日报》总编的邓拓，读后即定刊发在头版，毛泽东看了此文，批示"印发全军"，随后，《人民日报》专门召开座谈会，主持会议的邓拓充满激情地朗诵了文章的前两段，并要魏巍介绍经验。魏巍觉得不好意思，又无准备，即兴说了一阵，这就是据记录整理的那篇《我怎样写〈谁是最可爱的人〉》。回想当年，是件幸福的事。对于后来者，亲耳聆听他的讲述，那种感觉感受，是任何报刊书本难以传达的。

那时，魏巍虽年逾古稀，思想仍是敏锐，话语沉稳，性情活跃、爽直。他对年轻人的关爱，我心感体受。他翻阅了我的拙作《援越抗美实录》，好像勾起他的联想，面露喜色："1965年，美国想迅速解决越南战争，轰炸越南北方，战争升级。夏天，周总理派巴金和我，作为中国第一批作家访问越南北方。一百多天，我们几乎走遍了越南北方，广泛接触了越南人民抗击美军轰炸的战斗情景，真切感受中越两国人民的深厚情谊。你这本书是全方位展示中国援越抗美的，我对这有感情。你们年轻，有热情，将它写成长篇，我那时回国仅写了几篇报告文学。"其实，他的作品有分量。1992年春节，他赠我《魏巍散文选》，那七篇报告文学作为散文编为一辑："人民战争花最红"。那时，我国出兵越南，是在秘密状态下进行，不像抗美援朝。魏巍那段时间的作品，反映的是越南北方人民打击美军飞机的机智勇敢和无畏精神，展现中国军人援越抗美英雄史诗的使命，神圣地落在我们晚辈身上。我那本书当时发行了三十万册，我们见面的那天，《南方日报》刚刚连载完，共一百三十七天。香港《文汇报》连载七十天,新加坡《联合晚报》连载二十五天。对于援越抗美,魏巍有切身的感受和体验,话题广泛,谈得热烈。他在《文艺报》上看到,说我是总参系统崭露头角的青年作家,尤其是援越抗美这是我国我军的重大事件,能以文学的形式客观地历史地给予反映,值得称道。他说他乐意介绍我加入中国作家协会。对于文学前辈的关怀、鼓励和提携,我是很感激的。

人的思想与情感,像水一样,一旦有个细细的管道沟通,就会慢慢地渗洇开去,浸润一片。日后与魏巍的来往中,我感识到他对革命文学的追求,是那样的执着,那样的坚韧,与他的性格、品格一样。这种品格、精神,无疑,渐染着他身边的人和与他交往的朋友们。

久而久之,心中就有他。2000年10月初,我回故乡时走访读初中时的母校,如今的一座高中,突然萌生请老作家魏巍题写校名的想法,陪同的校长原是语文老师,多年给学生讲授《谁是最可爱的人》,对魏巍怀有崇高的敬意。回北京后,我即与魏巍联系,他热情地挥毫题写了两幅"浙江义乌苏溪中学"的大字,让我挑选。我挂号寄给母校,请他们制作时酌定。魏巍的题名,对我故乡学子的文化激励,产生无法估量的作用。来年年初,我又请军委副主席、国务委员兼国防部长迟浩田题写了"苏溪中学"的大字。后我每次回去,故乡的人们总要提及此事,其实,不是我做了什么,而是魏巍、迟浩田的声望,在人们中、在师生中占据了敬仰的地位。迟浩田虽是一位上将,他的诗文值得一读,他的散文《怀念母亲》,我读时流下了动心的热泪。

前两年,我搬进新居,房子大了,四壁空了,想起请人写几幅字。魏巍很快让李钧带来一幅:"寒雪梅中尽,春风柳上归。"每当看到他飘逸、隽丽的书法,我总有春风如至、暖意融融的感觉,还有一种无名的力量在心中春潮般地涌动。我想,魏巍书写这幅书法,还有深层体悟,八十多年的人生磨砺啊!尤其是在晚年,他自我坚实甚至固执的见解与复杂社会的碰撞,某种氛围的难以言喻与他内心向外冲突的思索,以及对未来抱有春天般的信念,也许都融会在李白这行诗句里了。

魏巍走了。真的就这么走了。多少人还在想念他,想再度聆听他的教诲呢!人啊,一生,像魏巍这样,八十八个春秋,也是转眼瞬间的事。关键是,活着的时候,做了些什么。魏巍是位热切关注时代、关注国家、关注人民、关注军队的作家,他创作了那么多脍炙人口的优秀作品,已经无愧于祖国和人民,无愧于这个时代和社会,无愧于他身处的人民军队了。可是,他仍是带有遗憾离开这个人世的,那就是社会上蔓延的、仿佛一时难以扼制的腐败,和某些形式存在的虚假的明话。

2008 年 10 月 11 日于北京

忆王力教授的两首诗

四年前的今天,连绵翠绿的燕山脚下,初夏的阳光特别的热烈,照在碧玉般的永定河上,闪烁着满江满河的欢笑。

上午9时许,著名的北京大学教授王力,随同全国政协副主席刘澜涛、钱昌照、周培源、董其武以及在京的部分政协常委、委员一百五十多人,在当时的总参谋长助理韩怀智等领导的陪同下,兴致勃勃地来到京西群山环抱中的永定河畔,视察中国人民解放军工程兵部队,并观看武器装备和军事表演。这是全国政协三十多年来第一次组织这种活动,王力教授平时埋头研究学问,培育莘莘学子,这也是他平生唯有的一次迈进军营,心情非同平常。

这时的他,与政协视察的领导、社会各界名流都已在参观台就座,大家的眼神专注播音喇叭中传出的指示方向,那是宽阔的河面,滔滔的水流。随着三颗红色信号弹的腾空飞起,在永定河上架桥的演练就开始了。

号称"水上轻骑"的侦察橡皮舟、冲锋舟似长蛇阵,劈波斩浪,飞速而来,年轻的舟桥战士稳稳当当地操作着,舟上坐着全副武装的指战员,从参观台前掠水而过,向参观者致以人民军队的崇高敬意。

王力教授面色红润,头发花白,虽然上了年纪,精神却很好。他看到这情景,不由自主地鼓起掌来,脸上扬起笑容。

瞬间,《舟桥兵之歌》的雄壮旋律,在河面上飞扬,在山谷间回荡。舟桥部队的车辆，载着四折式舟桥器材开进渡河场。舟车靠近河岸，叠合在车上形如巨大手风琴的铁舟，泛水后自动展开，战士们箭似的蹿上甲板，他们草绿色的迷彩服外套橘红的救生衣，在水波激荡的铁舟上操作，个个像小老虎。他们架桥，不用桥桁，不用桥板，将一只只泛水后的铁舟刷刷地连接好挂钩、搭扣，就构成一扇扇门桥。几十只汽艇在水面上游弋，推顶着门桥迅捷连接成一体。不到半个小时，一座将近二百米的浮桥就横跨两岸，坦克、火炮、汽车在滔滔的碧波上飞驰而过。

全国政协委员、著名女作家草明心有所动。她说："这使我想起古元的一幅木刻《人桥》，表现的是抗日战争时军民用人搭桥的峥嵘岁月。现在是机械化快速架桥，说明那个时代已经过去了。看了表演，很受教育和鼓舞。我们的国家有希望，我们的军队是一支英雄的军队。"

王力教授看到这里，乐呵呵地说道："过去水泊梁山一百零八将中有个'浪里蛟'，今天，舟桥兵个个都是'浪里蛟'啦！"

参观台上的政协领导和委员们，在将军们的陪同下，向壮观的浮桥走去。他们稳步走在顷刻横锁江河的浮桥上，王力教授虽是全国著名的语言学家、教育家、诗人、翻译家，仍是谦逊而又恭敬地与舟桥战士对话，倾听他们诉说桥的研制、性能，倾听年轻战士投入训练、参加战斗的心声。他睿智的眼神与战士激动的心灵紧紧联系在一起。

在教授若有所思的询问、点头示意中，诗作《观工程兵四折舟桥表演》已在他丰厚的胸怀酝酿而成：

> 浮桥新制有舟桥，
> 劲旅昂藏战马骄。
> 铁舰冲破四叠阔，
> 连环接岸百寻遥。

牛郎得渡何烦鹊？

壮士知津岂问樵？

从此更无天堑险，

神兵破敌不崇朝。

　　第二天上午，王力教授与全国政协的同伴们来到工程兵的爆破表演场，观看火箭爆破开辟通路和火箭布雷表演。

　　开辟部队进攻或撤退的通路，乃是兵家运动的重要环节。进攻道路被阻，撤退线路被堵，一不能取胜，二可能被围歼。古今中外的兵家都在竭力研究这种战术和开辟的器材。当时，我军工程兵的装备科研专家，在这方面取得了很大的成果，有突破性的进展。

　　在参观台上，人们看到火箭爆破器像一条条火龙腾空飞翔，喷烟吐雾，向"敌"障碍区飞游而去，随着山摇地动的声声爆炸，地面的各种障碍，包括"敌人"埋设的地雷，都已破坏扫除。这时，播音器中传来解说员铿锵有力的声音："全部命中目标，通路开辟成功！"王力教授兴奋地与边上的参观者说起春秋战国时代的"火牛破阵"："眼见的比传说中的更神奇呢！"

　　布雷是迟滞敌人的进攻或退却，且具很强的杀伤力。我们从《地雷战》《地道战》中清晰地看到抗日战争时期，敷设地雷和爆炸时的情景，那是工程兵的专业，是军民联合打击敌人的有效方法，现在布雷的手段有了飞跃的发展，机械化布雷车装备部队。火箭布雷是迟滞敌军坦克等重型装备部队进攻的快速有效的一种手段。王力教授他们观看火箭布雷，一枚枚火箭横空出世，霎时，几十枚火箭准确地射向预设布雷地域上空，随着声声爆炸，火箭开花，无数的地雷在空中由一个个小小的降落伞带着，徐徐地向宽广的地面下降。王力教授拿起望远镜，仔细地观察远方天女散花般的降落伞的悠扬飘动，在蔚蓝色的天空中，白茫茫的偌大一片，仿佛堵住了半壁天幕。这万千地雷落地,敌人的重型武器装备一时进不得退不得,我军的火炮或其他武器就可集中向他们发起攻击。

参观台上一片惊叹,目睹如此神速的布设雷场,赞口声声而起。

时隔两天,王力教授讴歌人民解放军舟桥部队的那首七律,在政协活动简报上刊登了。我们拜读到老教授的新作,感到格外的亲切。《人民工兵》杂志的同志立即写信给教授,请他题写。很快,杂志社就收到了老教授用毛笔工整书写的诗篇。

后来,人们听说王力教授还有一首关于观看这次表演感怀的诗篇,杂志社又恳请他题写。这次,老教授不但寄来了诗作,还回了信,说自己不懂军事,其注释定有不妥,请指正。王力教授谦逊的态度、严谨的学风,深深地感染了大家。

现将《观火箭布雷与爆破汇报表演》一诗敬录:

> 虎旅鹰扬劲敌摧,
> 壮观都到眼前来。
> 天骄漫诩车装甲,
> 火箭能令地布雷。
> 弩发光穿冒烟处,
> 弹飞声撼阅兵台。
> 金瓯无缺山河固,
> 百万貔貅奏凯回。

注释:虎旅,雄壮的军队。鹰扬,耀武扬威。劲敌摧,挫败了强大的敌人。天骄,指帝国主义。漫诩,休要自夸。弩发,火箭发射。弹飞,布雷。金瓯,比喻国家。

拜读王力教授的诗篇,大家都被他满腔的爱国情怀、深厚的语言功力所感动、所钦服。诗作中雄伟壮观的表演场景、惊心动魄的恢宏气势的描述,倾注了王力教授对人民军队的一往情深,也包含了对我们新一代军人的殷切期待。

王力教授亲笔题写的这两首诗,《人民工兵》杂志配以摄影,制作成1983年、1984年精美的年历下发部队,受到广大指战员的喜爱。

燕山巍巍常青,河水滔滔长流。王力教授虽然离开了我们,但他壮丽的诗篇和对人民军队的挚爱之情,永远成为我们美好的回忆。

1986年5月27日于北京

2006年9月22日修改

我所见到的杨宪益先生

　　我是 2008 年 3 月 19 日下午见到杨宪益先生的。南京的一家杂志主编约我同行。那天，我们到什刹海，过银锭桥，步入小金丝胡同，走进一座古色古香的小院。这是杨宪益女儿的家。他和爱人戴乃迭搬出友谊宾馆专家楼后，就一直居住在这里。

　　初春的阳光透过玻璃窗，明快温暖地照在沙发上，杨宪益一头银发，如一朵祥云，飘逸在他的面部上方。我们寒暄数语，便觉他皓首红颜，耳聪目明，神清气朗。可他说眼睛有点近视，但不用眼镜。

　　我们知道，杨宪益父辈是安徽泗县人，他农历 1914 年底生于天津，阳历是 1915 年元月。他父亲留学日本，任天津中国银行行长，家境优越。他 1934 年从天津英国教会学校毕业，考入牛津大学。1937 年日本侵华战争爆发，远离祖国的杨宪益，在英国参与组织中国协会，并任会长，创办《抗日战报》。在交谈中他告诉我们，那时，他负责写消息，翻译，向达润色，编成稿，吕叔湘的小字漂亮，由他刻蜡纸，另有两位发行。后来向达成为哲学家，吕叔湘是我国著名的语言学家。

　　这时的杨宪益已九十四岁高龄，思路敏捷，言语清晰，不紧不慢。我们获知，那时的这个学会，有位年轻美貌的英国姑娘任秘书，她的中国名字叫戴乃迭。她与杨宪益相亲相爱，于 1940 订婚，在重庆举办婚礼，证婚人是国民政府教育部长杭立武和南开大学校长张伯苓。杨宪益曾在多所大学任教,后受梁实秋之邀,夫妇进入编译馆。我们好奇地问:"后来梁实秋去台湾,没劝您去?"他淡定地说:"没有,我不会走。我对国民党印象不好,搞暗杀。"

解放后,杨宪益仍在南京工作,担任南京市政协副秘书长。他说,这是我一生唯一的官衔,那时南京市市长柯庆施。我们问:"您那安徽老乡怎样?"他微微一笑:"我们有时在一起喝酒吃饭,他平时和和气气,不容易看出来,后他到上海做了那么多事,整死了那么多人。如果我跟他去了上海,肯定把我当作特务处理掉了。"

钱钟书是杨宪益在牛津大学的学友。向达推荐钱钟书翻译毛泽东著作,北京也欲调杨宪益。他觉得政治性文章的翻译自己不在行,婉言谢绝了。1952年,应外文出版社刘尊棋之邀,他调往北京,戴乃迭成为中国第一批外籍专家,同进出版社工作。杨宪益是一代翻译巨匠。纵观近现代史,我们看到中国的翻译家们,主要精力与才情施展在"引进"和"拿来"上,而杨宪益的特殊性与巨大贡献,是让有民族特色的中国文学经典"走出去",彰显其世界性意义。他将《离骚》《儒林外史》《资治通鉴(从战国到西汉约35卷)》《诗经》《楚辞》《唐宋诗歌散文选》《聊斋志异》《老残游记》《魏晋南北朝小说选》《牡丹亭》《长生殿》《关汉卿杂剧选》等中国古典名著译成英文出版。同时,他还翻译了四卷本《鲁迅选集》和其他优秀作家的作品。当然,最具影响的是翻译《红楼梦》。

问起具体的翻译情形,他说:"一些古典的作品,我先翻译,戴乃迭加工。一些现当代的作品,她自己翻译。《红楼梦》的翻译,是我们合作的。有时我口述,她打字,她打得快。大部分是我先打,她对着原著校改。"

"翻译《红楼梦》可不容易!"我们感叹。

"没什么。"杨宪益依然神情淡然,"我们翻译了好多年,翻完前八十回,刚翻译后四十回,被抓进去了。"

那是"文革"时期。有天,他俩正在家里吃饭,一瓶酒还未喝完,有人进门将杨宪益逮走。杨宪益进了监狱,念着戴乃迭和那瓶酒。谁想,戴乃迭也被抓走,关在同一监狱,却互不知情。四年后无罪释放,那瓶酒依旧立在餐桌上。他们定了定情绪,接着翻译《红楼梦》。

杨宪益与戴乃迭的合译,成为文坛的佳话。他们珠联璧合,配合默契,成就斐然。后国外有人将英译的《红楼梦》翻成西班牙文、缅甸文,让这部中国古典名著在世界文坛传播开来。

杨宪益一生翻译了一千多万字的中国古典文学和现当代文学作品。博雅的文化,宽阔的胸襟,坚韧的毅力,造就了一代杰出的翻译家。

临别时,他题赠两年前再版的诗作《银翘集》。他说:"学成半瓶醋,诗打一缸油。不怎么样!"这位学贯中西,中国古诗词功底深厚的学者,仍是这般的谦逊、随和。杨宪益一生好酒,爱妻去世后就不喝了,"打油诗"却不断。我们问:"您现在还喝吗?"他回应:"如果你们喝,我就陪你们喝一点。"他那种冲淡、大度的神情与气质,深深地印在我的心里。

后我与杨先生通过多次电话。每当天气变幻,尤其是北风乍起天骤寒的日子,我总要问问他的感觉,听到他安详的声音,心就觉得踏实。2009年5月,一家杂志的编辑要我引见并采访,他又送我刚刚出版的译作《维吉尔·牧歌》和随笔集《译余偶拾》。

王世襄送给杨宪益的对联,多年来挂在客厅的北墙上:"从古圣贤皆寂寞,是真名士自风流。"这是杨宪益一生的写照。

杨宪益先生于2009年11月23日仙逝。今年1月10日则是百岁诞辰。我常常忆起他的音容,怀有的是景仰之情。

2015年5月3日于北京

春雨中的思念

　　清晨,雨淅淅沥沥的,落出满地的水烟。这是京城的第一场春雨。渴望已久的大地,仿佛这时才猛然清醒,袒露出它那绿茵茵诱人的面容来。

　　在这亲切的雨声中,我接到开明从盐城打来的电话。他通报了纪念叶英文集的约稿进度。说起叶英,我倒想起孟良崮战役。在解放战争时期,孟良崮战役属著名战役之一。在这战役中,我军有支精锐的穿插部队,出发前每位指战员身上多带了几把炒米。这支队伍勇猛无比,像一把钢刀,飞快地插向敌军的连接部位,分割他们的中坚力量,让我军的机动纵队,迅速包围孟良崮,围歼国民党嫡系王牌张灵甫部。穿插部队贵在神速,没有时间停歇野炊,就凭借这一把把炒米,昼夜兼程,日行百余里,几天插到目的地,构筑工事打阻击战,胜利完成华东野战军赋予的战斗任务。可是,他们没有想过,这些炒米来自何方,也许只有少数指挥员和后勤供给部门的将士知晓点滴来路。战役发起前,部队急需的几百万斤的粮食,是从苏北盐阜地区抢运过来的。他们谁也不知道,在盐阜地区,有位叫叶英的同志,在敌军的眼皮底下筹集这批宝贵的粮食,从水路北运,转来山东战场。

　　叶英抢运军粮的故事,是开明前段时间寄来的叶英烈士传略《盐阜大地的骄子》中记载的。开明是我就读解放军艺术学院时的同学,那时,我在文学系,他在文化工作系。其实,开明1966年就毕业于中国人民大学哲学系,已在解放军洛阳外国语学院任宣传处长,为了感受文学艺术,又走进了艺术院校的殿堂。那时,我们文学系的同学,白天听课,晚上拼命写作,有时也应邀观看戏剧系同学自编自演的小品、话剧,让我们提提意见。在文化工作系就读的开明常来串门,有次他拿了个中篇小说草稿来,令我惊讶又生敬意。就在那段时间,他接连写了五个中篇,这就是日后花山出版社出版的他的中篇小说集《绿月》。学业完成后,开明回洛阳,任学院中文系副主任,后转业盐城,不久又调南京省委机关。工作之余,他勤奋写作,出版了数部长篇报告文学、人物传记,让人振奋。就其文学性、艺术性而言,我始终觉得他的中篇小说是个好路子,如果他将小说创作进行到现在,凭借他的才情与勤勉,该是一番可观的现象了。文学这东西,要耐得寂寞,慢慢地磨砺。一个作家,不在乎他作品的多少,而在乎作品的质量,在乎作品的艺术感染力和生命力。

几千字的传略中,我好似窥见了叶英高大英俊的形象。这位1920年9月出生于阜宁乡村的农家男儿,在那时的社会环境中,全家省吃俭用,支持他一人读到县中毕业,是多么的不易。他十分地珍惜读书的机遇,认真刻苦,成绩优异。在进步思想的感召下,投身革命,在他的带动下,全家七兄弟,六个先后参加革命队伍。叶英主要从事金融、财政、民运工作,这也艰难。1947年春,国民党军队集中兵力进犯我山东解放区时,敌军孙良诚部在苏北配合,进行大规模的"扫荡"。正在这"扫荡"的情势下,叶英以五地委视察员的身份,指挥运粮,每天运出大米六十万斤左右,供给驰骋山东的华野孟良崮战役的部队。在敌人将要侵袭的那天晚上,他和其他领导一道紧急商定,提出"不给敌人一粒粮食,誓与百万大米共存亡"的战斗口号,连夜突击,碾米机声隆隆,百余条民船抢运。待敌军从陆上向阜宁方向推进时,我满载大米的船队水路与敌同向竞发,待敌发现,船队已过阜宁城。

"文革"时期，是个文化荒芜的年代，学校停课，书刊禁忌，电影仅放《地道战》《地雷战》《南征北战》。《南征北战》中部队抢占摩天岭的战斗，至今记忆犹新，那是正面战场的视觉语言，张灵甫部在那场战役中被歼，而战场身后的万千工作没有铺展开来，这是艺术的集中突出的表现手法。我很惋惜在现在的影视画面里，没有表现孟良崮战役中那支穿插部队在"飞毛腿"似的行进中多吃一口炒米，提前抢占预设阻击地域的紧张情景，更没机会看到叶英他们深夜抢运支援孟良崮战役的粮食，在扬帆运输的小船上悬着心闻听敌人追击枪声的形象。

窗外的春雨还在落。我的心随着张开明、徐立清的文字，在这淅淅沥沥的声响中仿佛回到了六十年前的这个时候。他们所叙述的叶英，在春雨潇潇的四月，又转入苏皖交界处发动群众，征粮支援前线部队。国民党军一方面妄图包围我军主力，另一方面又千方百计地寻找并围歼征粮队伍，以期断我后路。在国民党军重重围困之时，叶英所在的四屏山工作队决定分组突围，他率领三十多位队员负责掩护。他们与敌军展开了激烈的战斗，可他们毕竟不是野战部队，也没有强大的火力配置，仅有的只是每人一支短枪，无法与敌正面交锋。他们掩护其他两队迂回突围的过程中，与敌巧妙的周旋。战斗持续了一天，我增援部队还未赶到。在弹尽路绝时，与敌徒手搏斗，三十七名工作队队员，全部壮烈牺牲。叶英的英姿永远屹立在敌军喷射过来的枪火中。

战斗不分前方后方，牺牲不辨军人还是民运干部。二十九岁的叶英，与他同有一副青春年华、同怀一腔美好憧憬的三十六名年轻的工作队队员，一起倒下了，倒在了那片鲜血染红的大地上。他们还有许多瑰丽华彩的事业要做，人生还有许多梦想与期待，他们慈祥的父母和多情的妻子正翘首企盼着他们的回归。就在这个时候，他们倒在了那一声声清脆的枪声里，倒在了那一句句愤怒的呐喊中。

战争与灾难,几千年来总是困扰着我们这个民族。当然,我们中华民族是在不断的困扰与醒悟中前进的。时光像箭一般地刹那间穿过了六十年。六十年后的今天,人们仍在回想像叶英那样为我们的民族的文明进步而奋斗的一代人。这种回想,对于叶英,是我们的一种深深的怀念了。这种怀念,像窗外的春雨,细柔,绵长。人们在这细柔、绵长中又品出个中的延绵、坚韧。这种延绵与坚韧,对于我们,对于我们这个民族,是一种永远的存在,也是一个永远的话题。

2008年3月21日于北京

一位未来文学家的纪念

记得2011年7月16日上午,手机响起,接一短信:"王老师,您现在忙吗?"

我自3月19日起,在邻院的一家小宾馆租了间房,搬走电视,拆了电话,执笔《千年守望》。少了家务,又躲过一些世俗往来,时至7月中旬,已写到第五章。西晒的阳光很烈,照得桌面和一堆书亮晃晃的,我是手写,光对着眼,刺得很,拉上窗帘,也觉得不是滋味,这样,我的写作最佳时光是上午。看了金小玲的信息,我即回话,"正在写长篇",便把手机放下了。

一会,我回过神来,好几个月没联系,金小玲该放暑假了,有话想说。我用手机拨通,她却用座机回过来。她很细,每次电话都想省我的费用。熟悉的乡音,我明显听出她的兴奋。她说近来身体欠好,在妈妈家休息。我不好意思问一位年轻女子的病情,只是说了几句安慰的话。她说,给《枣林》一篇文章后没再写,导师也说让我先养好身体。

北京的16日、17日阵雨,18日清晨仍是泼落,雨滴打得屋外的棚顶哗哗地响。我坐在写字台旁,心还是放不下。上午8时许,电话打过去,聊了一会,这时得悉她是肺部毛病。我说乡下空气好,又有妈妈照顾,静养一段时间。她说,今天受凉,发点烧。听她的话音,说到后来,明显是有气无力的感觉。

前几年,我偶尔给故乡报纸的文学副刊寄点小稿,继而与编辑金小玲有了电话联系,得知她老家离我们那个会稽山南麓的小镇仅几里路。她浙江师范大学中文系硕士研究生毕业,后随军在《大连晚报》工作,爱人转业,她也回浙,在家乡的日报当记者、文学编辑。2007年6月20日,她给我来电话,说看了我的拙作《山野漫笔》,有多篇写家乡的,很亲切,尔后问了我《援越抗美实录》创作和发表的过程,我叙述了一些,又说我以后会多写写家乡的想法。意想不到,六天后她传来一篇采访记《文学,性灵的约会》,对我的创作历程有溢美之词,但说的是事实,且文字灵动,这时,我觉得这位年轻的女编辑,文学功底还是厚实的。

那年的10月下旬,我回老家,在报社见到了金小玲,小巧的个子,柔柔的声音,有点腼腆,寒暄几句后,话题自然落到创作上,从她闪动的眼神中,我看出了她对文学的热爱。她说,在报社,事务占去不少时间,真正想文学的辰光少。她想静心读点书。我鼓励她,书读多少,文学就走多远,如果有机会,最好是系统地读读。她低着头说,是的,就看机会了。那天,在报社还见了另外几位文学朋友。

2008年6月下旬的一天,金小玲电话说报考浙江大学文学博士研究生,只差两三分落榜,心中不免感慨。放下电话,我给她发了短信:"既然选择了远方,就风雨兼程。人生只有一次,信念坚定如山。梦是会开出花来的,美好的一切期待你。"从交谈和回复的短信中,她对来年的复考,抱有信心。

在这一年中,我从报刊上比较注意她的文章,还建议她该出集子了。她说整天忙,又要看书备考,恐怕来不及。我说那还是考博重要。

世上的事,真让人说不清。2009年考博,她竟然又是差几分而失之交臂。这时的她,心绪有些迷茫。从她电话的话语中,听出她想摆脱繁杂事务的困境与世俗的庸见,走上一条真正属于她自己的文学之路。这个理想,到了2010年初夏,她打电话告诉有了好兆头，我还多余地说，别麻痹，被人顶了。待接到正式录取通知书，心终于定下来。为此，我到人民文学出版社买了一套《孙犁全集》，准备回老家时送给她。中国只有一个孙犁，将自己一生所有文章，收入集子。

不是金小玲写过我就偏爱她，而是她对文学的感悟与灵性，在故乡那片土地上，我觉得是出类拔萃的一位，是很有希望成为文坛上的一颗新星，在璀璨的星空中闪烁光芒的。她就读文学博士研究课程中，很快显现出众的学识与文字功力。开学不久，她撰写的《萧红：向死而生》寄给我。这是一篇研究萧红作品的评论，开头写道："是什么成就了萧红？我以为是'向死而生'的生命意识，这是萧红能在人生的苦杯里酿制出芬芳的酒的酵母。'向死而生'，即'生'是向着死亡的存在。生命是一天一天逼近死亡的旅程。唯有直面死亡，才能更为理性地审视生命的存在。萧红一生颠沛流离，情路坎坷，一场又一场的'生死劫'与她形影相随。所有的苦和痛交集成丰厚的精神财富，推动萧红生命意识不断趋于成熟，也促使她的文学创作从稚嫩达致圆熟。"文章分为四节：代表作的透射，生与死的搏击，灵与肉的冲突，新与旧的博弈。

我是被她的文字与论述所吸引的，觉得有一定的分量，就推荐给一家双月刊杂志，于2010年第5期登载。我用特快专递寄给她爱人，她假日回家时打电话，话语间听出喜悦，说她刚刚考上初中的儿子，看到杂志封面上有妈妈文章的导读目录，抢过去先看。杂志主编欣赏她的见地与文采，嘱我，该作者有文章还可发来。紧接，她的《废墟上的思考》在第6期上又与读者见面。北京有家报社向我约稿，我首先推荐金小玲评论萧红的那篇，文章以近半个版面刊出，还接到编辑赞许的电话。我将这些告诉金小玲，希望她早点考虑毕业论文，将它写成一本书，同时分别在报纸杂志上发表。她说，现一方面要完成导师布置的研究学业，另一方面给本科生上课，自己又想写点东西，毕业论文会下点功夫的。我总觉得她的时间很紧,故,有事,估计她刚吃过晚饭时,用手机说几句,说完就完。

我投入长篇写作后,很少跟外界来往。7月中旬联系后,到了北风乍起、小雨连绵的初秋,我才想到,该问问小玲现在的境况。

那天夜晚,我给她手机电话,她说在杭州住院,由妈陪护。我心里咯噔一下,不是在农村老家清新的住所休养,怎么又住院了呢?话没说几句,电话中断。我估计她心情不好,即手机发去短信:"好好养,静静养。你是我们的牵挂,你养好了我们大家都高兴。文学的路,长着呢!"她马上回复:"我想再过几天就可以出院了我现在什么都不愿去想我寻求的是心静其实心是不静的正因为不静才在寻找吧。"

我正在手机上划字时,她又发来一条:"有时我很悲观又很焦虑想到几个月来无所事事泪如泉涌无法遏制害母亲也是泪流不止。"

两条短信均无标点。我想,她的心绪并非从容,还是有很多结。病的治疗,很重要的是心疗。我在手机的亮板上又划动:"不要悲观,不必焦虑,人生总是不平坦,谁也逃不脱。你这段的不平坦,过后就是阳光明媚了。微笑着迎接每一天。"

"你的鼓励让我充满信心我真的不必害怕的来者可追非常感谢您愿您一切如意。"

此时是2011年8月17日晚8时35分。

9月6日上午,她给我电话,传来的声音好似不在安静的病房。她说:"住了一段,不但没治好,反而对心脏都有影响了。"她紧接说想换医院,问我北京解放军总医院可住吗?嘈杂中听不清她的话,又有接不上气的感觉。她说再给我电话。

此时此刻,我才觉得金小玲病情的严重,即回大院门诊部找主任和另一位专家,一是请求联系解放军总医院,二是咨询这类病情的治疗。他们说,间隙性肺炎,用抗生素治疗,不解决实质性问题,到哪里都一样,最好是中西医结合。主任医生说:"说不定,老中医的几贴中药就治好了!"

我赶紧给金小玲电话,接连几次,不是关机就是没信息。我很想把咨询的情况和正在联系医院的事告诉她。

9月8日,农历的节气是白露。北京已经感到秋日西风的凉意了。上午,我只好给她爱人打电话,回老家时我们两度会面。开始手机有信号,但很快又变为"等会再拨"。几次拨号,成"关机"了。我以为他在开会,待中午再拨,仍是关机。

我的心重了起来。下午5时许,再度给她爱人电话,手机里传来低沉、悲痛的声音:"不好意思,小玲走了!"

我头脑"嗡"的一阵。"什么时候?"他说:"今天,一下子,几分钟……"我说:"前天还跟我通话!"他说:"本想转到上海或北京,可……"我一时无语,只是在手机里:"哎,这、这……"

一天多,我心生疑端,但万万没想到,劫难会落在这么一位年轻且具才华的女子身上,会落在这么一位执着地做着文学美梦的金小玲身上。

一颗有着旺盛文学潜质的生动的心,突然停止了跳动。

一颗正在升起的文学新星,就这般陨落了……

放下手机,我靠在椅背上,许久。

几天里,我没有心思落笔《千年守望》,倒有写篇纪念文字的冲动,终因沉在痛惜之中,无法触动。

我认识小玲后联系并不从密,尚不知她有哪些优点,什么缺欠。几年来的偶尔电话与两三次的简短会面,交流不深,隐约间我觉得她对当今社会、世道的认知,有些单纯,对人生的某些拐点,有所遗憾,这或许因文学而生;对文学的感悟和孜孜追求,却让我另眼相看。正因为这些,在我的心中,就增添了对她的一份期盼与牵挂。现在,这份期盼与牵挂,倏地就不需要了,我不知用怎样的语言来表达我的心情。

转眼五个月过去了,雪花飘零,已是四九的寒天。明天是除夕,故乡的风俗,这天要拜坟烧香。小玲的亲人,这两天一定在念叨她活着时的一些事,小玲的文友们也会念及她的为人为文。作为身在远方的一位年长一点的文友,在这时刻,就以这篇小文作为对她的纪念了。

　　我不晓得人死后还有没有灵魂?倘若有,那小玲的灵魂,在冥冥之中想些什么呢?我想,她也在思念她的亲人和与她交往的文朋好友,可她最为执着的,一定是文学,瑰丽绚烂的文学。

2012年元月21日于北京

小雨纷纷终成雪

除夕的前一天下午,到收发室取报刊,翻开《文艺报》,在头版的右下角突见"李小雨同志逝世"的消息,很是震惊,情不自禁地与战友说起这人,毕竟太年轻了,才六十四岁。

我与李小雨是三十六七年前的一个冬日见面的。那时我在工程兵司令部当外事秘书,闲暇写点小文章,《工程兵报》编文艺副刊的科长喻晓,关心像我这样的文学青年,热心询问,得知我未成家,就说有位铁道兵复员的女兵,写诗,现在《诗刊》社做编辑,叫李小雨,人很好,她爸就是著名诗人李瑛。喻晓是位从部队成长起来的诗人。在文学的各个门类中,诗的语言是最为凝练的,他的诗作,在我的心目中,是崇高的,又是现实的,充满军人阳刚的矫健,且见人性的悲悯情怀。我不会写诗,对诗人有敬仰之情。由他的引见,我与小雨在报社的一间办公室会面,她穿一件草绿色的军大衣,还是部队军人的那身装束,质朴、真诚。我们说了一会当时各自的境况,没有谈及文学。可以窥测,她对军队是有感情的,也许与她从小在军营长大有关,身上透射的仍是军人的气质。相见时间不长,小雨走后,喻晓问我感觉怎样,我不记得当时是怎么回复的。那时的我,找对象,从形象上考虑得多了一点,但从内心深处,仍是很感激喻晓的。

那时,我与喻晓经常见面,军委工程兵整编,他调往《解放军报》,联系就少了。与李小雨,那次见面后,我们再没联系,但每当在杂志、报纸上看到她的诗作,可以说是每见必读。有一年,我曾为诗给她写过一封短信,她认真地回了信。渐渐地,对她的文学,有了一种认识。有次朋友相聚,一位著名诗人,记不得因了什么,席间突然说了两句李小雨的坏话,我听了极不舒服。人,不该背后说三道四,何况这话听起来就觉得是种情绪的发泄。那时的李小雨,已是《诗刊》社副主编,这是不是与发表诗作有关?

后来,我们在一次作品研讨会上相遇。我主动过去,与她说几句话,递给名片,她也给我名片。可,我们从未电话联系,交谈时也从未问及对方的家境。都这么一把年纪的人了,还是回避那层敏感的关系,我们的观念,多么的传统。但,我的心底,总是默默地祝福她。盼望读到她更多更好的作品,祝福她家庭幸福,诸事遂意。

去年的12月26日上午,应邀到东城区的和平里北街,参加一年一度的中国野生动物保护协会的年会,高桦大姐在电话中已告诉,这次会请了十五位作家,他们都是协会的资深会员。到会时,我见到了陈建功、张抗抗、张守仁、查干等,李小雨的桌位安排在我邻近,却一直没见她来。前几年的年会,我们都能碰面。我问高桦大姐,李小雨怎么没来,她说不清楚。

当我看到2月16日《文艺报》上的这则噩耗时,心猛然间被击了一下,扑扑地加速跳动。她爸85岁时,她还撰写了一篇长文,发在《解放军报》上,整整一版。如今,正是她爸米寿,她却走了。她不该这么早早地离开这个人世,不该这么早早地离开中国诗坛。我将《文艺报》给妻子看,对她诉说了我心中的这种感受。

除夕之夜,我给喻晓家电话,没人接,朋友说他们到南极旅游去了。给高桦大姐电话,一则拜年,另则是问问李小雨的事。她说上次年会,小雨没来,电话说身体不舒服,要是有野生动物的挂历,一定给留着,过几天来取。可见,她对生活,充满着期待。高桦大姐说,后来,小雨来了,先去看韩作荣的家属。韩作荣原是

《诗刊》社主编,李小雨是常务副主编,后韩作荣继雷抒雁担任中国诗歌学会会长,李小雨是副会长兼秘书长,他们之间有工作关系,又有这份情谊。韩作荣不在了,李小雨依然惦念着他的家人。不难看出,李小雨是个有情有义的人。

高桦大姐和韩作荣同在一幢楼上居住。高桦大姐说,小雨进门时,没认出来,她护着围巾,戴着帽子,明显比以前消瘦、憔悴。高桦问你是小雨吗,小雨说是我,她一手拎着一箱牛奶,一手提着一盒粗粮,多沉啊!我听出高桦对小雨的怜惜之情。高桦大姐在电话中还说,听张同吾说,2月8日,他还给小雨电话,她说住院了,谁也没料到,11日她就走了。人生竟然这么快就终结了,大家悲痛至极。李小雨的亲朋好友,这个年,过得有些悲凉。

年初一下午三四点钟,北京的上空落下纷纷的小雨,继而化成雪花,飞飞扬扬地飘洒,漫天舞动。初二清晨,推帘远眺,极目白茫茫的,整个世界异常的高洁、纯美。这是京城入冬以来第一场像样的雪。在这初春的日子,我立在窗前,凝望遍野飞舞的大雪,心有触动。雪是雨的凝结,却是雨的精魂,依然飘荡在人间,依然纷飞在人们的心里。

2014年2月24日(农历正月初六)

阳光依旧在路上

　　这世上，变化最大的是人。像陈淀国这样的作家，说走就走了，连他多年的战友文友都不知晓。

　　工程兵部队大多驻扎在深山老林、江河湖海上，诸兵种中，最为艰险、最为苦难。大山、河流是指战员的骨骼与血脉。他们对崇山激流的深情，常常是以血肉之躯回报，也不时以文字抒发激越的情怀和远离亲友的思念。所以，在几十万工程兵部队里，文学创作的热情，在文化荒芜的年代刚刚有点复苏迹象的时期，就已高涨起来。正在此时，也就是上世纪70年代初，作为工程兵负责部队文学创作的陈淀国，敏感且具责任地抓住机遇，连续办了几期学习班，很快推出了叶文福、韩作荣、王耀成、刘增新、郭米克、江宛柳等一批青年才俊和他们的作品。在那特殊的年代，一时工程兵的文学创作，似乎走在全军乃至全国的前列。

　　我是1978年从基层部队调入工程兵司令部机关的。那时，由陈淀国办班培养的这批作者已经锋芒耀眼，有的已成气候。高中同学、一起入伍的王耀成，在《解放军文艺》已当了数年的编辑，韩作荣是《诗刊》编辑。1979年叶文福的《将军，不能这样做》发表，在中国文坛引起轰动。不久，这首诗作与作者本人受到不公正的批评和处置。时至今日，我们拿来吟诵，依然奔涌着作者的满腔热血和谆谆劝导的真情。我曾在一文中说，那时这首诗是反特权，用现在的话说是反腐败。后来，军队的腐败愈演愈烈。腐败不让早反,早反,反被腐败者将你的声音掐死在摇篮里。诗作没能敲醒那些人的警钟,却坦然地留给了文学史。

陈淀国原是工程兵政治部文化部干事,后任专业创作员。那时,他的散文,大多发表在《人民日报》《解放军报》等大报的文学副刊版上,读之,令人羡慕、钦佩。我自小对文字有所喜爱,机关的工作和生活节奏,有时间读几本书,思考点文学,于是数次到陈淀国的办公室,想借他们的文学之光点燃我心中的火。陈淀国常常鼓励:"写,好好写!"但数年里,我没有像样的东西走进他们的视野。

报纸发行量大,读者面广,文章和作者的名声传播得也快。我曾应约为两家报社写专栏。报纸有很强的时效性,报上的文学副刊相对宽松一点,但还是摆脱不开因此而出现的局限,有时有点深度的文章,会被改添一个光明的尾巴,或因版面所限而删去你觉得有所思考和含有深意的话语。因为是"喉舌",因为要面对参差不齐的广大读者,从编辑角度看,他是在理的,而对于作者,未免损伤了文章的原意和完整性。当然,长年里,也涌现了不少经久耐读的文章,但与纯文学的期刊相比,显然逊色。也许陈淀国长期为各报撰稿,并且是位勤奋的作家,久而久之,就易出现短、平、快的效应。他培养起来的一批青年作家,有部分已经超越了他,他依然如故,欣赏和鼓励他们。他那种宽阔的胸襟,识才惜才的情怀,用时尚的话说,特别的阳光。

文学就是阳光的事业。

陈淀国由中年步入老年,可那东北人特有的纯正的男中音,吐露的依旧是热情与真诚。世态春夏秋冬,他心如泉。与他在一起,没有距离感。多少年后那批当年的青年作家,仍是呼他"陈干事",而我几十年来一直叫他"老陈"。

百万大裁军,军委工程兵整编为总参工程兵部,原来的文化部、报社、文工团均撤销,陈淀国调往武警总部,诗人、《工程兵报》

负责副刊的科长喻晓调入《解放军报》，刘增新、郭米克、江宛柳已分别担任《解放军文艺》《昆仑》的编辑，基层的创作骨干因部队整编各奔东西，但这批作家始终念着"陈干事"。在京的原工程兵的作家、诗人，每年都要聚聚，畅述友情，交流体会。组织这项活动的，还是陈淀国。

我没这福分。我是进了军艺文学系后才逐渐走上文学之路的。在长篇报告文学创作的间隙，心中有些话不吐不快，就成了散文、随笔，同时也是想以此锤炼文字语言。我觉得散文、随笔写好很难，至今还是敬畏。忘了是哪年，陈淀国给我电话，说在杂志上看到我的散文，好！我说没您的好。他说写得比我好。这是他的激励。他希望我们超越，希望我们超越他们那一代从基层部队中成长起来的老作家。这对于我，是多么的渺茫！由此，一颗小小的心便荡起波澜，野心霎时苗壮。日后，我的文学走到哪一步，自己也说不清，但与陈淀国的交往就密切起来。每当我从报纸杂志上读到他的文章，总会给他电话，倾吐感受，交流创作体悟。有几回，在有关部门组织的笔会和作品颁奖会上，我们不期而遇，亲切的情感自然就流淌出来。

如今，我和他那时期培养的作家，都已两鬓染霜。军旅生涯的结束，对于长期处于业余创作的我们，倒成了"专业"。陈淀国七十有几了，仍是笔耕不辍，他那种对文学的挚爱，深深地感染了我。是的，文学是生命的重要部分，我们没有理由停歇。

近七八年的春节前后，我多次请陈淀国来工程兵大院，他对这块生长文学的宝地，怀有特殊的感情。会面谈论的当然是写作。

2014年10月中旬的一天，陈淀国、喻晓、刘增新、刘云林和我，在工程兵大院东侧的九头鸟酒店小聚。有九个头的鸟，一定是不死的鸟。大家相见甚欢，回忆当年，叙述情谊。谈得最多的依然是文学。文学是只不死鸟。期间，陈淀国题签新作给我们，喻晓是散文集,刘增新呢,近几年中央电视台播放了两部由他小说改编的电视连续剧,他们成果丰硕。我给陈淀国两本长篇报告文学和一本散文集。

2015年5月17日下午,我在一本期刊上看到陈淀国的《割不断的浓浓乡情——与军旅作家王贤根的文学情缘》,激动不已,即给他家电话。他儿媳说,住院了。我急切追问,她说在检查,不大理想。住哪?她说武警总医院。

其实,家里已经清楚他的病情,我也已听出。第二天下午,我骑车前往,见到他时,只觉得比以前消瘦一些,声音还是那样亮堂、圆润,不像重病在身的神色。我拿出刊有他文章的杂志,他说儿媳已经给送来,原来的标题改作副题,这好,以后出书就依这。精神爽朗,对未来充满期待。他说这次是全面检查,检查完就出院。临行,他交代,不要告诉工程兵的老战友,别麻烦他们。

6月14日下午,我到邮局寄书,出来给陈淀国家电话。近几年,陈淀国数度到海南采访、写作,行前总告诉我,中途也来电话说说进展情况,回京定会叙述一番此行的感受,尤其是冬季海南清新的空气和优美的环境,让身处京城雾霾中的我,感慨不已。我要回老家收集一些创作素材,也想告诉他。接电话的是他儿媳。她说,刚才给你发了短信,没看?我说在自行车上,没注意看。她低沉地说,老爷子走了!什么时候?昨天。我无语。她缓缓地说,安排在17日告别,只邀请三位朋友,和我们家人一起向他告别,请不要外传。悲痛的心绪难以用言语表达。我只能告诉她,我马上回浙江老家,票已订,遗憾参加不上了,请代我向他鞠躬致意。她说一定办到。她说他患的是胰腺癌,发展很快,已扩散,不好动手术了。我说请你们节哀,问候老王,请她多保重!返京后,我打过电话,一次是陈淀国儿媳接的,她说了那天告别的情况和家境的概况,后一次是他儿子接的,说母亲的心情比原来好些了。至今,我还是怀念他。

前几天，正在午休，电话铃声骤然响起，我即刻掀开被子下床，是身在宁波的王耀成的声音。他说刚才在电脑上看了喻晓发来的缅怀陈淀国的文章，陈淀国不在了？我有些不信，我们几次通话，没听你说，你知道吗？我说我知道。我将经过细述，他在电话那头一定热泪盈面，声音变得低哑："没有陈淀国，就没有我王耀成的文学之路，是他在首批学习班上肯定了我的小说《柿子红了》，是他推荐我到《解放军文艺》杂志社，从此，改变了人生……"

四个多月来，我一直信守承诺，除了常常编发文章的刘云林，再没告诉他人。在原来工程兵的作家群中，在广大的读者中，陈淀国依然活着，依然在勤奋地创作。

人有阴阳之隔，可灵魂不灭。文学书写的是情怀，是灵魂。悲戚总得过去，文学是恒久的，阳光依旧在路上。

2015年11月12日毕

第五辑　腹有诗书气自华

王愿坚对我如是说

我第一次见到王愿坚,是在1987年8月。那时徐怀中已调任总政文化部副部长,王愿坚从八一电影制片厂文学部调出,接任解放军艺术学院文学系主任。我去找他时,他正好坐在办公室,一身戎装。我按军人规矩喊了声"报告",王愿坚抬起头,我敬礼,他即笑盈盈地站起,迎过来握手。我看他是一位面容消瘦又泛红光的朗朗的军人形象。我自报姓名、单位,他就问起我们单位和我的一些情况。我说我是浙江义乌人时,他说他对浙江很有感情,部队南下一直驻扎在舟山群岛,在军部编报纸刊物,他爱人还是慈溪人呢。他话语亲切、真诚,我吐露了想读书的念想。他粗略看了我已发表的作品,说完全可以报考文学系。第一届文学系李存葆、莫言等已在全国打响,学员们的作品当时可说是满天飞,在全国产生了一定的影响。第二届招生报名人员相对较多,都是全军崭露头角的青年作家。我说总参报了两位,说我年纪偏大被扣下了。王愿坚说,现在报到的学员好几位比你大。在他的努力下,我终于有机会进入文学系研读文学了。

学员们的创作欲望非常强烈,白天上课,晚上埋头写到后半夜,影响第二天清晨出操和上课。有的学员不想听的课就不去,猫在宿舍里琢磨文字。王愿坚劝大家,主要精力放在学习上,创作以后有的是时间。但学员们没有全部往心里去。仍然有人,老师在上面讲,他在下面写。那时没有电脑,一字字地书写在稿格上，投向各家报纸杂志。大家都有一股子劲——冲向全国。两名学员的短篇小说很快在全国获奖，作为评委的王愿坚，肯定是做了一番推荐。

学习期间，我写了部分小说、报告文学、散文，但重点是放在实习期间的长篇报告文学《援越抗美实录》上。当我将刚刚出版的新书呈给王愿坚老师时，他却生病，住在解放军总医院的高干病房。我看他抚摸着我的拙作，脸上洋溢着满怀的喜悦，话语火一般地燃烧着激情，全然忘记了自己的病情："贤根，我该为你说说话！"

我完全理解老师的心情。此时此刻，我只希望他尽快地养好身体，故劝他不要写，看看，指点指点即可。过了一段时间，我再度去看望他时，他声音依然是那么的明亮，神情依然是那样的亲和。如果不是在医院，不穿着病号服，人们根本不会相信他已是危重病人。他很快把话题转到我的作品上："你的书，我看了，这是我国反映援越抗美的第一部书，写得好。"他是肺部毛病，脸色红红的，语气仍是激情洋溢，"你的路子对。要以这个生活为基地，再创作出一系列独有的作品来。美国写出了许多关于越战的作品，有的写得很好。文学就要写人。文学是人学。把背景往后推，把人往前拉，写出像巴顿那样的人物来。"

说到动情处，他喘气吃力，一直守护在旁的他的爱人，拧大了输氧的调节开关。病情到了这等程度，他思维仍是敏捷，语调充满生机，令我感动、钦佩。

谈及作品质量，他又激情四射："要写得浓一些，紧凑一些。现在文学艺术的通病，写得太散，拉得太远，舍不得丢弃一些东西，结果作品缺乏功力，味道不足。我写《党费》《亲人》《七根火柴》《普通劳动者》等，都删去了很多很多。这好比雕刻，在一块石头上要得到一张脸，那就要把不是脸的东西去掉，如果舍不得凿去，那就得不到脸，就叫'不要脸'了！"

老师是位具有诗人气质的作家，他的话说得多么形象、深刻啊！他对我的真诚与期盼，书写在他生动的脸上，跳跃在他鲜活的言语中，也深深地铭刻在我的心里。

时光匆匆，十九年过去了，在援越抗美这个题材的创作上，由于某种原因，我仅写了两个长篇就停了下来，但他对我的关爱和指导，始终激励我在文学和人生的道路上风雨兼程。他对小说创作的精辟话语，我想，对有志于文学的同仁，定会有所裨益的。

2009年3月26日

山居樟香

　　五峰山下有家书院,宋代理学家朱熹曾在这里讲学,著名词人陈亮读过书。地方名胜,大多以它的人文而传世。

　　离五峰书院不远,有座五峰山居,范曾题其名,镂刻在山石上。山居又称"鲁光艺苑",四字苍劲,醒目在院落门楣上,是崔子范笔。我是慕名而至的。那是四年前的春夏之交,我回家探亲,与从金华赶来看望的表弟说起永康在京城的鲁光,诚想到他老家新建的"庄园"去看看,表弟一口应允。车子在漫长的路上奔驰,两人的话题自然落在这方水土上走出去的游子,在文化界,现今成就斐然者,首推鲁光。陈亮当年中状元,虽壮心不已,却暮色弥漫,须眉斑白了;报告文学《中国姑娘》全国夺魁时,鲁光正值华年,意气风发,作品大有江河浩荡日倾千里之势,又具丝竹琴音细密委婉之妙。现在,他又醉心于翰墨丹青,师承李苦禅、崔子范,文学的潜悟幻化在笔墨的写意里,让人越看越有意味。我这么一说,表弟来了精神。不知问了多少路口,七拐八转地寻到藏在青山绿水间的那个村落,经过几幢房舍,插进蜿蜒小道,上了小小的山坡,有棵伟岸的樟树巍巍地映入眼帘。

　　樟树高大粗壮,皮纹如花似网,密密地布满全身,该是饱经风雨、历尽沧桑的一种秉性,又是内在生命张力澎湃的一方豪情吧。几丈高处的枝杈强健地展开,又扶摇直上,怒放成一朵硕大的绿云,悠悠地浮在空中。浙地香樟居多,千年古樟不少,而我突然觉得对这棵香樟有着异常的感情,它古朴、坚实、醇厚,又显年轻,恰在风华正茂时。

香樟立在山居门前,仿佛是千年的等候。院围白墙青瓦,与江南大多庭院的审美情趣相近,可它是坐落在茫茫起伏的山野葱茏中,就凸显它别样的幽静、雅致了。进院是依着山体的下行石阶,曲径之旁栽植的修竹已经出笋,有的嫩竹已亭亭玉立在徐徐的和风中,与墙那边嫣红的杜鹃遥相呼应。清新风竹的姿韵,蓦地让人想起郑板桥竹的诗画,那是他心灵风骨的一种阐释。鲁光栽植它,我想,是有他的用意的。山居的主体是幢三层楼的构建,错落有致,融民族风格与现代时尚。房前波光粼粼的池塘,半口含着院落,那边便是碧翠的山色原野。整座山居,含蓄、开放,既有际,又无限。

朱熹当年在书院讲学之暇,我想象他欣然漫步到这池边的情景,清风撩拨衣衫,护拂须发,若有所思,那首脍炙人口的《观书有感》是否得此启发? 我想起在北京,与鲁光见面时,他说山居盖成,每当山花烂漫、丹桂飘香的两个时节,总要回老家住上一段时间,那是一年中书画创作最为丰厚的辰光,画展的大部分作品是在那里赶出来的。“半亩方塘一鉴开,天光云影共徘徊。问渠那得清如许? 为有源头活水来。”多美! 这也许是鲁光艺术感悟的真实写照。鲁光窗前的这口方塘有八亩之域,足可感应它的胸襟。

鲁光到香港还是日本办画展去了? 鲁光胞弟告诉过我,现却记不真切了。那时我们坐在朝阳的大玻璃窗的画室里,案桌上笔墨纸张铺叠,主人回来好像随时可以创作。在故里虽没与鲁光谋面,我仍然兴奋。热茶袅袅,与他胞弟、弟媳攀谈,说说笑笑,甚是投机。阳光西斜,表弟一再催促赶路,在案上我留了张便条,出院门,仍是一步一回首。

在北京的这几年间,我时常想起那座镶嵌在故乡怀抱、浸润着浓浓艺术情韵的山居,也时常想起那天我慕名拜访的心境,在空山灵谷、似画如诗的景色中,我求一片云,我取一枝叶,我幻想着我的文学梦。

京城的文学活动中,我数次见到鲁光,每回他总是那么乐观,给人欣喜与信赖,惠赠我的往往是他的一部部画集,或以多姿多态的憨牛为主调的挂历。鲁光属牛,勤奋而又默默地耕耘,洋溢着翻新土地的芳香、秋果累累的甜美。他是年过半百才师从名家画画,敏捷的领悟与执着的追寻,加之在那片厚土上感受的生活,让他驾驭那管笔墨很快便洒脱自如,妙趣横生。鲁光大我一轮,有股牛的犟劲。他是我师,在文学上引领与激励我像牛那般地踏实前行。

去年秋天,鲁光回到故乡,在那山居为一次画展作画,并约请我。一个天蓝云淡、阳光明丽的日子,我与北京、杭州的几位朋友由义乌作家鲍川驾车前往。亦师亦兄的鲁光见到我们,那亲切的神态,即让我们如同回家的融融之感。车子停在大樟下,我又一次仰望香樟的神姿,金辉闪耀在蓬勃的树冠上,洒下一派清荫,有一壮实的枝干越过院墙,与整座庭院颇有生气地连成一体。

院内小桥流水处的几棵柑橘,黄澄澄,金灿灿,在万绿丛中格外的显眼,我们顿时雀跃,也失去了往日的斯文。鲁光说:"这是前几年我栽下的,结果了,你们自己去摘吧!"

在一棵与人差不多高的树上,我采摘到两个相连的大红橘,还有两片绿叶相托,嬉说着送给身边《文艺报》的余义林,她惊喜地捧着,两眼闪动着激越的光芒,紧接是,一阵秋阳般灿烂的说笑,回荡在灵山静谷间。

"世上有嚣尘,山中无俗客。"鲁光故里文人章竟成即刻吟诗。我们不是诗人,却也涌动着激情。鲁光山居建成后,京、沪、杭等地文化名流踏访诸多,留下不少珍贵的墨宝与瑰丽的诗文。这是一片净土。我们是朝着这方净土来的。鲁光在故乡厚积生活的净土上,宁静地勾画着自然的天堂。自然蕴涵大趣,也成就了他艺术的天堂。

鲁光提议大家合作一幅画,有人矜持,有人迟疑,有人欲试。鲁光憨憨地笑道:"你们每人都画,随意,我收笔。"师长的激励,大家风范。余义林即抬腕说我来,颇有行家的气魄,她专注地勾略山的轮廓,山间的小屋;孙侃描绘大地;我在山路旁点缀了几笔小溪的意象,想留有更多的笔墨由鲁光老师圆满;鲍川一下手就浓墨着笔公婆岩;章竟成勾添小溪。鲁光始终在旁观察,细看浪漫学子的作业,又似胸中构想着什么。一切由他来弥补了,我想。他微微地笑着,宛若如意欣赏我们的大作,又似感叹这帮"天才"的手法。

凝神静思片刻,鲁光举笔舐墨,在我们涂鸦之处修改补充数抹后,在山道上几笔勾画出生动形象的归牛,一位红衣少女横着一杆竹鞭,悄然鲜活了整幅画作。尔后,他又在山色中添草木,染红叶,还有溪中戏水的牛。瞬间,一幅深秋牧归的美丽田园风光显现出来。我们不约而同地鼓起掌来。他左手题书:"公婆岩雅聚"。公婆岩即山居池塘旁青翠的山岳,上有两座似公婆相望的岩石而得名。鲁光在画作的右下方书了一段颇有趣味的文字:"贤根大校陪同美女主编义林余女士,评论家孙侃,出任此行司机者作家鲍川先生,也是此行中唯一吸烟者,故里文人竟成兄七步成诗两行,诗见左上方空白处。每人出手绘此山水图,而且皆能破格,天下独此一幅,如上拍,必天价无疑。"落款"遵命左手书题跋,五峰山人鲁光也"。一方朱印钤其上。

玩也玩出个雅兴来。

"窗竹影摇书案上,野泉声入砚池中。"真是个绝妙的去处。

鲁光赠近作《我的笔名叫鲁光》给我们,并在扉页上题词。这时,几位故里收藏家抱来一摞书画,请鲁光鉴别。鲁光没有迟疑,一一评点,我们也凑上去观赏,一派浓郁的艺苑景象。

夕阳已经西下,主人带我们到五峰书院品茶,观飞瀑,翻山赴一农家晚宴。在山地阁楼上,周围是苍茫深邃的夜色,唯有大红灯笼下谈古论今的辉煌。书画下酒,吃也风流。鲁光说起自己初恋的情景,大家听入了迷,有人喟叹:"这是幅画!"鲁光说:"一幅永远画不完的画!"

春节期间,我到北京南五环外亦庄鲁光画室拜访,他领我欣赏古色古香的陈设和他的部分画作,娓娓讲述当代文朋画友新近往来的逸闻趣事。我忽地想到作家林海音。多少年后,兴许有本鲁光的《城南旧事》更牵动读者的心。临别,他赐我一幅丹青,画面是两头青牛在奔跑。我俩都是牛性,那头牛犊便是我。

此时此刻,我又一次地想起故乡那片莺飞草长、牛蹄扬香的土地,想起鲁光艺苑那棵蓬勃挺拔、四季常青的香樟,我何时再度拜谒它,聆听那沙沙低吟的真诚倾吐,感受那千年耸立、依然香溢的魅力呢?

2009 年 9 月 13 日于北京

叶文福印象

　　据说他的第一本诗集稿子送出版社,编辑提出修改意见,他却愣坚持一字一标点不动,如改,宁可不出。听了这传闻,我顿觉这人极有个性。编辑部最终接受了他的意见,散发着馨香的《山恋》脱颖而出。作者叶文福。

　　在那文坛帮气盛行的时节,他的诗作像清澈的溪水,汩汩地流淌在广袤的原野上,给诗坛带来一股清新的气息。

　　我们同住北京西郊的一个大院,并不相识。只知他是1965年入伍进了工程兵部队,当了一名风钻手。在连队年轻人的群体里,在打坑道、操枪、拔河、拉歌等火热的生活中,他有种激越的情绪要倾吐,要宣泄,诗的胚芽在心中孕育了。一次,连队组织诗歌朗诵会,新兵叶文福居然用那有了厚茧的操风钻的粗大的手写出的诗,昂扬顿挫地叫响了全连官兵,一阵哗啦啦的掌声后,人们刮目相看他了。从此,他也来劲了,放下风钻就拿起笔,一首首渗透着浓郁的工程兵生活的诗作,像山泉般地喷涌出来。叶文福有了点名气。机关看到这棵粗壮的苗子,将他调到工程兵文工团当创作员。

　　1979年,《诗刊》发表了他的新作《将军,你不要这样做》,赞誉声如风似云般地涌动,我们这帮青年上班时、吃饭间情不自禁地谈论这首诗。渐渐地,叶文福在我们的心目中占据了位置。

　　可是真正认识他,是在受到"批评帮助"之后。

《将军》一诗的发表，人们赞叹仰慕，说他代表老百姓说出了心里话，具有很强的人民性。也有人忐忑不安，说是写的某某某，某某某已经恼怒了，向上反映了。艺术作品有如此强大的震撼力，一首诗竟然掀起轩然大波。当时的国防部长给工程兵主要领导打电话，责令查问此事。叶文福所在单位，立即组织一个得力的"帮助组"，挽救叶文福。

"帮助组"责问："你写的将军是谁？"

"你去问鲁迅，阿Q是谁？！"

问者无言以对。

听说叶文福非常刻苦，经常深夜奋笔，累了就在沙发上一歪，打个盹，醒来再写。皇天不负有心人，《将军》一诗在全国新诗评奖中选票遥遥领先，夺魁呼声很高，他的另一首《祖国，我为你燃烧》选票名列十四。可是，群众的呼声，十几万的选票却被某些权威阻挠，硬将它从皇冠上扒了下来，但这首诗作并不由此销声匿迹，一时反倒成为众人议论的话题。事实也是这样，大学的课堂上讲"文化大革命"后的新诗，哪位教授都会叙述一番《将军，你不要这样做》。

一度，报纸、杂志上见不到叶文福的呼唤了。他沉没了？

"谁是叶文福？"

"全国都闻名了，咱还不认识。"

我们这些单身汉饭后又在聊天议论。

有天清晨，我起身锻炼。大院里高大的白杨在晨风中沙沙作响，路旁花坛里的月季展放着鲜红，翠绿的草丛上顶着一片白莹莹的露珠，空气清新，给人一种清甜、爽快的感觉。我沿着办公楼和南广场转圈慢跑，在拐弯处，见前面一位上穿白衬衣、下着绿军裤的人，边跑边声音一高一低地吟诵着什么。从后面看去，他中等身材，长发，全身颠悠悠的，两手下垂，随着小步的跑动上下自由抖动。超过他时，我回首一望，是个络腮胡子，浓浓黑黑，但不长,脸膛红黑,浓眉大眼,胸背宽厚结实。待我跑第二圈追上时,他仍是那样边颠边洪亮地吟诵着,好像自己作诗,又似在背诵。我想人家是早练,这家伙却满口念咒般,神经质?怀着这种疑虑问他人,才知这就是叶文福。

当时我还想,上头的文件点了他的名,"帮助组"正在全力"救护",他是不是感到有压力,借这清丽的晨光,在呐喊声中倾吐心中的积郁……

我们都在食堂吃饭。中午,机关单身干部排队买饭菜。这时,有些人嗅觉敏感,觉得近朱者赤,近墨者黑,见络腮胡子拿着碗筷过来,就巧妙地当作没看见而离得远远的。我们这帮年轻人不然,却与他坐在同桌进餐攀谈起来。

我说:"叶文福,你是湖北蒲圻人,王维的故乡嘛!"

他一笑:"别提了。你是哪里的?"

当他得知我是浙江义乌人时,嘴唇一抹,说:"骆宾王的故乡。你们那里可是出人才的地方,现当代还有冯雪峰、吴晗、陈望道……"

蓦地,我想起现在这种境况下叶文福是否还在创作,便问:"你还经常写吗?"

"不!"他猛然抬头,侧过身,突然蹦出一个很响的声音,两眼直愣愣地盯着我,闪烁着灼热的光亮,满脸的表情,连同他的络腮胡子霎时都凝固了,"岂止是经常,天天写!"

叶文福这时的神态和这句话,像个特写镜头,摄进了我的脑海。一位刚直的作家的这种刚毅的神情和创作的尊严,在我的印象中难以磨灭。

我是习写散文,对诗一窍不通。有回我去叩门,那时夜幕已经降临,他开门让我进去,第一眼见他写字台上摊着许多诗集,他说刚才正在整理近几日的诗作,顺手翻开硬皮大黑本——像会议记录本那般大的——一首一首地念给我听,我觉得既是念给我听,又是在自我欣赏。在写诗上,他自信。念着念着便说:"贤根,你说怎样?多好!多棒!"那时机关的复印机极少,他问我能否帮他复印几十首整理出来的诗稿,我说可以。当我很快交给他时,他板刷般络腮胡子的脸笑得像个孩子:"真好,这么清楚!以后你多给我复几次。"

那时,人们对文学比较热衷,对文学艺术的欣赏能力在提高,也强烈地希求文学艺术的振兴。创作自由的春风终于吹过来了,叶文福的诗作又在各个报刊上露面了,而且一发不可收。他的《穿满弹洞的旗帜》还被评为1985年度《人民文学》优秀作品。

听叶文福说,有三家大的出版社想出他的诗集,已答应,正在整理。还有几家出版社来人来信约稿,他婉言谢绝了。他对我说:"还有明年,后年呢!"

今年6月,在华北某地要举行一次大规模的工程兵武器装备的军事演练,中央、军委的许多重要领导和全军各大部队的有关人员观看表演,当然也有外宾。我在外事组工作。5月底,要举行一场预演,在工程兵生活了二十年的叶文福跟我说他想观看。工程兵文工团已于1982年整编时撤销,其实那时的文工团正是鼎盛时期,从演员、编剧创作人员的阵容和在全军全国会演的节目看,都已走在前列。对这么一个有相当实力又正年轻仍处于上升时期的文艺团体的断然撤销,大家都感到十分的惋惜。舞蹈演员调到总政歌舞团、北京军区战友歌舞团的,都成了台柱子。其他演员、创作人员在全国全军各个文艺团体中也展示了他(她)们的才华。叶文福没有走,他和相对比较老的部分人员仍在原文工团的办公楼内,一个名曰"善后"的机构管理着。我向有关领导汇报了叶文福想观看演练的事,这位领导爱才,他知道我时有小块文章在报刊发表,就对我说:"叶文福想看,就安排到外事组,跟你一块去。上面几次督我们,要他转业,这人有才,工程兵的人才我们要留。"

这时的叶文福不一定很清楚上面督促他离开部队这等事，我们同坐一车去演练场时，他兴致极高，谈笑风生，我也丝毫没有提及他的个人之事。我们外事组机动性大，观看的位置好，走的地方也多，叶文福激情澎湃，压抑不住："今天我太激动了！太激动了！工程兵从此摔开洋锹十字镐，迈向现代化。我的诗作是从工程兵生活起步的，我仍要讴歌工程兵生活，讴歌这支人民的军队。"

　　观看带式舟桥表演后，记者给我俩在现场摄影留念。这是我唯一的一次与叶文福合影。拿到照片时，我看我是穿一身绿军装、笔直的立正姿势，叶文福穿一件棕色毛衣，着军裤，笑得满面春风，我说："看你，多自如。"他说："我这人稀拉惯了，你们是一本正经惯了的。"

　　是的。叶文福是个无拘无束的人，他没被人捆住手脚，才唱出那豪迈的歌，悲壮的歌，清丽的歌，婉转的歌……

　　叶文福是个爱恨特别分明的人。他说祖国，说工程兵，说父母亲，说着说着就会泪水纵横，呼哧呼哧地泣出声来。他爱得很深沉。说起某件事，或某个人来，他又会咬着牙齿从牙缝里喷射出唾沫来。一天，我们正在食堂排队买饭，他从后面端着个碗敲着筷子过来："听说×××死了。"我们一惊，他又说："我要到他坟上撒三泡尿！"其实那人没死，那是位督促工程兵一定要叶文福转业的大人物。

　　叶文福真的要离开部队，离开他生活、战斗了二十一年的工程兵部队了，其内心是很留恋的。我们这帮年轻人也很留恋。相处这几年，同在一口大锅里吃饭，在"批评帮助"声中，大伙仍是以战友情分相待，他也报以真诚，坦率得把整个心都巴不得敞开来给大家。在他的无遮无拦中，我们看到了他那颗血红的心在滚烫地燃烧着。

　　此时此刻，我不由自主地想起他《我是飞蛾》中的诗句：

我追求——光！

我追求——火！

我要为人类找到永恒的光源，

献出一个活生生的我！

追求是种享受，是种挚爱，是种强大的原动力。我想，叶文福虽然离开了部队，他的追求却不会中断。他会在不懈的追求中，获得光，赢得火的。

1986年8月4日北京

闻莫言获诺奖所想起的

喜闻莫言获诺贝尔文学奖时，正在江西采风，是我女儿从北京第一时间告诉的，她很兴奋，我立即给莫言打电话祝贺。手机关机。莫言向来是位低调的作家。正如女儿在电话中说，莫言这时正在家乡高密呢！在这样的荣誉传来之际，莫言在相对比较平静而又温馨芬芳的故土上，我理解他。

莫言获诺奖，既体现了诺贝尔文学奖评选委员会所秉承的价值原则和评选标准，也是对创作成果丰厚、杰出的当代中国作家莫言的认同与致敬。这是中国作家多年来热议的话题与期待。是莫言的骄傲，也是中国作家的骄傲。

初识莫言是在1987年初春。那时，总参组织《来自总参谋部的报告》作品修改研讨会。莫言军艺文学系毕业，回到总参，是总参的创作骨干。他拎着个军用挎包匆匆走进会议室，我俩座位挨着。快到吃午饭时，大家还很热烈。我从随身的包里摸出饼干，咯嘣咯嘣地在嘴里嚼。莫言问你吃什么，我说苏打饼干。他疑问，胃？我轻声解释，最近患十二指肠球部溃疡，胃酸多，饿了就痛。他说我也有。我忽地想到，是不是动脑子、写东西的人都有？就问他的感觉，他说我是食管接到肛门上。我被他的调侃逗乐了。

莫言是在军艺文学系就读时创作发表《透明的红萝卜》《红高粱》的，当时就震动了中国整个文坛。我们这些文学青年，哪个不羡慕、不钦佩、不跃跃欲试呢！莫言他们是文学系的首届学员，第二届招生时，军队的一大批专业作家和业余作者争相报考。庆幸的是我有机会走进接受文学教学的殿堂，感受那种难能可贵的强烈求知欲和创作氛围。毕业后在总参的文学活动中，我们经常在一起，平时也常有电话往来。

那时的总参文化部门，重视文化建设，爱惜人才。基本是每年编辑出版一本有关总参系统的文学作品，莫言重点是小说创作，也写报告文学，那多是遵命之作。

1991年夏，华东地区遭受多年不遇的狂风暴雨，连续的倾泻使京沪铁路大动脉中断，机场也被汪洋包围。总参所属部队、院校、科研所的广大指战员、教职员工、科研工作者积极投入这场突如其来的抗洪救灾，发挥了其他单位与团体难以替代的重要作用。事后总参组织采写报告文学，安排我和莫言到南京、无锡等地采访。那次，莫言着便服，我也穿便衣，同住一屋，白天到部队、受灾地采访，晚上在房里谈人生、谈文学。采访空隙，莫言总要到所在地的书店去看看，寻得福克纳、马尔克斯等世界文学大师新近翻译、出版的著作。在南京，朱苏进接我们到他家吃午饭，边吃边聊文坛逸事，蛮是开心。到上海，我们住的地方离王安忆家不远，她单肩挎只坤包，步行来接。王安忆爱人很能干，我们喝茶说话，他下厨炒菜做饭。上海男人除了自己不会生孩子，家务事，样样在行。回到北京，莫言写了《一夜风流》，我写了《机场保卫战》，编入一部作品集，我的散文《江南采风》编入另一集子。

莫言为人谦和、真诚，从不说假话、套话，就像获诺奖后接受中央电视台记者采访那样，依然饱蕴胶东高密农民的质朴、善良，又如土地一般的深厚、坚实。对于刚刚进入文学的人来说，莫言《红高粱家族》跋中那段话，有着深刻的印象："怎样写好长篇呢？想了半天忽然觉得也不必谈虎色变，无非是多用些时间，多设置些人物，多编造些真实的谎言罢了。对于长篇小说应像对待某种狗一样,宁被它咬死,不被它吓死。"对于前一句,莫言后来作了评说,增添了新的认识;对于后句,他是再次肯定的。这位山东汉子,说话慢声静气,可进入创作状态,就如天马行空,独往独来,情感与语言恣意汪洋,饱满且有张力。有时像江河决堤,倾泻而来,颇有气势。记得他的第二部长篇小说《天堂蒜薹之歌》,是躲进总参测绘局的招待所,听说是用35天,一气呵成的。后来的杰作《生死疲劳》,也只用了43天。

文学需要天赋与灵性,还要有莫言这样的创作状态与精神。

莫言的长篇小说《酒国》《丰乳肥臀》,都是在他军旅的岁月里挥就的。《丰乳肥臀》是部有分量的作品,发表后获"大家红河文学奖",奖金10万人民币,为我国有史以来文学奖项最高额。这部民间史诗性书写的成功之作,立即引起强烈反响,也引来巨大争议,社会上"骂声""责声"不绝,所在单位又组织召开"帮助会",霎时将他推向风口浪尖。莫言骨子里是位忠诚于普通百姓的中国农民的子孙,他的这支笔张扬的是人类共有的人性的悲悯情怀。从这一点上,我们自然看到他比那些自以为对政治颇为精通的人物的心灵,要高峻挺拔得多,而莫言的内心感觉仍是低微,他始终是与最底层的老百姓融合在一起的。面对各种鼓噪与批判,莫言有感慨。他在《读鲁杂感》结尾处写道:"俺本落水一狂犬,遍体鳞伤爬上岸。抖抖尾巴耸耸毛,污泥浊水一大片。各位英雄快来打,打下水去又一年。不打俺就走狗去,神州处处桃花源。"从中可见他的坚定与自信,依然高昂傲岸可贵的头。

正是《丰乳肥臀》受骂挨批的一片狼藉声中,有人惶恐,惧怕莫言玷污了他们的前程,推他离开部队。众多战友、文友为之不平与惋惜,也有人窃喜。世事就这么的奇妙!莫言对生活、工作了二十年的军队,怀有很深的情感。这一走是坏事变好事,还是好事变坏事,是人生中的不幸还是万幸?哲学家们老爱拐来拐去。其实,生活就像一条河,该怎么的就怎么的,它总要流向大海。

2000年初的一天，刚从军艺文学系毕业的一位青年作家崇拜莫言，望我引见。我给莫言打了个电话，他说来吧。我陪他走进莫言那套小屋，喝茶叙谈。其间莫言问我用电脑吗，我说笨，还用笔。他说你来看看我用电脑。我随他走到书房，他在电脑键上啪啪地示范了几下，屏幕上显现他正在创作的一篇小说的几个字。他说："我也是刚学，练起来还是方便。"现在我还是捏支笔杆，尤其是查阅、转发，不会电脑真是不便。那次见面，莫言签赠我们各一本刚出版的他的中篇小说集《师傅越来越幽默》。书名这篇小说，张艺谋拍成电影《幸福时光》，但没《红高粱》那样火爆，震撼世人。

我家乡的文朋好友羡慕、钦佩莫言，文联领导要我邀请莫言等几位著名作家到我家乡去讲课。那年，我们已约定，但中间因突然事变未能成行。我家乡的作家，至今仍为此而遗憾。

莫言转业后笔锋犹健，接连创作出版了《檀香刑》《四十一炮》《生死疲劳》《蛙》等长篇小说，还出版了数部中短篇小说集与散文集，诸多作品在国外出版发行，文学的影响越来越显著。有天我见到时任中国散文学会副会长兼秘书长王宗仁，说起读莫言散文随笔的感觉，他说你的想法很有意思，把它写出来。几天后我写了《道法自然——读莫言散文》，发在一家报上时删缩了，《中国散文》刊用时，题目改为《我读莫言散文》，那时我用的是笔名王籽樾。

有位记者采访莫言，莫言多次谈到就读军艺文学系时的文学感悟与军队的情结。现在他仍有创作军事文学的冲动。他说："现在我离开部队了，我想再来写一部军事文学，献给我曾经一直服务过的这支军队。出炉的时间很难说，看看2012年能不能出来，估计得用一年的时间能够完成，并且我想这部作品不会在水平线之下，让我们的军队的战友、军艺的这些校友们看了应该高兴。"

作为莫言的战友、军艺的校友，我心中的激越火般地燎起。我相信大批的军旅作家和广大指战员，都为之兴奋。我巴望早日能拜读到莫言的这部大作。

诺贝尔文学奖授奖词说莫言"将魔幻现实主义与民间故事、历史与当代社会融合在一起"。瑞典文学院于10月11日的一份新闻公报中说："从历史和社会的视角，莫言用现实和梦幻的融合在作品中创造了一个令人联想的感观世界。"诺奖依据的是文学价值。莫言获奖，是文学的胜利。

莫言的心态是平静的。他最近的一首打油诗《写给自己》，是心灵的写照："莫言已经五十七，心中无悲也无喜。经常静坐想往事，眼前云朵乱纷披。人生虽说如梦幻，革命还是要到底。革命就是写小说，写好才对起自己。"有趣，亦有意味，仍旧不脱他幽默的风格。

2012年10月19日于北京

纪晓岚研究家李忠智

坐落在河北沧县崔尔庄的纪晓岚文化园，让人过目难忘。由昔日刘墉题写的"纪园"二字，浑厚遒劲，镶嵌在仿清建筑的园楣上。两侧抱柱楹联："万卷编成群玉府，一生修到大罗天。"贴切，大气。照壁式的巨石上，沈鹏的"一代文宗"，铭刻描红，如一部书的序言，引人入景。园内亭台榭阁，曲径通幽。启功的"阅微草堂"匾额，置在仿造北京纪晓岚故居的院门上，欧阳中石题写的"文达硕学修经文，藤老长年阅古今"联，准确、深刻地概括了博洽淹通的学问家、才华旷代的才子纪晓岚的绚烂一生。最令人感慨的是，文漪阁内藏有一部由商务印书馆影印的文津阁本《四库全书》，可供读者享用，这为有志的研究者提供了便利。书柜不远处的纪晓岚坐姿塑像，面容清癯，端庄儒雅，手握书卷，仿佛陷入沉思。

游人尚少，我却被这院落的美妙构想、文化氛围所感染。

听有关方面介绍，当地的企业家张宝友，经商有道，挣得钱为家乡做贡献，想建一处情趣园。沧州纪晓岚研究会以会长李忠智为首的一帮有识之士，力主在纪晓岚故里建文化园，既可作研究、宣传纪晓岚的有力平台，又是开发纪晓岚文化的重要铺垫，日后必将成为沧州文化的一大亮点。张宝友听取良谋，由他投资一千五百六十万，李忠智等策划、创意、布设，自2004年3月筹建，至2009年6月开园，一座占地八十亩的纪晓岚文化园初具规模。

人们感激张宝友，更钦佩李忠智等的见识与胆魄。

在沧县文电新局的会议室,局长召集文化界人士座谈,我们有机会见到了李忠智。他高高的个头,挺直的腰板,花白的寸发衬托着一张生动的脸,两眼闪着神采。提起纪晓岚文化的研究与开发,他好似有满肚子的话要倾吐。由于时间紧迫,只能蜻蜓点水般地说说而已。下午,他陪同我们走访、观赏沧县刘吉狮子舞和木板大鼓的表演,晚上交谈到深夜。

特殊的经历与感受,让我们有了心的交流与体验。李忠智1947年12月出生于沧县一个农民的家庭,为让兄弟姐妹安心上学,在那三年困难时期,他小学毕业放弃上初中,回家务农,与父母一道挑起生活的重担。农田耕作,晨风暮雨,练就了他一身强健的体魄。耕作之余,他到处寻找书籍阅读,知识让他充实,文化的提炼拓宽了他的视野。1965年援越抗美的声浪中应征入伍。比李忠智晚三年当兵的笔者,那时的老团队正在援老(挝)抗美的战场,而李忠智所在的部队与笔者的老团是同一支队,共同奋战在老挝的亚热带丛林中。

战友的情谊,让我们的话聊得轻松自在,格外亲近。

李忠智当兵前是供销社店员,富有激情的他入伍是为了奔赴战场,可走进军营,却让他当了一名放映员。笔者所在部队的几位放映员,个个是帅小伙,人人能写善画。我想,李忠智也不例外。果然,他是部队的美术骨干,当放映员与电影组长时,参加南京军区幻灯比赛,由他创作的幻灯片荣获大奖。部队跨出国门时,他已是一位英俊、活跃的连队副指导员,凯旋后任指导员,在风雪高原干了五年转业回家时,已步入三十五岁的年华。

人生大转折。

有人议论:"大兵转业,什么都不懂!"

战火中磨砺出来的李忠智,不信邪。

当时,他在沧县电影公司任职。已在部队指导员任上自学初中、高中课程的李忠智,想进一步求学。他觉得文化是人生的阶梯,干好工作的保障。1983年河北大学中文系函授招生,他出人意料地考中,三年的苦学,给他的文字功底夯下了坚实的基础。不久,他出任民政局办公室主任。他的文字材料深得领导和同事赏赞。1987年沧县有批南疆战役中牺牲的战士,李忠智与一位副县长天天下乡,了解情况,撰写材料,做了大量卓有成效的工作,沧县被国家民政部、总政治部命名为"拥军支前模范县"。后来,李忠智又作为"人才",任副乡长、副镇长、县驻京办主任、县民政局副局长,勤勤恳恳地干到2002年退居二线。

长期在沧县基层的走访与了解,让李忠智更加全面地掌握和深刻地理解当地深厚的历史文化。同时,李忠智酷爱读书,善交文化名士,积累了丰厚的地域文化知识。在副局长任上,他利用节假日随机采访,编导了十集电视片《漫览沧州》,2001年在县电视台播出,后沧州电视台播放,受到观众赏识与喜爱。

这仅仅是李忠智生活之一角。他感情、精力投入最多、成果最为丰盛的,仍是对家乡先贤纪晓岚的研究。

纪晓岚是清直隶河间府献县崔尔庄人,如今他的故里,属沧县崔尔庄镇。纪晓岚是乾隆十九年(1754)进士,历任翰林院编修、《四库全书》总纂官、左都御史、兵部尚书、礼部尚书、协办大学士。他殚精竭虑编纂《四库全书》和苦心孤诣著述的《阅微草堂笔记》,成为我国文化宝库中的经典。嘉庆皇帝称赞纪晓岚:"敏而好学可为文,授之以政无不达。"故卒后谥号文达。

从小在乡间村野,李忠智耳濡目染的是纪晓岚为官为文的故事,从中感悟的是他品行道德的精髓,这像结实的种子,埋进幼小的心灵。当李忠智的学识、见识积蓄到一定时机,强烈的冲动像潮水般地涌来。他决意研究纪晓岚,从故乡先贤的文化蕴涵中汲取精华,提升人文素养。

纵观纪晓岚一生,从何处入手?

纪晓岚四十五岁那年,官运亨通,连升数职,眼看仕途扬起风帆,可那年(乾隆三十三年)六月,两淮盐务贪污受贿大案揭发,其中一重犯是纪晓岚亲家。朝廷传旨查抄他亲家家产,纪晓岚通风报信,亲家财产转移,皇帝震怒,严加查办纪晓岚:"瞻顾亲情,擅行通信,情罪严重,着发往乌鲁木齐效力赎罪。"

研究的大门,由此徐徐打开。

李忠智于2009年9月,利用年休假,背起行囊,自费独行,如一匹天马,在新疆的广袤地域,追随纪晓岚的行迹,独往独来。短短的二十天,他走访了乌鲁木齐和一些区、县有关历史的研究机构,收集纪晓岚在新疆两年间的史料,研读学者文稿,请人介绍研究成果,倾听他们对纪晓岚功过是非的评说。夜晚在乌市的客栈,又认真地阅读纪晓岚在新疆写就的书籍,从中了解当年新疆的风土人情和作者的胸襟、感识。"全世界有哪个文化名人为一座城市(乌鲁木齐)写了一百六十首诗?!"新疆人民的盛情感慨,让李忠智思绪沸腾。

回到家乡,李忠智凝神集思,挥笔书写。很快,他的文章在沧州晚报以一个半版篇幅发表,且图文并茂。霎时,纪晓岚在新疆的情景,成为沧州文化圈内的重要话题。

文化的研究,如战场冲锋,半路停息,就可招致整个战役的失利。李忠智像一位猛士拼搏冲击在路上。除平常上班外,他的业余时间都倾注在纪晓岚的研究上,短短的时间里,《纪晓岚发配新疆》长篇文稿成型,《纪晓岚乌鲁木齐杂诗详注》定稿,后由出版社正式出版。

以厚实的文化作为基垫的李忠智,底气充盈。他说,纪晓岚这位驰名中外的历史人物,生在沧州,葬在沧州,是历史赐予我们的财富。我们应该深入研究、大力开发这一文史资源,为当今社会服务。上下都有共识,问题是谁来干?怎么干?与其坐而论道,不如起而行之。

这是理想的呼唤,践行者的宣言。

在李忠智的感召下，一群勇于担当的人士聚集，于2002年8月成立沧县纪晓岚研究会，随着人员的增补与研究课题的拓展，改名为沧州纪晓岚研究会，一致推举李忠智为会长。

李忠智兴奋地告诉笔者："从此，我们拿下了一块阵地，树起了一面旗帜，搭建成一个平台，就有声有色地展开了纪晓岚研究活动。"

人们欣赏李忠智的胆识与魄力。他像指挥作战那样，有谋略，有战法。首先创办会刊《纪晓岚研究》，请著名学者来新夏题名，李忠智主编。这本业内交流、社会上产生很大影响的会刊，至今已出版三十多期，字数达一百五十余万，内容丰厚，文字敦实，受到同行青睐，也广为人们喜爱。

默默地做学问，是功在千秋的大业。要让更多的人参与这事业，让历史文化产生更为广泛而深入的影响，李忠智觉得还要造声势，借风驶船。在纪晓岚逝世二百周年的2005年，他们积极筹划，在纪晓岚故里主办隆重的公祭活动，请各级政府领导、纪氏宗亲以及社会各界人士参加，当地民众三千多人自发赶来，产生轰动效应。在一系列的纪念活动中，他们与中国楹联学会联合举办"纪晓岚故里海内外大征联"，与中华诗词学会及野草诗社联合举办诗词大赛，与中国国际书画研究会联合举办"纪晓岚碑林全国书画邀请展"，声势壮阔，影响深远。

现在的李忠智，踌躇满志，有充裕的时间投入研究会的工作了。他说，作为纪晓岚的故乡人，我们考察遗址古迹，搜罗散落文物，采集旧闻逸事，有得天独厚的条件。有次，为了寻找一通纪晓岚题写的碑石，李忠智和他的同事，一天跑了衡水地区的八个县。一些纪晓岚的逸诗逸文，在旧书、谱牒中寻得；散落的墓志，在民间接连发现；从方志、家谱中又查得《阅微草堂笔记》沧州人物的出处……这些，对于全面研究纪晓岚，都有极为重要的作用。

辛勤的耕耘，结出累累硕果。李忠智又创作、出版《纪晓岚与四库全书》，与人合著出版了《正说纪晓岚》《真实的纪晓岚》，主编多部书籍、画册。研究会的核心成员孙建、周林华、李兴昌等出版了《大才子纪晓岚》《纪晓岚家茔三墓志》《纪晓岚故里》等著作。2010年10月，出版《纪晓岚文化丛书》十部，更是彰显研究会集群冲击的整体实力。

提起这些，李忠智绘声绘色地告诉笔者：我们研究会的副会长孙建，是学者型的年轻人，从小喜欢历史文化，是我们的学术骨干，对于古文化的研究，在沧州，他是翘楚。副会长周林华，在沧县公安局上班，善书法、篆刻、交际，为研究纪晓岚文化，不辞辛劳驾车，跑东跑西。人说我们是沧州研究纪晓岚的三剑客，其实李兴昌、张寿山、张书霞、李润泳等，都做出了瞩目的成绩，企业家纪清、穆远方有副热心肠，积极支持这项事业……

翻阅《纪晓岚研究》（2010年合订本），我被封三的《乌鲁木齐人民公园鉴湖湖心亭》的速写所感触，脱口而出："这幅速写有功夫！"不料，作者是李忠智。后在李忠智主编的由文化艺术出版社出版的《千年古镇——旧州镇》中，见到多帧沧州古战场跃马横枪激战场面的画幅和历史人物画像，栩栩如生，活灵活现。在交谈中获悉，为编这册子，李忠智在撰写文字上下了功夫，为了更生动地展现历史故事，让读者更直观感受沧州的古代人物、风情，他又主动担当起插图的工作。我说："有了这插图，人们看时觉得更丰富了！"他说："这两下，我还是在部队电影组时练得的，只够画连环画的水平。""这也了不起啊！"他哈哈一笑："凑合凑合。"

纪晓岚生活年代处于康乾盛世，纪晓岚文化与当今构建和谐社会相吻合。李忠智和其他研究者们，又将纪晓岚文化的产业产品开发，作为弘扬中华民族文化的重要内容，精心构思，付诸现实。他们为餐饮经营者设计"纪晓岚村文化美食城"，把纪晓岚的生平业绩和民间传说分雅俗两类安排，以书法、绘画等艺术形式表现，独树一帜，吸引了众多不同层次的顾客，感受文化的美餐。

他们又为天然居餐饮有限公司策划设计石家庄、沧州两处"阅微食府"的文化装饰，以其高雅的文化气息赢得顾客的赞誉。他们协助沧州中鼎文化传播公司编印的仿古线装书《联墨珍宝》《诗词墨宝》《沧州风物吟》《阅微珠语》《清代沧州名人墨迹选》以及手写本《阅微草堂笔记》等，成为沧州市、县政府及有关部门对外交流的重要礼品。

让人们最为自豪的仍是纪晓岚文化园的创建。用李忠智的话说："研究会参与进去，力主利用纪晓岚故里之地利，注入纪晓岚文化，建一座像模像样的文化园。研究会的几位主要成员倾注了大量的心血，得到了省、市、县各级政府和广大民众的肯定，也得到专家学者的称赞。现在，我们家乡终于有了一座以家乡历史名人为主题的文化园林，有了一处展示家乡历史文化的游览景点，有了一个既可以休闲游览又可以接待贵客的好场所。"

他的话，自豪且自信。纪晓岚文化园经营数年，已成为国家AAA级旅游景区，"沧州八景"之一。

如今，纪晓岚文化园是企业家张宝友等注册的纪晓岚文化开发有限公司的重点园区。他们计划再投入一千五百万建设第二期工程，兴建旅游休闲度假村，届时登上观光塔，游人鸟瞰纪晓岚故里，饱览枣林风光；又可静坐纪晓岚茶楼品茗，吟诗作画，享受雅趣。到那时，李忠智一定会兴致盎然地陪同我们游览，滔滔地讲述纪晓岚风趣幽默的故事呢！

结束采访时，李忠智花白的短发坚挺，好似刚从枪林弹雨中走来，和蔼的容颜，流畅的言语，又透射出他的亲善与聪颖。他从一位"大兵"成长为一位卓有成就、众望所归的纪晓岚研究专家，其中走过的历程和付出的艰辛，给我们都是一种深层意义的启迪。

文化的路很长。努力着，奋斗着，既是幸福，又是期待。

2012年9月9日于北京

您是我温暖的阳光

——复冉淮舟老师

春节拜年,顺便呈上我的拙作《山野漫笔》,没几天,便接到您热情洋溢的电话,可我急切要回江南,没来得及细听您的教诲。

去年暖冬,春节时,我家乡的稽山浙水间,一片片黄亮亮的油菜花,已经在绿茵茵铺展如绒的大地上耀眼得让我心醉。故乡像慈祥亲昵的母亲接纳我,我这游子又一次温和激动地欣赏着我那永远年轻美貌的母亲。我是为我父亲而回的。父亲八十有四永远回归青山绿水的大自然,我们为他送行的那天,满山鲜红的杜鹃,与山村里外粉红的桃花、雪白的李花,还有一路上高高飞扬的爆竹,竞相怒放在会稽山和暖的阳面上。

在烟雨迷蒙的山乡,我丝雨般绵绵地念着您的话语。得知我返京,您就骑着自行车送来《关于〈山野漫笔〉的通信》,也送来了您的满腔真情,我的心都要跳蹦出来。在融融的春意里,我们交谈了许久。

记得1987年9月,我进解放军艺术学院文学系学习,您给我们这批醉迷文学的所谓"青年作家"上课,您的亲和稳健、诚恳教授,给我们留下了极深的印象。后来得知您是1984年军艺文学系组建时由铁道兵创作室调往的,家仍在铁道兵大院。铁道兵大院与我居住的工程兵大院相近,工程兵、铁道兵都是终年与祖国山河打交道、历经千难万险的兄弟兵种,一股亲切自然的酒酿又融入到原本醇厚的师生之情中,我的请教就殷勤起来。

1989年春天的一个晚上,我向您吐露了想写关于援越抗美长篇报告文学的思想顾虑,当时这个领域仍是禁区。我们在联通铁道兵、工程兵两院的采石路上漫步,月光朦朦胧胧地洒在道路上,两旁的树叶在夜风中沙沙作吟,也撩拨着我们的衣衫。春风应该得意,我却步履沉重。我拜读过您的部分大作,包括您和朱海燕合著的长篇报告文学《灿烂与迷茫》(后又有《兴邦大业》《北方有战火》),在报告文学的创作上,您有经验,而我,在长篇上,是个盲区。您用坚定的语气支撑我,尤其是面对这个题材,您更似一位气吞山河的将帅,挥令我坚定地往前冲击。您还为我做退一步的激励:"无非挨个处分,给一个背着,给两个挑着,为了中国的文学事业,为了几十万悲壮的援越抗美将士,也为了你的军事文学的追求,值!"您的铿锵有力的话语,像一派绚丽的阳光,忽地撕开层层夜幕,照亮了我的心田。

《援越抗美实录》写出来了,我还是心存忧虑。本该请您作序,思虑再三,还是罢了。这书的两次出版,均无序言,也无后记。

事情的发展并没像我多虑的那么难堪。工程兵也有人向领导写信,反映说王贤根违背中央军委精神,军委办公厅通知征集我军援越抗美的回忆录还未出版,他的书就出版了,其他的一些话我就不清楚了。虽然我所在的工程兵部组织了审查组审查了一个多月,最终没审出大问题。在广东湛江召开的一次全军性的援越抗美史研究和征集回忆录的会议上,有关领导还专门鼓励表扬了我这个行外之人在这方面所起的积极作用。审查我之书特别苛刻的那位同志,后来他要撰写修改有关工程兵援越抗美史时还征询我:"老王,你书中的一些事件和有关数据,我可以用吗?"我恳切回答:"可以!"

《援越抗美实录》发行得很好,海内外有十多家报刊连载选载,产生了一定的影响,尤其是当年的援越抗美将士看到此书,流着激动的泪水给我写信,打电话寻找,有的还坐长途火车来京与我促膝交谈,仿佛我是茫茫无垠的天地间突然冒出的一个难求的知音。总参领导在文学创作的会议上给予我充分的肯定,当时的总参谋长迟浩田还亲切接见了我们受奖的作者,与我们交流关于文学创作的一些想法。他既是我们可敬的首长,又是一位热心的业余文学作者。

在受审查步步逼问的目光下,在含着泪水收读来自四面八方的昔日援越抗美将士奔涌着热血的来信时,在获奖领取证书的热烈掌声中,冉老师,您那坚定铿锵的话语,始终在我耳边回响。

《山野漫笔》是我长篇创作间的杂碎,我是很认真地营造她的。有的亮眼一点,有的丑陋,但她们的身躯里都流淌着我的精血。承蒙老师厚爱,在大札中写了这么多勉励我的话。在我的意觉中,仿佛聆听到的是对我这帮脏乎乎的丑陋的"孩子"这样的话:"真乖,多可爱啊……将来一定有出息……"当她们听到这番仿佛来自上天的美妙又赋予美好憧憬的有成就的大人们的声音,再脏再丑的面容上也绽出明媚纯真的春花。

您是我温暖的阳光,我沐浴您温暖的阳光开放。

2007年4月5日清明时分

腹有诗书气自华

　　身着粉红外套的董卿,款款地走进央视《朗读者》主持节目的时候,场内响起热烈而又渴盼的掌声。

　　《朗读者》如同《中国诗词大会》《见字如面》,让我们感受文字的美好、语言表达的奇妙,又从中体悟情感的魅力和生命的真谛。

　　"朗读是传播文字,朗读者是人,人展现生命,这是文字与生命的完美结合。"首期节目缓缓推进,沁人心扉。

　　最激动人心的是北京大学教授许渊冲的出场。许先生1921年出生于江西南昌,1943年毕业于西南联合大学,1944年入清华大学研究院,1948年赴欧洲留学,1950年获巴黎大学研究院文凭。自1951年起,在外语院校教授英文、法文,1983年起任北京大学教授。教学的同时,他笔耕不辍,将中国古典文学中的《诗经》《楚辞》《唐诗三百首》《宋词三百首》《李白诗选》《杜甫诗选》《苏东坡诗词选》《元明清诗词选》《西厢记》《牡丹亭》等翻译成英文、法文,又将《追忆逝水年华》《红与黑》《莎士比亚》等世界名著译成中文。正如董卿所说,他让我们认识了包法利夫人、于连、李尔王,也让西方世界遇见了李白、杜甫、崔莺莺、杜丽娘。鉴于他翻译的成就,2014年获得国际翻译界的最高奖:北极光文学翻译奖。这是迄今为止亚洲第一位获此殊荣的翻译家。

　　记得2008年3月19日上午,南京《开卷》杂志主编蔡玉洗、董宁文和我一道拜访许渊冲先生。许先生是《开卷》的作者,是受人敬重的文化名人。那天多云，我还穿着厚衣，走进北大校园西门的畅春园他家时，一股暖意扑面而来。那时的许先生已八十八岁高龄，言谈举止依然激情洋溢。面对书架上排列的译著，他朗朗的声音令人振奋："这一百多种，都是我翻译的版本。"丰厚的成果啊！我们啧啧称道。在沙发上坐定，聊起译著，他高亢的声音又一次响起："我是中国古诗词翻得最好的！"我心一怔。他又补充："我指的是翻译英文、法文。"

中国古典文学的翻译大家有几位，许先生的话语当何解释？我心中存有疑虑。可许先生依然侃侃而谈，毫不掩饰，充满自信。夫人在旁，时有插话，一口一个"许先生"，对他又敬又爱。我顿时感觉，许先生饱读诗书，是一位个性非常鲜明的文化传播者，具有诗人气质。

临别时，许先生送我们一本他的著作《逝水年华》，蔡玉洗、董宁文谦让，许先生就题签给我。我们说再送两本，他说不行。我们说买两本，他仍说不行。许先生的这部回忆性著作，我时而翻阅，景仰他的学识，从中吸取营养，当然也是我诸多藏书中珍贵的一本。

许渊冲先生走上《朗读者》演播台，身穿一套米色西装，系红领带，衬蓝格围巾，一派学者风范。面向观众致意后，递给主持人一张名片，上印有"书销中外百余本，诗译英法唯一人"。当董卿问及，他淡定地回答，这是事实，是六十年前的事，1958年我已经出版了一本中译英，一本中译法，一本英译中，一本英译法，那个时候全世界没有第二人。此时此刻，我又一次感受到"腹有诗书气自华"。

许渊冲先生今年九十六岁，回想当年，心中依然燃烧着一团火。他说1939年第一次翻译诗作《别丢掉》，是喜欢一个女同学。他是江南人，有口音，董卿将这以纯正的普通话传递给大家时，全场爆起笑声。老教授祖露青春年少时的纯真和美好，脸上荡起的笑容,是那样的自然,亲切,可爱。许先生讲述的是一个美丽动人的爱情故事。他说林徽因深爱徐志摩,一次路过徐志摩的故乡时,见景生情,创作了《别丢掉》。紧接,老先生朗读林徽因的诗句:一样是明月/一样是隔山灯火/只有人不见/梦似的挂起……先生全身心地沉浸在一位妙龄女子深沉浓郁的情感之中,声泪俱下。我也情不自禁,热泪盈眶。现场观众同时被深深地感染,掩面抹泪。诗的意境在整个演播场涌动,也很快传播到了华语的世界。

那时的许渊冲,将这首中译英诗篇寄给作者林徽因,他以这种特殊的方式表达爱意。他没有接到林徽因的回信,原来她已经有人啦!许先生满怀深情地说,生活的美,值得欣赏。失败也有失败的美。人生最大的乐趣,是发现美,创造美。许渊冲是为追求美而生存的。说到译著,他倾吐心曲:"翻译得比别人好,比自己更好,是个乐趣,这个乐趣别人是拿不走的。"这种人生的感言,对于我们晚辈,是莫大的启示。

许先生译著等身,成就斐然,可他现除白天外,夜里还要翻译几个小时,有时还奋笔至凌晨三四点。这种勤奋、执着的精神,众多的年轻人都难以企及。"如果我活到一百岁,计划把莎士比亚翻完。"他翻译的莎士比亚全集已出版六本,译好的四本在出版社,据说还有近三十本待译,这是一项宏大的工程,可在许先生的心目中,却是"小目标"。他对生活、对生命、对事业的挚爱,令人景慕,值得我们恒久的学习。

记住先生的话:"生命不是你活了多少日子,而是你记住了多少日子。要让你过的每一天,都值得记忆。"

2017年2月28日晨

第六辑　访青藤书屋

寻访阿房宫

八百里秦川,被茫茫的雪海吞没了。

天公不作美,古都西安显得格外的寒冷。元旦过后,在我的江南故乡,太阳从东山头露面,就有融融的光辉普照,顿添几分暖意,而这里阳光特别害羞,遮遮掩掩的总不愿与远方来客相见。

出差寄宿在离城区几十里的三桥镇。住处旁,几幢平房围成小小的院落,前有栅门,门旁有牌:西安市未央区三桥镇阿房宫派出所。

我心一震,这就是心仪已久的阿房宫?

急切问过路行人,他们说一墙之隔的武警学院就是阿房宫的故地。学院创办时接收某野战部队大院,又征得一侧九十六亩地。西安市要求,此地只准盖一层楼。我猜想,这以后还是要派用场的。为寻访大秦的恢宏构建所在,满足心灵上的某种欲望,我步入武警学院,又询问了七八位身穿橄榄绿军服、佩戴红色肩章的学员,他们仪表堂堂,气宇不凡或轻声细语,亭亭玉立,但对我们的祖先,对我们久远历史的认知,都很淡薄、肤浅。我有些失望,又不灭希望。后有人指点:"西边那操场就是阿房宫的老地方!"

淡黄的夕阳斜照,雪地闪烁着微莹的光泽。偌大的操场——九十四亩地,空旷辽远,仅有几个小伙在雪地上踢足球,两位穿红色羽绒服的姑娘,像两支鲜红的花朵展放在皑皑的雪原上。

我的思绪似雪花飘零而来，又若春雨潇潇而至，眼前的这片旷野，真是秦皇朝五步一楼、十步一阁、廊腰缦回、檐牙高啄、各抱地势、钩心斗角、盘盘然像蜂房似漩涡、矗不知其几千万落的阿房宫？真是长桥伏波、复道行空、高低冥迷、歌台暖响、茫茫然覆压三百余里遮天蔽日的阿房宫？

　　没有印迹，没有碑记，宛如历史空缺几千年。

　　沿着悠长的跑道，我独自漫步，仿佛走进历史的隧道，越过宋朝的闹市，沐浴唐汉的雄风，凸现一派秦地几十万黎民百姓人扛肩挑筑台、能工巧匠雕凿、夯声此起彼伏、吼声直冲云天的壮阔施工场景，恢宏壮丽、绝妙绝奂、令后人感叹无尽的阿房宫的雏形，像一幅漫长的陈旧画卷，徐徐展现出来……

　　我走啊走，走进了地域的边缘，一位老农握着一柄锄把正在雪地中挖沟，他那专致的神情让我心有感动，我脚踩到那新翻的土地上，他才直起腰来，两只混沌的眼神与我寻访的目光相碰。他指指几十米的前方："那个能开车出去的口子，就是阿房宫的北门。"

　　蓦地，我想到，他们的祖祖辈辈与土地结伴，守候着土地，就是守候着江山，就是守候着人生。人们在这方土地上日出而作，日落而息，一代又一代传授着耕作技能和人生哲学外，还一代又一代传说着地名、人名、掌故，这传说就像一条悄无声息的河流，流淌到现在，又流淌到将来。现在这位老农所指的阿房宫的北门位置，也许由此而来。

　　老农与我说了两句，又举起锄头着力地落入深厚的土地，这是唐时的土地，又是秦时的土地，这土地下还埋藏着当年楚霸王举火焚烧后残留的金银珠宝、断砖碎瓦吗？熊熊烈焰燃烧了一百来天的阿房宫，你们残迹今在何方？

　　"这些玩意，八辈子前就掏空了。"老农诚恳地说，"你要看遗址，西南方二里地有个土墩，那里有块碑。"

第二天清早，我借辆自行车沿着三桥镇高窑村的小道南行。晨雾浓重，只闻两侧平房屋宇间的鸡鸣狗叫和嘈杂声响，迷茫得不见踪影，我捏紧车把，缓慢行驶，唯恐半路上冲出一个什么来。

不知走了多少路，拐了几道弯，到府东村，西去百余米便是阿房宫村。这里每个村口都有村碑，刻着村的沿革和现状简介。阿房宫村村碑上刻载：村南有阿房宫遗址。我心似燃着一把火，跨上自行车沿着田埂小道再度南行。雾浓得仍然不辨前方的踪迹标志，只辨见自行车轮子两侧的雪地上，冒出稀稀拉拉的冬麦叶尖。实在不敢贸然四望，稍不留神就会连人带车冲向哪不知深浅的沟，哪不知高低的坎。当我的车轮压到一堆刚刚倒地的农家肥时，才隐约看见身边有一老农，他正在麦垄上倒家肥呢。

我又一次地询问阿房宫遗址，他说："这土墩就是！"在雾蒙蒙中，我往南寻望，朦胧有一个白绒绒的包，我扶着自行车走过去，才知只有几十步远。

土包这时显得是土墩，十来米高，雪像一条宽大无边柔软无比的毛茸茸被子覆盖。墩上有簇簇灌木丛，冻结着白花花针刺般的雾霜。四周是麦地，东北角有条小径通向墩顶，虽然原野上人迹稀疏，但光滑的雪道分明这几天有不少人光顾或村童的玩耍。这土墩上原有何等建筑？它在阿房宫中处于哪个地位？脑子一片空白。脚踩大地，咔嚓咔嚓地脆响。雪道是向导，我抓住路旁立着雪花雾霜的野枣往上攀，坡道陡峭，全是滑冰，身子左右晃荡，在晃荡中渐渐向上攀爬。

心中存念着浓烈的兴致，仿佛要在遗址上寻找什么。待我真的攀上顶端，一切又是那样的普通，除了厚积的已被朔风几经吹拂的冬雪，除了几蓬半人来高身带利刺铁丝般的野枣，什么也没有，就像这茫茫的雪地，呈现给我的是一张庞大而又破败的空白试卷。

踩着麦地围它而转，南侧有一块很不像样的水泥碑，碑的正面，用红字刻写："第一批全国重点文物保护单位"，下面五个大字"阿房宫遗址"。背面是："阿房宫是我国历史上最著名的宫殿建筑。它是由结束了战乱分裂局面，建立统一的多民族封建国家的秦始皇，于公元前212年营建的。这里是阿房宫一处建筑遗址，故老称之为'始皇上天台'"。西安市人民政府立，建碑时间是1983年6月。这块碑与这墩土像这麦地一样，素朴、平凡。

来西安时途经洛阳，我的心灵曾被古代巧夺天工的龙门石刻艺术强烈震撼，在那高大、庄重的善面佛像前，人们如区区蝼蚁，显得那么的渺小。在这土墩前，我没有站在龙门大窟前的那种感觉和感受，我倒觉得它像一个人、一条狗、一只鸡、一棵树，它早已脱去昔日的高傲与华贵、焦虑与悲伤，溶进了大自然。

项羽是在公元前206年入咸阳焚烧秦国宫殿的。"楚人一炬，可怜焦土"。历经两千余年的战火纷飞、风雨侵蚀，这块焦土仍耸立在秦川大地上，也属不易了。这么一想，我又觉得这座土墩的存在，是不幸之大幸了，它起码是后人驻足联想的一个去处吧。阿房宫早已无存，可它引发多少人无穷的遐想。唐代诗人杜牧在《阿房宫赋》中的感叹，至今仍萦绕在我们的耳际："灭六国者，六国也，非秦也。族秦者，秦也，非天下也。"如果，当时的六国和秦国那些当权的，不为一国的私利，不为一皇的权欲，而是深爱普天下的百姓，思量着他们的安定和幸福，也不至于会出现这一一的历史悲剧。后人有识者深深地"哀之"，有志者切切地"鉴之"，为的是不想重蹈古人惨败的老路，稳住江山社稷。其实，这是一个浅层面的思考，最根本的还是要心中有百姓，得民心者得天下。权欲、利欲是永远没有尽头的，一味图谋，不断膨胀，到头来，再恢宏再壮美的"阿房宫"，也是要呼啦啦倾塌的。

秦地丰厚沉重，一把土都是一部耐读的史书。

自行车在归途的雪地上缓缓下坡。我不时停下,回望那给人一番恋情的不朽的土墩。雾仍茫茫,地也茫茫,这时看天,暗红的一饼太阳已经印在迷迷蒙蒙的苍天之上。

1992年4月19日草于重庆林园

2003年11月5日改于北京

曹 溪 元 梅

　　到昆明，住在离城几十公里的温泉疗养院。院落依凤山傍曹溪，四季如春。

　　与凤山相对的是龙山，龙山面对终年长流的清澈溪水，接受凤山幽静清新的气韵，看到这"龙凤呈祥"，我觉得暖融融的。像曹溪这般流淌千年的中国传统文化，在这块烟雨翠微之地，也是根深蒂固的。繁衍在这片厚土上的黎民百姓，他们世世代代像这名称那样，仿佛是种祈祷，在岁月的流程中，有意无意地传承着人们美好的愿望与深切的期待。

　　龙、凤两山都不高，龙山腰上有座寺庙，黄瓦红墙的辉煌掩映在绿树翠荫中，它叫曹溪寺，始建于唐代，迄今有一千二百余年的历史了。寺内有唐铸铜佛。建于宋代的宝华阁，两层飞檐轻盈且稳重，前檐正中有个圆形的窗孔，据说每个甲子有一中秋夜，月光从这里不偏不倚地照映在寺阁内的大佛身上，这样六十年一轮的反复着，便是举世罕见的"曹溪映月"。坐落在名山秀川的宫观寺庙，大多有它的绝胜，这也许是曹溪寺名扬天下的重要缘由。我们由此可以推断，宝华阁的创意设计人，定是一位道行高深的修行者，又是一位杰出的天文学家，他掐算得如此精妙，不禁令我们惊叹。

　　寺庙的古老深邃，还有宋时的木雕华严三圣、千手观音、元代栽植的梅作证。这株元梅位于宝华阁的左前侧，萦绕的香烟飘逸而来,依恋在繁茂的花枝间,像一层层迷蒙的云。我来之时,香火依旧,时令已是初冬,盘根错节的梅,已经收敛了身躯,横横竖竖地清瘦着,倒是平添了几分仙风道骨。漫漫七八百年风雨的疏影暗香,浓烈地熏染着我,心似波光涟漪的曹溪水面,难以平静。我在她面前站立凝视,总觉得她的每一段经历风雨的姿体,都似发黄纸页上耐人寻味的文字,叙述着纷繁历史的逸事。

梅的主干一枝有石垫衬,宛如风中有人搀扶。这石过于平实了。"梅边之石宜古",像"松下之石宜拙,竹旁之石宜瘦,盆内之石宜巧",这是清代张潮的《幽梦影》记载的理想之石。高洁的梅有古朴的石衬托,她的高古气质就凸显出来了。据说,这株元梅是彩云之南现存人工栽培的四大古梅之一,也是全国现存的十一株古梅中的一秀,可见它的名贵。中国梅花协会专家聚会曹溪,给她命名为"曹溪宫粉"。这么珍稀的古梅,突然间人为地抹上一层粉黛,是不是有负她高洁的本性?

梅是超凡脱俗的象征。在寺庙播放的低回的佛教音乐中,我想起了离我故乡不远处的前人王冕。少时语文课本中曾经读到关于他求学画画的故事。故事选自《儒林外史》。王冕自幼放牛、画荷,荷花画得很神,后人见他的墨梅也非同一般,布局奇妙,行笔劲健,墨色传神,枯者见肉,润者见骨,万千姿色跃然纸上。在那以步当车、以水行舟的年代,王冕是难以从浙东漫漫长途跋涉到西南边陲的曹溪的,可他几度临风伫立在浦阳江的船头徐徐入钱塘,定会惊喜欣赏西子湖旁的株株古梅,仿佛欣赏春秋时从他家乡走出来的那位"淡妆浓抹总相宜"的西施。王冕性情高傲,隐居乡间,终生不仕,皇帝老爷遣官捧诏,用轿子去抬他,他却避入会稽山。才誉天下的这位民间画家,骨子里坚挺的仍是迎风傲雪的梅的高贵气节。

自古文人志士多以梅自喻、喻人。宋时的陆放翁,才华横溢,可在封建统治阶层向外来侵略势力委曲求和的年代,纵有赤诚博大的爱国抱负,也不为时用,凄凉抑郁之情何处倾吐？在《咏梅》中,他不无叹息:"寂寞开无主。"可他壮烈的爱国情怀至死不渝,就像那孤高的梅花,"零落成泥碾作尘,只有香如故。"南宋末年著名的爱国志士、诗人谢枋得参加的抗元军失败后,潜入武夷山隐居。他的诗作《武夷山中》真切地说出了他的孜孜追寻:"十年无梦得还家,独立青峰野水涯。天地寂寥山雨歇,几生修得到梅花?"明代的张岱在《陶庵梦记》中记叙,自家老屋倾塌,建造了一间大书屋,却把厨房边上的小屋当作卧室。房前屋后空地上栽植了一年能开三百多朵的三株西瓜瓢大牡丹,两棵海棠开花时像堆积了三尺厚的香雪,西溪梅骨古劲,云南茶花妩媚,西番莲的藤蔓像璎珞似的缠绕在梅干上,窗外竹棚覆盖着蔷薇,秋海棠稀疏地峭立在台阶下的青草中。这个"非高流佳客,不得辄入"之处,他仍称"梅花书屋"。人们不会忘却,西子湖旁的那座孤山,那里曾经居住一位"梅妻鹤子"的林和靖。到了现代,梅花的高洁仿佛又融入了理想的豪迈,唱遍了大江南北、经久而不衰的《红梅赞》,弘扬的不正是志士仁人像梅花那样一种可贵的精神品格吗?！

梅花最宜根植在僻静淡雅之处,就像这株曹溪元梅。假如她谋求显赫浮华,趋势图荣,那早已湮没在滚滚的红尘之中难见其踪影了。岁月就这般的公平,也这般的无情。我觉得她这般,值！曹溪元梅,已经检阅了七八百个春秋,也检验了七八百年的自我,在寂寞中,她还要这样数百年地检验下去,多好！

这就是一种坚贞、高古的自信。

2007年9月3日于白云乡

寂寞关陵

三国时期蜀国大将关羽的陵墓有两处，一处在洛阳郊外，叫关林，那里埋葬着他的首级；另处在湖北当阳，称关陵，是大将军的身躯所在。春夏之交的一天，地绿天蓝，阳光明丽，我有机会到关陵瞻仰，意想不到的是偌大的陵区，空荡荡的，游人仅我。

关陵，离将军马失前蹄的麦城不远，如是骑上当年他的那匹威风凛凛的赤兔马，也许不用半支烟工夫，就可报个信。可是，曾经追随他征战四方的飞扬骏马，在临沮被那东吴军队的八道绳索忽地扳倒，这位赤面美髯、挥舞青龙偃月刀的九尺大将，哗啦一声，犹如山体倒塌。山体倒塌，难以复再，大将军却悲壮地站立起来，被人押引在临沮，五花捆绑的绳索蛇般缠绕，在野风中蛮横地哧哧作响。风拂美髯，赤面仰望蜀雁。从此，临沮这块小小的荒草野地，千年承载在青史演义的描述中，传颂在华夏民众的口碑里。

大将军仁义盖世，终被杀。他的魂灵悠悠地飞经附近的玉泉山时，仍刚烈地呼喊："还我头来！"这叫声，被从河南镇国寺来此结茅修行的普净禅师听到，禅师劝诫开导："今将军为吕蒙所害，所呼'还我头来'，然则颜良、文丑、五关六将等众人之头，又将向谁索耶？"关羽恍然醒悟，皈依佛门。

玉泉寺建于隋文帝时。寺内树木葱翠，泉水清净，路旁有棵白果树,已一千二百八十年,苍老犹新;柳树,即枫扬,巍巍九棵,也都三百余年,那棵伟岸俊挺的松树,周身赤红,针叶华茂。"三白九柳一棵松",成为将军皈依佛门显圣护民之地奇特的景观。我到玉泉山,听导游介绍,这棵巍峨的红松,于1971年的一天,突然间被响雷击倒,我心中顿生惋惜之情。可玉泉寺依然香火缭绕,游人如织,而红墙黄瓦、气势恢宏且有皇家气魄的关陵,虽近城市,却冷漠在旁。

原因何在?

我想,人们崇尚的是自然,追寻的是种精神吧。

进关陵门,不远处,石柱上有联:

> 夕阳丘首三分土;
> 古道江头一片碑。

对仗工整,笔力苍劲,可联中"丘""碑"二字没有上面那一撇。我伫立疑虑,阵阵清风拂面,飘来原野的花香,让我觉悟,书家真是别出身裁啊,它顺应了史实——将军无首。

大殿上方牌匾的"义尽仁至"四个大字格外醒目,这是将军人格精髓的写照。在我国漫长的封建社会里,不但黎民百姓讲究这种为人处世的哲学,历代身穿龙袍的统治者也没忘却用这种仁义、忠诚的理念和精神,来维护国家的安宁与稳定,于是乎,我们清晰地看到,这位身穿彩色战袍、身后闪烁着青龙偃月刀的将军,身首分离后的身价地位随着历史的推沿而节节攀升,关公、关云候、关帝、关圣帝……泥塑的将军披着这顶顶红冠维系着人们的精神,统治者以这种精神维系着它的根本利益和社稷安危。

将军遁入佛门,想抛弃他的前身。

他的前身,大殿门口的楹联真切地做了概括:

生蒲州长解州战徐州镇荆州万古神州有赫；

兄玄德弟翼德擒庞德释孟德千秋智德无双。

但红尘滚滚，终究没让他的魂灵真正地安静下来。

陵园有七进，其中一座殿堂上有同治皇帝御笔题匾：威震华夏。皇帝的字怎样？难以评说。有的帝皇的字（根本谈不上书法）很糟，可他是皇上，当朝诣媚者众，即使不咋样，照样是一片喝彩，一片掌声。这种满堂的奉承、吹捧，更坚定了帝皇的胡乱涂鸦，于是，不咋样的字到处乱挂乱刻在殿堂上、名胜处，它不具备审美的艺术价值，只存有历史的价值，也许冲着这一点，后人才予以保留。

听说同治皇帝的这块书匾，"文革"时被当地一位村民悄悄搬回家当菜板。厚重的牌匾从此承受了一万刀、十万刀的咚咚切剁，它仍然静静地等候着一万刀十万刀的敲剁。乌云散去光复来，"文革"终于过去，关陵急需修缮开放，有关部门回头来收集这些陵园古物。可惜，关陵的匾额、楹联已全损毁，唯独这块牌匾，无意中留存下来。

几千年来，世事就这般无情地一幕幕地演变着，壮烈的，凄惨的，辉煌的，肮脏的，欢欣的，落魄的……

在劫难中，关陵留存的是殿和树。陵墓四周的树，稀朗有致，粗细相间，高低得当。有棵古树，藤蔓盘缠其上，随长的根须深深地扎入树干中，我走过去轻轻地抚摸，春风沙沙作响，树干仿佛是片滋润的沃土，须入树中，天衣无缝。这棵树藤自明代生长至今，导游称"糟糠树"。我问是取"糟糠之妻不下堂"之意？小姐笑笑，打了个小趣。

这棵相拥相抱忠贞不渝的古树藤，已历经数百年，再悠久，它也无法耸入云端。它们沐浴天地之气，汲取自然精华，蓬蓬勃勃地生长到五十八年的某天,戛然一声,梢头断脱。它们在万般苦痛中挣扎,呼唤,但无济于事。它们选择沉默。在沉默中它们又旺旺地生长,依然如故。

关陵的树,长至五十八年均无首。

这是一种神奇的自然现象。

人们没有忘记,将军走麦城,临沮就擒被杀,时年五十八岁。

神奇的自然现象有时让人惊讶得不可思议。

人类对于自然界的认知,是多么的浮浅!在纷繁复杂的自然界面前,我们该是虔诚的普通学者,永远的学者。

从陵墓处寻向陵园东侧,那里有一亭。亭不高,内立有一块清同治年间当阳一位知县题写的石碑,上面刻的是一句关羽教子的家训。将军的家训,这里称之为圣帝垂训,言语朴实,寓意深长:"读好书,说好话,办好事,做好人。"这句名训,不知影响了多少代人。据说,到了上世纪60年代,有位年轻的军人游历关陵,他认真地记下这句话,带回北京并报告了家父。这位家父琢磨良久,挥毫题词。这句题词后来风靡全国:"读毛主席的书,听毛主席的话,照毛主席的指示办事,做毛主席的好战士。"身为军委副主席、共和国副总理兼国防部长的他,不久被选为中共中央副主席,并钦定为毛泽东主席的接班人。可几年后,也就是1971年9月13日的凌晨,这位题词者和他的老婆,还有他那位年轻的儿子,一同摔在了蒙古的温都尔汗。一时,几乎家喻户晓的那段题词,成为忌口,人们不再传诵它。

历史就这般戏剧性地行进着。

那一段延演在中华大地上的"文革"史,既轰轰烈烈,热热闹闹,又凄凄惨惨,悲悲切切。

走出关陵,阳光依然是那样的明媚,春风送暖,大地是一派蓬勃盎然的生机。我们知道,在临沮马翻就擒的大将军的身前身后,世道更替,沧海桑田,好似没有持久地安宁过。

关陵寂静,仿佛是在期待。

我们期待。期待国泰民安、繁荣昌盛的新世纪的到来。

2005年10月10日于上海

2006年3月10日改于北京

阳 山 问 碑

　　南京去过多次,中山陵,灵谷寺,雨花台,莫愁湖,主要的名胜景点已游览多遍。金秋的十月,我又一次地到来,便寻思着看点什么。听说哪座山上弃有朱元璋的碑石,硕大得当年重修明孝陵时都弄不出来,我便问陪同。他说都是山路,车上不去。我说山路九曲,边走边看才有意思呢。他说那好,我们走!

　　那山叫阳山,离南京城三十余里,在汤山境内。车子一会就到,远远望去,山并不高,有碑则名。意想不到的是,路竟修到了山腰,那里已由一位温州商人修建了一座颇具规模的仿明文化村。村口有偌大的停车场,古色古香的村口有人收门票。跨进大门,屏风似的座碑上几个大字赫然涌入眼帘:天下第一碑。

　　好大的口气! 何谓天下第一? 我疑惑。

　　修建的几幢房屋、活动场所大都是带有商业性质,说是文化村,其实是借山上的这座碑石,打古文化的旗号,在做旅游经商为一体的生意罢了。话说回来,经他们这一番的修缮建造,倒真是吸引了不少游客,成群的男女老少,陆续地从谷底小道向山里寻觅而去。

　　我们也沿着这条弯弯曲曲的山间小道向山里缓行,路旁的灌木丛林绿黄相嵌,层层叠叠地向山上、向远处漫延,阳光和和暖暖,秋风轻轻吹来,满山的树叶闪动着五颜六色的光泽。大自然中的空气让这些花草树木充溢得格外的清新香醇,我们浸润在这鲜活的山野中,两脚自然生风,没多久,就见空谷间古老的采石场上岩山壁立。从会稽山中跌打出来的我,对这类山石,从来是见怪不怪的。

眺望青龙般的山岭,那一片片青松,那一丛丛灌木,似细细的汗毛,如茸茸的苔藓,复生在石坡上。我们继续上行,没一会,谷间有一巨大的磐石,巍巍地挡住去路。我们走近一瞧,小牌上标有红字:碑座,高12米,长29.5米,宽17米,重16250吨。这时,我才恍然醒悟,眼前这座巨石原来是朱元璋陵碑的底座。霎时,疑问涌上心头。这个疑问,待见到上方的碑额、碑身后,更加强烈起来。碑身似座城墙,我望去觉得它直立立的,却是侧卧在山体旁,重8799吨,碑额重6118吨。如将碑座、碑身、碑额连接竖立,有78米之高,比现在北京天安门广场高高耸立的人民英雄纪念碑还要超出一倍多。这是六百年前的人所为,那时的当权者,为何要设计如此浩大的工程开凿这样一座巨碑呢?

看了有关的资料,我才知其中的一二。明开国时,朱元璋封长子朱标为太子,其他几位兄弟为驻各地之王。可太子朱标早逝(洪武三年),朱元璋立十六岁的允炆为皇太孙。洪武三十一年(1398年),朱元璋驾崩,朱允炆即位。可他即位才三月,就听信文泰、黄子澄"削藩"的建议,废周王橚为庶人,迁居云南,后不到一年,又先后废珉王梗、执湘王柏、幽代王桂等几个叔父,这给燕王朱棣造成很大的威胁,他深感不安:不知哪时,这把利剑会架到我的头上。与其坐以待毙,不如先下手为强。于是,朱棣在允炆坐上皇位两年七个月的时候,打起"清君侧"的旗号,发动了"靖难之役"。历时四年的刀戈相见,朱棣赶走了允炆,夺取了皇位,年号为"永乐"。朱棣这人,在内政外交上还有一手,给明代产生了深远的影响,人所共知的派遣郑和七下西洋,组织编纂《永乐大典》等,在中华民族的历史长河中至今仍璀璨地闪烁着。可聪明的朱棣在即位之初,为掩盖自己的非常手段,采取了一系列的补救措施,对父皇的克尽孝道,就是重要的一着。当时,他首先扩建孝陵,并要在孝陵前立一座空前雄伟的"神功圣德碑"。碑材选自何处呢?人们自然想到从南北朝就开始开采营造宫廷陵寝的阳山采石场,神灵精气会聚的阳山,果然是最佳的选择。永乐三年八月(1405年),朱棣下诏开凿阳山碑材。

于是,四面八方的能工巧匠汇集而来,叮叮当当的开凿声昼夜回荡在空谷翠岭间。劳工们每日的凿石任务繁重,酷暑严冬,一天也不能停歇。多少智慧聪颖的工匠,在皇家监工的鞭挞声中倒下了,而洪武皇帝的这块碑石,却在万千工匠的鲜血与汗水中渐渐地清晰起来,耸立起来。

清代诗人袁枚见之也不禁惊叹:"碑如长剑青天倚,十万骆驼拉不起。"

如此庞大的碑石怎能下山,运到孝陵呢?

陪同告诉我,当年想借助下雪结冰,可雪化冰薄,碑材没法滑下山。下山后有人向我解说,当年朱棣打算,一是开河道直通紫金山,让河道浅水成冰,用滚木滑运,或河道满水,水铺滚木,利用浮力滚动;二是修筑大道,沿途打井,借冬季泼水成冰,再铺滚木,人工牵引。我想,作为皇帝老爷的朱棣,他还操那份琐碎的闲心?这种种设想与打算,该是具体工程部门的差使。可繁多的书刊都将这份功劳记载在朱棣头上,让皇冠闪耀更加迷人的光芒。

历史却凝固在瞬间。这座顶天立地的碑材终究仍然连接在纵横的山体上,静静地躺卧着,历时六百年,数个朝代。

为什么?

凿迹斑斑的碑石,你能回答?

明文化村口墙上写有袁枚的《洪武大石碑歌》,书法不佳,却让我眼睛一亮。我对袁枚有一种情感,不因是曾同饮一江水共戴一片天,而是他的才学,他对锻字炼句的那份珍爱自爱。"爱好由来落笔难,一诗千改始心安。阿婆还是初笄女,头未梳成不许看。"这首简练的诗句,至今仍深切地感染着我。他在《碑歌》中概述关于碑的景况与当地民间的传说大体相仿:峨眉山的周颠仙,夜观天象,获悉东方百姓有难,就前来察看,惊讶打造碑石,劳民伤财,死伤无数。为解救苦难百姓,他依据阳山东留、西留、锁石、坟头、关桥等几个村名,留下一偈:"东边有东流,西边有西流,东也留,西也留,中间锁石锁坟头,关桥一道关,碑材搬不走。要想搬碑材,除非山能走。"此语传到朱棣耳中,他不禁叹息:非我不搬,乃天意也!于是下令停工。

这玄妙的神话,也为朱棣做了一个圆满的注释。

据史载,朱棣下诏开凿碑材的当日,他就开始南北巡视。他觉得燕京是"龙兴之地",意欲迁都北上,并大兴土木,扩建城池。新都滋长,已经呼之欲出了,扬子江旁、秦淮河畔的古城地位,紫金山下孝陵的重要性,自然跌落下来。有人说,随着他帝位的巩固,民心的顺畅,此时已无必要以建造恢宏的皇陵来掩饰自己。偌大的工程偃旗下马了,取而代之的是如今屹立在明孝陵前四方城内的那块相当于阳山碑材十分之一的"大明孝陵神功圣德碑"。

如果这一说法成立,那陵碑采与不采,树与不树,都是政治的图谋。

政治的图谋,常人是难以想象的。

可诗人有的是敏锐与激情,他望着这片巍峨的碑材,胸中燃烧着炽热的火焰:"材大由来世牧收,此碑千载空悠悠。昭陵石马无能战,汉代铜仙泪不流。吁嗟乎,君不见项王拔,始皇鞭,山石何尝不可迁!威风一过如轻烟,唯有茅茨土阶三五尺,至今神功圣德高于天。"他畅怀的可正是百姓称道的不灭的真理。

中华民族历史悠久,传统文化亦深亦厚。"雁过留声,人过留名。"简要八字,成就了多少人,也苦累了多少人。我们的古人,是很善于树碑立传的,可立传者总是少数,浩瀚的人群,有几人载入史册?时势、文化的局限,立传又总是深深地熏染上那朝那代和那编撰者的色泽与印记。树碑却大不相同。山川沃野，殿堂台阁，到处有石碑的踪影，有的地方石碑如林，蔚为壮观。碑文也各具特色，有的洋洋洒洒，淋漓酣畅，有的寥寥数语，言简意赅，有的仅有姓名，有的竟然大碑无字……从皇帝宰相诸侯百官到黎民百姓，有条件的，没有条件创造条件，也要为人身后树块碑。树碑，仿佛成为人们尊重孝敬或纪念前人的传统做法。假如后人不为前人树碑，心灵上总结着一个大大的疙瘩。树碑，成为中华民族一种深深的情结，以至对某个人的评价，也以这样的口吻来表达："这人口碑很好！"当然，有的是通过树碑这种方式，记载事件弘扬文化，想让宝贵的东西世世代代流传下去。

神州大地上，人为构建的，除了人类赖以生存和发展的房舍厂矿道路外，众多者，莫过于碑了。

碑，有如此崇高而又难以替代的地位？

自然界有天地、阴阳、起落、吐纳、生死。世上的万物，包括生灵，都没能逃脱不可逆转的法则。皇皇的碑石呢？你有纵然屹立的那一刻，难道没有忽然倒塌的那一时？

话扯远了，还是回到阳山碑材。这块准备申报吉尼斯世界纪录的碑材，人们游览观赏惊叹之余，还会有这样那样的追问。看来，山门外的那副对联是道出了一定的理：

石上有痕，已为前朝记功过；
碑中无字，留与后人论是非。

2005年10月20日于上海
2006年3月12日改于北京

金 阁 山

燕山之北有座城,叫赤城。它没有赭红的城郭,也没有火红的繁闹,它是莲花瓣型山岭中的一个蓬。为什么叫赤城,没去考究,倒是境内有座金阁山,山中曾有道观,远近闻得它的大名。

塞外的山,大都刚烈。这种刚烈,不是外表上不长花草树木,主要是一种感觉,宛如它内藏熊熊的火焰,烤得通体向外扩张,随时可能爆出来。金阁山不同。我们过了几道山弯,蓦地看到大片茂盛的碧绿,苍郁滋润。近处的大树直挺挺地撑着,挤着,金色的阳光辉映,蓬勃得颇有生机。潺潺的泉流,不知生发何处,似古老且清新的乐章,柔美在幽远之中。远处,崇山高耸,壁立千仞,裸露着刚健的躯体,巍巍然,怀抱着这片清泉茂林。

金阁山,是刚烈与柔美的和谐。

俏俊的谷底,垒砌的基石,散落的板石,有层次地铺展着,分明显示着这座已沦为废墟的道观,原先具有的宏构。荒草遍地,人进去,哧啦哧啦扯衣,仿佛要向你诉说。当年数进壮阔恢宏的古代建筑,"文革"时被毁,拆得的殿柱、大梁,运往水库工地,许多古材劈为柴火,付之一炬。几尊残存的神像,由几块朽板覆盖,柴火栏围,这是元、明代雕凿的精品,风吹雨淋,藏在深山没人识。我想,它是有灵性的,劫难之中仍几十年立在金阁的废墟中,是有神灵护佑。它就是神灵。它在期待。期待金阁修复、弘扬的那一天的灿烂清澈。

层层道观后的不远处，有泉，终年静流，滋润大地。这是醴泉，壮骨滋阴，清气流芳。泉前，一棵古松，抱朴，红皮圆实，参天标新，直立立的七百余年独树一帜，只有顶部的枝叶舒展飘逸。这巍然兀立的"旗杆松"，一身的仙风道骨，浩然正气。

　　泉旁有一岩洞，洞不深，开凿于何年？不详。洞口上方，明万历己丑夏五月，有人刻就：长春洞了真处。当年协助成吉思汗远征的那位仙人邱处机，就在这处悟真修道？北京白云观中供奉的那位长春真人当年就在这处修行得道？洞口两侧刻有一联，也是明万历年间的笔迹：

　　　　觅真每恨千言少；
　　　　了妙方知一字多。

　　谁撰写？谁的笔墨？无处可问，无人晓答。其实，也没必要弄清，正如修行。修行为哪般？荣辱，名利，在大道中都化为无了。这副楹联，道出了求道觅真的奥秘，也表露了那位寻道者的心迹。只有寻道悟道有深切体验和感悟的人，才能撰写出这般渗透玄妙道理的对联来。

　　洞口内沿的四边有条槽。我想，邱处机当年是石门封洞盘坐其里的。十年面壁图破壁。我想象着他慈祥的面容，端坐的身姿，在洒脱的道袍中浩荡着混元之气，在恍恍惚惚中参悟真谛。洞外是一个世界，洞内又是一个世界，且是一个更为辽远广阔的天地。长春真人就在这个有限无限的天地里，静守一处，又遨游四方。

　　守着自我，缓慢放松地踱入洞中。洞仅一人多高，丈余深宽，却天体宇宙都容在其内了。倏忽，我觉得这里仍然弥漫着当年邱仙的浓郁气息，天地的精华徐徐而来，汇聚在洞中闪烁着净明，不知不觉中，心胸烘烘发热，周身也渐渐地弘亮起来……

有中不有为真有,无中不无曰真无。在洞中,我默立许久,许久也不想离去。

2005年10月21日于上海

桃　花　鱼

桃花鱼。这个美丽的名字,在我的脑海中怎么也难以消去了。

长江三峡有条香溪河,香溪河上游有个宝坪村,宝坪村是王昭君的故里。

我慕名专程前往。江汉平原上的花期已过,而大山褶皱里的油菜花,一田田,一垄垄的,怒放在苍翠碧绿中。黄绿相配,还有簇簇鲜红杜鹃点缀,山也像昭君一样靓丽了。这里,脉脉的青山,弯弯的香溪,孕育了王昭君。王昭君成长,入宫,出塞,又使这青山香溪蒙上一层更加迷人的色彩。

宝坪村坐落在半山腰上,石墙青瓦,绿树拥荫。汉白玉昭君雕像,文静素雅地立在她的老宅前。昭君的故居久经风雨,已显沧桑,地基路面的斑驳条石,仿佛告诉我,汉时的古宅早已烟灭,现见的比那时的,宽舒、气魄得多。故居开辟为王昭君纪念馆,存设昭君生活、经历的画图和一些农家普通的物件。昭君是农家的女儿,她出落得眉清目秀,灵慧动人。在茫茫的大地上,芸芸的众生中,像筛筛子般地筛出了她,让人左看右相,选入汉宫,又作为和亲的使者北去匈奴。

宝坪村流传不少昭君动人的故事。昭君青春年少时的举措,给宝坪留下了永远的福音。她带领众姐妹,七七四十九天,驱赶了混浊的黄龙,开挖了清冽晶莹的水井,并用深山伐得的古木锁住了精灵,从此这口楠木井,让村民们世世代代地享用。

昭君那天是喝了楠木井的清泉启程的。她柔媚的身影缓缓移动在青青的山道上,一步一回头,泪水横流。

昭君是乘香溪河上的船上路的吧?

解说员说应该是。

香溪河有鱼吗?

有。

什么鱼?

桃花鱼。

这个美丽的名字,像块热烫的铁,吱啦一下,烙在了我的心头。

昭君人面桃花,鱼也似桃花?香溪河的水,因为昭君的香绢洗浣而变香?香溪河的鱼,是因了人面桃花的昭君倩影而成色?桃花鱼的眼,是滴染了昭君的清泪而明亮……

……桃花鱼,属菌类鱼,成活期只有十几天。

听到这,我顿生悲凉。想起昭君的身世和命运,心里酸酸的,好久没说出话来。

2005年10月21日于上海

上扇子崖

　　到泰安,登十八盘,上了玉皇顶,有关方面再安排我们游济南大明湖、趵突泉。我想,来一次不容易,我要游泰山西路的黑龙潭、扇子崖。

　　早晨七时许,先拜谒冯玉祥将军墓,再行至黑龙潭。黑龙潭在深山峡谷间,一侧是泰山中天门、玉皇顶,一侧是扇子崖、傲徕峰。黑龙潭瀑布百余米,白花花如练,潭水深沉呈黑色,传说直通东海龙宫,黑龙潭由此得名。

　　过了黑龙潭,只听松涛鸟鸣,少见人迹踪影,与泰山正门孔子登临处的熙攘人群相比,这条线路显得太冷清了;静有静的妙处,一意孤行,想走就走,想歇就歇,边走边欣赏,思想的翅膀随意飞翔,心中倒充满希冀。过长寿桥经无极庙,山道弯弯,杂草丛生,不经修饰,来得自然。道路像根牵引的线,总是拽着我。林木渐密,山风徐徐,些许清凉。前不见行人,后不见来者,偶有松鼠从身旁蹿过,森森然真有寂寞之感。于是哦哦地喊山,回音隆隆,顿觉丛林都是我的气势。

　　就这般边喊边登,不觉到了山峡笔立处。峡下深邃不知底,头顶悬崖青松倒挂,道在崖上,登攀艰难,忽有"一夫当关,万夫莫开"之感。正想着,抬头却见"寨门"二字在崖上,惊讶中认定,这里原是西汉末年赤眉军驻扎的山寨。沿着崖道,小心前行一段,忽见坦荡一片:山中一盘地,可是容兵处。"天胜寨",好一个响亮的名称。灌木丛林中当年的寨基清晰可辨。赤眉军当年在这里搭了多少茅屋、扎了多少篷帐?赤眉军何时进山、出山?历史都是问号。我想,赤眉军将士大多浴血疆场,人头落地,幸存者和他们的后人记取了这笔血债,留存了这份勇气,而现实给予他们的只是残存,不会有更多的光阴给他们记叙和研讨历史。成功者追忆辉煌,失败者留取痛恨。

越过天胜寨,山路又盘旋,终见前方万绿丛中有几点红黄在蠕动。我呼喊,远方飘来几滴回音。

追到山顶,天地豁亮。山外有山。沿着山脊蜿蜒而上,赶上一组游人,其中有位是曾在这里工作三十余年的管理人员。他说,赤眉军当年有千余人在寨内,在扇子崖下。他指着西南那边的山坡说,那个台基、那片地就是当年赤眉军的跑马场。我循着他的手望去,有块绿油油的坡地镶嵌在漫山遍野的深黛之中,特别显眼。将近两千年来,这块跑马场竟没长成丛林,难道是赤眉军的血汗浸泡的山地滞止了树木的茂长?难道赤眉军的幽灵至今仍在冥冥之中给后人留有这永久的纪念?

又进入一座高山之腰,一块风水宝地,葱郁中隐有原始天尊殿。时已中午,汗水淋漓,就山岚翠碧野餐吧,我们坐在石阶上,这里遥看扇子崖,已是亲近了。

面包裹夹榨菜,吞食群山清新,吮吸绿水甘甜,身觉轻松如初。当年的赤眉军在这里食用什么?高粱面,小麦馍,山东煎饼夹大葱? 还是弹已尽,粮已绝,戎装裹着瘦骨,痛苦地咀嚼草根树皮……

蝉在"知了知了",同路人吹起口哨。

穿松林,路陡峭,仰望上方,巍巍扇子崖屹立在顶上,大有立马盖压而来之势。我们缓慢而行,天徐徐拨开,山又缓缓平复,是山巅了,一座扇子模样的高崖像位顶天立地的男子汉孑然耸立着,仿佛是当年赤眉军的伟岸身影,又像是位历史老人终年伫立在这里,向后人叙说着一个经久不衰的故事……

崖后是绝壁,山势刀劈一般,是道天然的屏障。正面朝阳,有几簇草木点缀在崖上,看不见攀崖之路,但见几节尺盈的台阶,再就是人工铁梯空架,难怪古人在石壁上有"上云梯"的石刻。一路两百余米攀爬,心惊胆战。顶部有一百二十平方米左右的岩石平台,上面凿有小小的一水池,是当年赤眉军作备水之用,他们在扇子崖上设有瞭望哨。平台侧翼设有哨所,朝山后有石凿的瞭望口和当年搭建哨所的石壁缺口,杂草中夹杂的残片碎瓦,是赤眉军的遗物,还是明朝有位姓王的举人在这里搭房读书留下的印证?

在扇子崖上远眺,泰山玉皇顶遥遥相望,山前的动静,进山的车辆、人马一览无余,确是兵家登高观察的绝佳之地。

历史翻过了一页又一页。

望着四周的山山岭岭,虽有感慨,但心束得紧紧的,无法展开。在这绝壁之上,只能手扶铁索屏息静气。就这般,脚底板还是麻酥酥的,好像催我此处不能久留。

我真的没敢久留。

吃过晚饭,我在住地散步,回想上扇子崖的情景,感到收益不少,欣赏了大自然的风光,获取了有关赤眉军的一些知识,并由此产生了一些感受和遐想;在游历中,我还觉得,登山到达顶峰是可喜的,但过程才是最有意味的,这当中需要勇气、毅力,还要耐得艰辛、寂寞。上山如同人生之旅,成功固然可贵,但追求本身才是最充实、最有意义的。

枯树茂叶

城市里,有好多大的机构。大机构就有大院落。大院落像养人那样,养了许多花草树木。

我所居住的大院,树木不少,还是园林式绿化单位。横横竖竖的道路两侧,白杨站天,梧桐盖地。杨树春天白絮飘忽,数日里到处飞舞又不易清除,有关部门就有计划有批次地锯伐,以银杏替代。现第一茬的银杏,已绿叶招摇春风,欣欣然地张扬着,要不了几年,它会茁壮长盛,挺拔健壮起来。

世上的事物,相比较而呈现。树木对于花草,才显高俊;花草至于树木,才呈铺张。远近高低各不同,赤橙黄绿总相宜,这就是自然。自然是一种美。

一段时间里,园工在树前植上藤萝,搭起水泥架,想让绿得有层次,有韵致。意想不到的是,这藤萝不甘寂寞,不囿于自己的藤架,而喜攀附大树,顺着干儿渐渐地上爬。人们倒是欣赏起它来,可不,绿莹莹的,比那粗糙褐黑的树皮,好看多了。在碧绿的华盖哗哗作响的大树上,有如此细碎的绿叶藤蔓在闪耀,不也为大树增添几分亮丽吗?在春风夏阳里,枝梢摇曳,树叶的哗哗声,与藤蔓碎叶的沙沙声,犹如一曲伴唱,响亮,和谐。

一日日,一年年,大树渐高,藤蔓也快速地向上蔓延。藤蔓的生长基因远超树木的活跃,柔软,有韧性,但没有骨头。它向上,向上,小小的头颅不停歇地探向上方……有一天,我看到了,弥漫狂扬的藤蔓一团团地挂在树梢上,那一个个细小的牙尖仍像一个个小小的头颅,在空中窥视,寻找更高的支点。风吹树摆,梢枝宛如秋千,沉沉的,疯狂的藤蔓令它难以喘息。被藤蔓围困的树叶,见不到阳光,透不过气,早早地枯黄飘零了,扶疏的几枝梢叶仿佛不堪重负,萎靡楚苦。不知何时,大树有了伤痕,树汁似无数痛苦的泪水,又渗杂着铁锈色的血浆,混混浊浊地默默流淌下来,一直淌到庞大粗犷如磐的树根。

日复一日,年复一年。在一个春天里,我发现这棵粗壮的大树终于没有长出新叶来,厚实粗糙的树皮,也在风雨中一块块、一片片地脱落,而藤蔓,仍在春风春雨中继续疯狂地滋长着,那一个个小小的头颅,已经探向两旁更加高大茂盛的树。

……

一天,这棵原本高大如今已经枯萎的树,突然间倒塌了,繁茂的藤蔓无以依附,也哗哗啦啦天崩似的摞成了一座山,蔓枝断折,藤叶破败,狼藉一片。

不少人为之惋惜:"多好的一树藤啊!"

没过几日,在一派散发着腐臭味的断藤烂蔓中,又有无数的小小的芽尖挣扎着探出头来,拼命地伸长着,它毫无声息地四处爬行,自己无法站立起来,触角又伸向了旁边的两棵大树。

"这是一种顽强向上的精神!"

有人反驳:"它是靠人家向上爬的,它的欲望永无止境。"

仰观数年,心酸三秋。我为这棵大树的命运悲哀,为泯灭这个生命的配制悲哀。

2005 年 11 月 2 日于上海

鄱阳湖的候鸟

江南西道上，冬日的阳光迷迷蒙蒙，温煦，吝啬。映入车窗的，是南方翠黄相间的斑斓的寒冬田园风光。

我的心情异常激动，好奇地询问，鄱阳湖候鸟多吗？主人答，多！你们来得正是时候。有什么鸟？天鹅、白鹤、白鹭、东方白鹳，大雁，也叫鸿雁，它是鹅的原祖……

车经永修县，在羊肠般盘曲的湖畔土堤上行进。堤旁一片片棉秸褐黑地坚挺，几小块白花花如雪的棉絮，还残缀在裂口的棉桃上。水牛悠闲地在湖畔啃草，一群湖羊在一位老人长鞭的啪啪声中咩咩地走动。湖地辽阔，漫无边际的平坦、深远。湖风轻轻，带有可人的温情。

沙湖保护管理站建在小山上。丰水是岛，枯水是岸。如今，一条新建路堤与我们刚刚车轮碾压的堤段相连。堤两边低洼的湿地，枯黄的水草在一汪汪亮水边疯了似的蔓延，一棵棵的小树青春年少，逍遥亭立，几只飞鸟啾啾地从身边掠过，留下流线型的起伏翔迹和清脆的歌声。小岛似座屏风，挡住前方视线。岛那边好像有什么庞大阵势的响声，越过几幢民房与灌木的梢隙，弥漫过来。我们越往前走，越觉得这声势的浩荡、悠扬，宛若千军的乐队在演奏。

头一次来鄱阳湖，头一次看候鸟，我好奇的心理，在隐约可辨的各种鸟类的鸣奏中，越发地激越起来，脚下像抹了层油，随着扑扑跳动的心,滑过堤岸,越过村寨,跨过草滩。

我不禁啊地叫出声来,眼前是一派壮阔奇妙的景观:鄱阳湖波光粼粼,放射出太阳微弱的光芒,茫茫一片的各种候鸟在浅水中游弋,觅食,引吭高歌。距离较远,肉眼无法真切地观赏各种候鸟的姿态,沿着沙湖滩涂浅水的候鸟,芸芸地密聚,横亘在我们广阔的视野里,恢宏,壮美,让我心绪激荡。我是头一回听到斜阳般金黄色、银白色、绛红色交织的声音,似无数清亮的大铜铃碰撞无数脆响的小铜铃,无数悠畅的芦笛呼应无数低沉的长箫,无数琵琶大弦的嘈嘈急雨,惊动无数小弦的切切私语,无数的大珠小珠落玉盘,蹦跳在无数江南彩练的舞动中……刹那间,驱散了我的疲惫,湮没了我的过去和将来,消失了我的村庄和城市;没有了尘世的纷繁喧嚣,没有了人生的酸甜苦辣,没有了沧桑的岁月、历史……

天籁之音!那样的纯粹,那样的优雅,那样的天然无雕琢。我的身心沉湎在这有声有色有润泽的美妙旋律中绵延、滋长。

斜阳下,湖面闪闪烁烁,一片淡红。主人告诉我,它们白天在这里觅食,夜间在这里歇息,有的浮在水面,有的站立滩头,有的相互依偎,像一支支部队,有站岗放哨的,发现异情,就会报警。我们凝视着这一眼望不到边际的各类鸟群,欣赏着它们的纵情欢歌。

鄱阳湖地区海拔不高,地势低平。春天,湖水还未上涨时,湖滩草洲杂草繁茂,百花盛开,一派生机盎然的景象。雨季来临,湖水渐渐满溢,鄱阳湖一望无际,波澜壮阔,渔帆点点,闪金耀银。秋日,湖水渐退,水落滩出,草本植物又开始一年一度的第二次生命,茵茵的绿色又弥漫在广袤的湖滩草洲上。冬天,湖水退至全年最低位,低洼处形成一个个浅水湖,湖中之湖成为鄱阳湖此时亮丽的景色。"洪水一片湖连天,枯水一线滩无边",就是这一年一度景观的形象写照。寒暑鲜明、雨量丰沛、水陆交替的气候、地理的独特自然,使鄱阳湖成为我国五大淡水湖中生物量最大、生物多样性程度最高、生物资源最为丰富的湖泊。鄱阳湖夏涨冬枯的水文特征,良好的水质,广漠的湖滩草洲,以及丰富的鱼、虾、螺、蚌等野生动植物资源,为鸟类的栖息,提供了十分理想的生态环境。

可是,历史没有顺其自然地书写。长年的战争,破坏了环境,人们生活的贫困,挣扎着向大自然竭力攫取。大量的捕鱼猎鸟,使在鄱阳湖生存的鸟类,如同全国各地一样,急剧减少,有的灭绝,许多已成濒危。上世纪六七十年代,百姓生存的艰辛和无政府主义的泛滥,又掀起一次狂捕滥杀的浪潮,致使野生动物资源日益枯竭。

鄱阳湖大多是越冬候鸟,它们在这里生活近六个月,春暖花开时节,齐声呼唤着,成群结队地启程,回到北方它们那个生息地去生育、繁殖,待到深秋初冬,又带着儿女唱着悠扬的歌儿,洋洋洒洒回到鄱阳湖这个自己熟悉的家园。它们一生的生息地南北两处,长途跋涉回归,如果找不到家园,那种苦闷与惆怅,真有"日暮乡关何处是,烟波江上使人愁"的感慨。

中国大地到了拨乱反正时,曙光出现。1978年起,中国科学院动物研究所组织濒危动物调查组,赴湖北、江西、安徽、江苏四省广泛实地考察。1980年1月,他们在鄱阳湖的西北部,即吴城之滨的大湖池,发现了越冬的白鹤群,竟有91只,后又在吴城地区发现了数以千计的鸿雁、天鹅……

白鹤属国家一级保护动物,濒临灭绝。中国越冬的白鹤,来自西伯利亚东缘地带。白鹤南北迁徙5000多公里,飞越万水千山,没有哪种鸟类能与它媲美。在此之前,世界上观测到的越冬期白鹤不足40只,这次在鄱阳湖的大湖池一处就显现这么多,真是天大的奇景啊!

江西省林业厅非常重视,组织鄱阳湖鸟类考察队,连年对湖区进行全面系统调查。他们于1981年发现白鹤148只,1982年189只,1983年450只,1984年840只。野生动物保护管理机构的同志们,每每看到这连年快速递增的现象,难以按捺内心的激动,及时上报,又加强了保护的措施。江西省鄱阳湖自然保护区,就在这种景况中于1983年6月应运而生。

鄱阳湖越冬白鹤的名声越来越大,引起人们的密切关注。1985年,国际鹤类基金会主席阿基波博士,慕名率队来鄱阳湖。天公作美,湖色如画,阿基波兴奋不已,他亲眼看见白鹤成群,自由寻食、嬉水,数量竟达1482只,盛赞:"中国发现了一个大金库,这是中国的第二长城!"

鄱阳湖自然保护区,以永修县吴城为中心,管辖周围的大湖池、朱市湖、常湖池、沙湖、蚌湖、中湖池、大汉湖、象湖、梅西湖等9个湖泊,地跨南昌、九江两市的新建、永修、星子三县的16个乡、镇、场,面积为224平方公里,约占鄱阳湖面积的百分之五。区域内的自然环境得以保护,生态越来越好,候鸟剧增,约占整个鄱阳湖越冬候鸟的百分之六十以上。鄱阳湖的整体环境也得到改善,湖区栖息鸟类有17目54科310种,占全国鸟类的四分之一。鸟类数量在五六十万只,成为名副其实的鸟类乐园。"鄱阳鸟,知多少?飞时遮尽云和月,落地不见湖边草。"不知是谁的诗句,却生动地反映了鄱阳湖候鸟众多且壮美的景象。

1988年5月,经国务院批准,保护区晋升为国家级自然保护区,更名为江西鄱阳湖国家级自然保护区,行政上隶属省林业厅,管理机构于2002年从吴城迁往南昌。

鄱阳湖越冬的候鸟,东方白鹳、白琵鹭、小天鹅、鸿雁、白额雁、白鹤、白枕鹤、灰鹤、白头鹤等的数量,均超过国际重要湿地的标准。鄱阳湖是目前世界上最大的越冬白鹤群体所在地,有一年,区内统计有3100多只。鄱阳湖是迄今发现的世界上最大的鸿雁越冬群体所在地,数量有60000多只,有一年,大湖池越冬小天鹅有 70000 多只。新建县的大汉湖,有一年黑腹滨鹬有 100000 多只。

鄱阳湖湿地受到世界各国的青睐和赞誉。鄱阳湖自然保护区的工作,为全人类做出了贡献,也对世界做出了承诺。江西省政府和有关部门竭尽全力,履行职责,给予强有力的指导和帮助。

省委领导分析江西情景,认为:我们要像爱护眼睛一样爱护青山绿水,像珍惜生命一样珍惜青山绿水。一流的生态,一流的水质,一流的环境,是候鸟的天堂,也是人类的天堂。

形势大好,忧患依存。由于三峡大坝的拦截,像系在长江之滨的洞庭湖、鄱阳湖的水位明显低落,尤其是在枯水期,这种境况更令人担忧。在江西这片土地上,有人提出在湖口筑坝,以蓄鄱阳一湖清水。如果这般,千百年来以湖滩草洲为生的候鸟的命运又将是如何?它们从西伯利亚千里迢迢地赶来,只见汪洋,不见故乡,会是何等的迷茫与失望。世界上最大最有生命力的湿地何去何从?如果单独辟出一地以作保护区,而大面积的湿地成为水域,人也许获利,而人与自然的矛盾就可能加剧,悲哀与凄凉将随之降临。

这时,我想起鄱阳湖的坦荡胸襟,世代以来,它无私地养育了千千万万湖区的黎民百姓,蓄控、接济了长江下游的洪涝与水流,确保了人们的安康,又收放了千千万万候鸟的子子孙孙。鄱阳湖容纳百川,汪洋如海,又流放自如,宽广无垠。假如鄱阳湖世世代代以来是一库盈盈满贯的清水,我们怎能见到那万千候鸟的栖息、繁衍,哪来"候鸟王国""白鹤天堂"的美誉?假如鄱阳湖世世代代以来是枯水一线,又哪来"湖"的高贵,哪有环周广袤湿地葳蕤繁荣的胜景?

请保护人类与候鸟共同生存的家园。保护候鸟,就是保护人类自己。

2015年7月8日于北京

高句丽古都

夏日的北国，舒朗，祥和。从通化至集安，路旁两行人工播植的鲜花，姹紫嫣红，宛如蜿蜒的队伍，在明丽的阳光下欢快地曼舞，夹道欢迎各方宾朋。

趁到东北之际，我特意造访了高句丽古都。车辆穿越葱茏苍郁的蓬勃山林，驶过淙淙流淌的清澈溪河，行进在平坦铺展的翠绿稻菽间，我倏忽感觉，仿佛回到了久别的江南故乡。高句丽古都，位于吉林省东南部、长白山南麓的集安。这里春风早度，秋霜晚至，全省平均雨量最多、积温最高、无霜期最长，素有"塞外江南"的美誉。边关的风情历历在目，却没有西出阳关那样，有众多的唐诗诱引，倒是孩时老人讲述的薛仁贵征东的故事，至今仍有破碎的记忆。

有史料载，远在四千多年前，人类就活跃在这一带的密林水涧，狩猎农耕，繁衍生息。高句丽是公元前1世纪至7世纪生活在我国东北地区的一个古代民族。公元前37年，即汉武帝建昭二年，扶余人朱蒙在西汉玄菟郡高句丽县（今辽宁新宾县）建国，故称高句丽。后建都于纥升骨城（今辽宁桓仁县境内），公元3年，即西汉元始三年，迁都国内城（今吉林集安），同时又建与国内城相呼应的丸都山城，公元427年，即北魏始光四年，迁都平壤。高句丽强盛时期，势力范围囊括吉林东部、辽宁东北部和朝鲜半岛北部。公元668年，被唐和朝鲜半岛的新罗联军所灭。

高句丽存续705年，与历代中原王朝保持着紧密的联系，并受制约与管辖。集安，作为高句丽的政治、经济、文化中心，长达425年，留存大量具有宝贵价值的文物遗迹，这些文物遗迹的展现，让被历史长河湮没十几个世纪的高句丽灿烂文化，重现辉煌。

　　风雨侵蚀两千年的国内城，坐落在滔滔奔流的鸭绿江滨，即现在的集安市区。全市仅二十余万人口的集安，当年却是威震四方、呼啸数百年的王城所在。在奔腾的江滨、丰沃的大地上，砌起一座气势恢宏、固若金汤的石城，构建一座朱梁碧瓦、飞檐斗栱的宫殿，在那人烟稀疏的年代，是项多么巨大而艰难的工程。还有那离国内城仅五里，更为壮观的丸都山城。远观重峦叠嶂中簸箕形的山城轮廓，显现在视野时，我情不自禁为高句丽人民的聪明才智、坚忍不拔所叹服。山城的城墙沿山体的脊梁而上，似条巨龙盘绕，虽然已被千年的葱绿漫溢，但至今仍清晰可辨它的宏伟壮丽，磅礴大气。

　　丸都山城的南门口，清泉流芳，汇入山前碧绿的江水。坍塌的城墙残留半截，向山口两侧倔强地延伸，经久不屈。这座周长七千余米的城垣，内集理政、屯兵、生产、生活于一体的攻防构建，以宫殿为核心，形成完整的军事防御体系。作为高句丽的军事守备城，据说，四百余年中曾两次为临时都城，一次三年，一次十三年。仰观城池，敬佩之情油然而生。在那久远的年代，竟有如此高远的战略目光，多少年后，我们见之，想之，仍为之骄傲、感奋。事实反复证明，这座山城成为高句丽兴业、强盛的坚固堡垒。如今，宫殿、戍卒营地，早成废墟，而瞭望台却千古屹立，那铿铿的石阶，还回响着高句丽士卒急促的脚步声。在那眺望，远去的一练江水，新兴的集安市区，万绿丛中点点的农舍，高昂着头颅的玉米地，挂满硕果的葡萄园，都一览无余。

　　这种平原城与山城相依附、相拱卫，形成附合式王都，是东北亚中世纪都城的建筑杰作，是世界都城建筑的独创。

四百余年的神秘古都，给后人留下了无数阐述不尽的话题。

将军坟，是高句丽第二十代王——长寿王的陵墓，远远望去，似座金字塔，矗立在翠碧的野外，格外醒目。那打磨得光洁如镜的花岗岩条石，整齐地砌筑成方坛，阶梯式上升，墓室居塔中上部，巨石镶嵌封闭，磐石盖其上。始建于公元412年的神圣陵塔，今日从侧面沿扶梯上攀观赏，悉墓塔由七级阶梯二十二层条石逐层内收构筑而成。那精湛的技艺，严谨的结构，宏大的规模，在众多的高句丽石构陵墓中，堪称巅峰，虽残存高度十三点一米，在集安洞沟古墓群中仍是保存最为完好的一座，人们誉为"东方金字塔"。

丸都山下鳞次栉比的贵族墓塔，在岁月的长河中哀婉地叹喟。塔主身前的显赫，身后的悲悯，交融在历史的简牍里，永远无法摆脱。

高句丽时期留存的古墓，大都有壁画绘其里，璀璨的古代文明，直至今日，仍然折射出绚丽的光彩。20世纪中后期，中国和朝鲜境内，先后清理、发现一批高句丽壁画墓，现今的资料披露，中国境内33座，朝鲜68座，且以封土石室墓居多。游览五盔墓五号，经地下甬道入室，观赏用朱砂、土红、石黄、粉黄、白粉、石绿等颜色绘制在花岗岩石壁、墓顶及室廊上的彩图，时越1500年左右，仍是色泽斑斓，宛如昨日。

据专家考证，高句丽壁画墓大约出现在公元4世纪上半叶。壁画内容大多再现高句丽王公贵族家居、宴饮、歌舞、百戏、出行等生活场景，显现了高句丽民族的独特风情、传统风俗。他们长期生活在山林，壁画中骑马狩猎的壮阔场景时有表现。披甲的将士，相战的刀枪，高耸的角楼，壮美的山野，将高句丽民族骁勇善战、勤劳勇敢，淋漓尽致地显现出来，形象逼真，神情高亢。公元4世纪，中原王朝进入魏晋时期，佛教文化已从印度传入中原，偏安于北部边境的高句丽民族也始受佛教的影响，壁画中初现莲花等与之相关联的图像。时光追逐到六七世纪，墓穴壁画已工笔重彩,鲜丽耀眼,释、道熏染浓重,壁画多为朱雀、玄武、青龙、白虎"四神",具有鲜明中原文化特征的伏羲女娲、黄帝神农、仙人、道士、僧侣等,纷纷登场入室,活跃在墓主四周。凝视燧神腾空飞舞的形象,思绪不觉联想到莫高窟飞天的生动画面,一部《丝路花雨》,优美的音乐、婀娜的舞姿,再现盛唐恢宏壮丽的繁华。这次行程,我无缘观赏《梦萦高句丽》,对东北亚古老文化的精华,给予的是更多的想象。民族的大度、大融,是富裕强盛的明鉴。民族的和谐、融合,是历史雄壮的强音。

市东数公里处,一派碧草映天,间有一座红瓦灰亭子,孤孤突兀,犹显它的独特、稀罕。亭内耸有一柱石碑,称之为海东第一碑——好太王碑。到集安,不到此地,你也许永远无法真正地理解古老而又年轻的集安,无法真切地感觉这片沉稳灵动的山河孕育的厚重,无法深切地体味历史赋予的酷爱和由此生发的壮阔情怀。

碑为高句丽第十九代王——"国冈上广开土境平安好太王"墓碑,是其子长寿王为纪念父亲功绩,于东晋安帝义熙十年(公元414年),在好太王陵东200米处矗立的,由整块天然角砾凝灰岩稍加修凿而成,重约37吨,高6.39米,四面环刻碑文1775字,多为隶体,也有篆、楷,专家认为,这是汉字从隶向楷过度的典型产物。可惜,经历1500余年的风风雨雨,晚清、民国间的火焚除苔、不当印拓,碑体已经损伤,现能辨识之字仅1590个。高句丽历史上文字记载遗物极少,只存三件,而好太王碑为最丰,且是该民族、政权的鼎盛时期,故已成为研究高句丽的政治、军事、文化、制度、传统,研究它与新罗、百济及日本列岛之关系的重要资料,弥足珍贵。

这座价值连城的石碑,十多个世纪被荒草野藤湮埋,仿佛整个高句丽休眠在历史的深处。1877年(光绪三年)桓仁建县,有个通晓文墨、颇似现代秘书类的小人物,拨开藤蔓,掀起青苔,一行行苍劲浑厚的汉字在他的眼中闪耀金光。他精心地将其逐片拓印，他相信这将流传后世。不久，这一沓洋溢着浓郁墨香、影印着厚重岁月的拓片，传入京城，人们瞠目相视，他们仿佛此时才发现，那脉青山绿水间，曾经拥有冠盖百家、钟鸣鼎食的繁荣；才想起，那里曾在历史的旋涡中，几度风景迭起，烟飘四方。

这块裸露在野外千余年的碑石，到了1928年才得以保护，集安有识之士集资修建了木构碑亭。中华人民共和国成立后，对碑石裂隙进行了修整、化学封护；1982年重修仿古碑亭，2006年碑亭四面装嵌上坚固的防弹玻璃，并设专人护卫。从此，这座古朴自然、庄严凝重的石碑，以它独特的传奇身世，傲然挺立在中华民族的古老文明里。

1994年1月，集安确定为中国历史文化名城。2004年7月1日，联合国教科文组织第28届世界遗产会议在中国苏州隆重召开，各种肤色的专家用苛刻的眼神审视各国申报的材料，他们一致以赞许的口吻，肯定的笔墨，将集安境内高句丽王城、王陵、贵族墓葬42处与辽宁桓仁境内的五女山城等高句丽历史遗迹，列入《世界遗产名录》。

古老的民族文化与亮丽的自然风光交相辉映，吸引着国内外的众多游客。一队队游览观光者络绎不绝。从他们的颜容谈吐中，我仿佛读懂了他们内心深处的情思，也仿佛读懂了他们宽广的胸襟与旷达的情怀。他们享受大自然旖旎的意境和韵致，又感受到了中华众多民族古老文明所赋予的智慧和力量。

2008年元月6日于北京

山海关老龙头的故事

为写长篇报告文学《千古长城义乌兵》,我又一次到山海关采访。

山海关古称渝关。

唐代军旅诗人高适"拟金伐鼓下渝关,旌旗逶迤碣石间"的诗句,生动描绘了隋唐时期山海关的频繁战事。明朝戚继光率军重修山海关至居庸关西一千多公里坚固高厚的砖石长城,从此,关外民族不再轻举妄动,游牧民族的铁蹄就不敢随意践踏关内的繁华之地了。

山海关高高耸立,宏伟,壮观。"上下两千年,纵横十万里"的长城,在蓟辽要塞,有这么一座重要关隘把锁,仿佛固若金汤。

可事情并非人们想象的那么如意。东北方窥视已久并日益强盛起来的民族,经常派遣快骑穿越辽西走廊,逼近山海关。他们高头大马,狂野彪悍,无法攻克巍峨的山岭与城关,就趁月黑风高的夜晚,从海上潜游,避过长城,窜入关内,侵扰居民,抢掠财物,明军防不胜防。

当年担任蓟镇总兵的戚继光,忧虑重重,决意在长城与渤海的连接处,构筑海上石城。清乾隆《临渝县志》载:"万历七年,增筑南海口入海石城七丈(都督戚继光行参将吴惟忠修)。"

关外姜女庙有联:"海水朝朝朝朝朝朝朝落;浮云长长长长长长长消。"有人读成:"海水潮,朝朝潮,朝潮朝落;浮云涨,常常涨,常涨常消。"有人读为："海水朝潮，朝朝潮，朝朝落；浮云常涨，常常涨，常常消。"这说明潮涨潮落，大海无情。起初在海上筑城丈把高，潮水一冲，砖石哗啦倒塌，修修垮垮，一筹莫展。这时戚继光起用"性聪慧，志刚勇，好习史书，精于韬略"的吴惟忠。

吴惟忠，字汝城，号云峰，浙江义乌人。他自戚继光到义乌第一批招募就追随抗倭征战，枪林弹雨，刀光剑影，成长为戚家军的一员战将。平定东南沿海倭寇，又随戚家军北守长城，在修筑长城中积累了丰富的经验。戚继光指令山海关参将吴惟忠率戚家军修筑入海石城。

万历七年(1579)时的吴惟忠，与这些来自义乌的将士们商讨构筑方案，七嘴八舌，甚是热烈，最后确定采用家乡围埝车水筑江堤码头的方法，先将建筑入海石城的外围用泥沙草袋围埝，步步向海中延伸，待潮水退落时集中兵力封口，再以几十部南方常用的龙骨车脚踏车水。

正在大战紧锣密鼓准备之际，有位巨贾悄悄求见戚继光。这位大款觉得，修筑海上石城是项巨大工程，如能承包这块肥肉，油水可谓大矣！他给戚继光送上一份厚礼，他觉得，明朝的官哪个不贪财？戚继光觉得军事工程涉及边关安危，岂能让富甲一方的巨商承包呢？！银子先收下，隔日再说。正在这时，吴惟忠找上门来，身后兵士挑着一担银子，如数交给戚将军，并禀报了商贾贿送的经过。两位将军相视，哈哈大笑。不久，这个故事在戍边将士中流传开来，成为军中的一则美谈。

构筑海上石城的基础部分，是场突击战，又是消耗战。潮水涌来，将士们用身躯抵挡，将冲垮的围埝重新堵叠。这是人与大海的博弈，是意志与毅力的较量。海底终于袒露在灿烂的阳光下，龇牙咧嘴的老龙岗脉，延伸下来，倾入无边的海底。

龙骨车仍在哗哗地作响，宛如欢唱胜利的歌谣。修筑城基的队伍，将筑城石块夹砌入老龙岗脉，垒平后再筑石城。这种将自然岩礁与人石砌体合二为一的巧妙构筑,根基牢固。实践证明,它几百年有效地抵御了狂风恶浪的冲击与淘刷。

戚家军舍近求远,选用巨大耐蚀的红花岗岩条石为城墙的海墁面层,每块重达数吨,打磨规整,石与石之间采用"银锭铁榫"的工艺,即在每块巨石上下、前后、左右分别凿出榫与卯,在榫与卯的连接处,用加热的松香、白矾混合液与铁粉凝结,巨石的其他层面用石灰浆注实。当年这种创造性的思维,终于破解了巨石稳固性的技术难关。

入海石城起点边缘堆放许多异形石,或锐角,或钝角,有二十一种之多,它与其他边缘部分石块一样,凿有直径十二厘米的圆形透孔,用于榫卯,或以其他方式连接。建成的老龙头首为尖形,减弱海浪的冲击。

入海石城俗称"老龙头"。

严谨的建筑学与巧妙的艺术构思融为一体。入海石城的构筑,充分体现了以吴惟忠为首的义乌兵卓越的设计、高超的技艺。在那样的历史条件下,他们创造了人类建筑史的惊人奇迹。

从此,山海关南襟渤海,北倚燕山,有效封锁海面,控扼要塞,将山、海、关真正联成一体,构成险要而又坚固的军事屏障。

2016年5月3日于北京

遥 桥 古 堡

　　三伏天有机会到北京密云的雾灵山住了几天,江南酷热到摄氏三十九度时,那里晚上还盖一条薄被,清晨起来,穿短袖觉得凉。

　　三四天的时光,山里山外两重天。其实,最吸引我的,也是最让我兴奋的,是在那里看到一座明代城堡——遥桥古堡。我要追寻的是,这座城堡是否与戚家军有关。

　　遥桥地处密云县北端,那里山峦重叠,起伏连绵。遥桥峪村坐落在深山峡谷的一个隐秘处。村落以古堡为主体,山上俯瞰,古堡大体呈方形,用巨型河石砌成。近看,古堡有南门,是古堡进出的唯一通道。我到过长城沿线的众多关隘村落,还未曾见过这般完整、壮观的古堡。据说,这也是密云一线长城内留存最为完好的明时古堡。

　　城楼上有座石碑,刻有一段话:"遥桥古堡始建于明万历二十六年,竣工于万历二十七年秋。当时倭寇屡犯中华,烧杀抢掠,无恶不作。抗倭名将戚继光镇守蓟镇时,曾多次视察檀州至曹家路一带关隘,并对完善长城作了不少指令。戚继光逝世后,驻守这一带的明军依然遵他的承令,加强边防构建。万历二十六年,河间营中军官董炜、中部千总李世宫及把总王虎、左部千总常世爵及把总文光焕、右部千总杨一光及把总倪进勋等,率部分段施工,修建了这座具有战略意义的城堡。"

据地方志载,城堡东西长163米,南北宽135米,墙高7米,顶宽4米,周长596米。南门上有座砖木结构城楼,城堡四角各有哨楼。门楼、哨楼的墙体凸出,便于观察和射击。可惜的是,门楼、哨楼"文革"时被毁,围城完好如初。

从中我们可以了解,当年是由三支相当于团级的队伍中抽调部队,由三位相当于营长的把总带领共同构筑而成的。城堡上方一华里处,是个隘口,出隘口,东面通向河北兴隆,那边有数处长城关口,西边通向古北口的金山岭、司马台长城。

遥桥城堡的地理位置相当重要。它以东侧云岫谷山羊精楼为耳目,与司马台至曹家路一带长城遥相呼应。长城上如有敌情,山羊精楼狼烟即起,城堡内的明军迅速集结,飞速增援长城守军。城堡内的部队,是一支战斗力极强的游击机动部队。

眺望高高山峰上的烽火台,我问乡亲,为什么叫山羊精楼,他们笑而未答。我想,大概是山路难行,当时修筑时,只能靠山羊背砖而上,故留下这个令人回味的名称。

如今,在那个战马奔驰的隘口,于1984年秋建成一座水库,高峡出平湖。湖光山色的美景,夏日清凉的舒适,使这里成为京城人们休闲疗养的胜地。

城堡内一座座整齐的民房,如同当年的军营,依然是排队列阵的气势,只是袅袅升起的炊烟,让人想起历史已经穿越四百余年。我在小巷徘徊,宛若走在军营的门前,倾听门内军人酣睡的鼾声。门帘轻轻地掀起,有位俏丽的女子冲我微笑,点头示意,这才让我惊醒,这里是农家的乐园,户户可以接待游客的光临。

姑娘引我进院,葱绿的葡萄架上挂着一串串娇嫩的果实,阴凉的桌面上,摆着鲜红呈紫的油桃、李子。她热情地说:"请坐,吃点水果。"

我从她那里获悉,他们家姓倪,城堡内的住户,以张、倪、李姓居多,倪姓为最。我立马想到,你们是不是明军把总倪进勋的后裔。她说不知道。

姑娘在京城上大学，暑假正好帮爸妈接待游客。隽秀的面容还透着几分稚气。我们正聊时，她爸进来。他听出我原是军人，又得知是在寻找戚家军后裔，情绪顿时高涨起来，说："我爷爷说，我们过去是从浙江过来的。"

"浙江哪里？"我追问，他说不知道。我问有家谱吗，他说没有。遥桥峪村人家现在都没家谱，有的是在"文革"时被毁的，这些也是我爷爷说的。

"那你知道你们祖上是从军过来的吗？"他笑笑，显出木然的神色。我说："祖上来自浙江，不是从军，谁会到这个北方的大山深处呢！"

我们亲切地交谈，仿佛是多年没见的朋友。

遥桥峪村的大多村民，居住在堡内，部分新房盖在堡外的平坦处。村中长者，是位九十三岁的老人，我去拜访时，家人说他到外面的另一个儿子家去了，因时间关系，我来不及前往，留有遗憾。我想，他心中定有许多遥桥峪村的秘密，如不再传给晚辈，有些就成断流，那真是地域文化的缺憾。我所在的居住地，离遥桥峪村有三公里之多，除去集体活动，我尽量抽出时间，三次步行到这个城堡，探寻深藏于历史缝隙的一些故事。过往的事，对于我们这些有所感思的后人，弥足珍贵。金子、珠宝埋没在泥土深处，让它重现本色，那瑰丽的光泽，一定会让人们心绪重新飞扬起来。因此，我还会再来。

2015年8月8日于白云乡

镇 海 吼

　　沧州文学院更名为王蒙文学院,北京有几位作家应邀参加揭牌仪式。过去对沧州的认识,只在《水浒传》和语文课本中,林冲手持长枪在漫天飞雪中走向山神庙的形象,至今仍深刻地留在脑子里,沧州又以荒凉、僻远的印象储存在记忆的屏幕上。如今的沧州,道路宽敞,高楼林立,一派繁华的景象,让我们感叹不已。人们常常追踪历史,思古忧人。当我问及山神庙时,主人呵呵笑道:"施耐庵纯是杜撰,宋代根本没有林冲这个人物,更没有林冲发配沧州这一说。施耐庵把我们沧州坑了。不管是好名声还是坏名声,《水浒传》给沧州扬名啦!"

　　我还有所不舍:"如果有座山神庙,加上这个广为人知的故事,真可成为一处景观,拉动旅游业。"

　　主人说:"当地有则民谣:沧州的铁狮子,定州的塔,正定的菩萨,赵州的桥。沧州最出名的是铁狮子,有千年历史,世上独一无二。沧州简称狮城。"

　　数我寡闻,惊讶中又生欣羡之情。王蒙文学院的揭牌仪式安排在第二天,我们几位初次踏上沧州的作家,就在蒙蒙的秋雨中乘车去观赏铁狮,路旁的杨柳飘动着缕缕的温柔,葱翠的景色迷蒙在烟雨之中,仿佛置身于我的江南。

　　听朋友说,北宋沧州地处边防,宋辽军队常在这一带作战。据说当年的穆桂英,身怀六甲仍横戈马上,杨宗保怕有闪失,劝她回营,自己领兵攻阵,可战事紧急,穆桂英顾不得自身安危,挥舞绣绒宝刀杀入敌阵,正当酣战时,突然腹部疼痛难忍,跌下战马,在蓑草地上生下杨文广。她撕下一块战袍,裹住啼哭的婴儿往怀里一揣,提刀上马,又与敌人厮杀开来,运用"反背撩阴刀",将敌帅拦腰斩断,大破天门阵。那片落生杨文广的蓑草地,被鲜血染红。一代一代又一代,这块位于沧州南白马寺西侧的坑面大小的蓑草,至今仍是血红,轻轻摇曳在万绿丛中。

美丽的传说,让人心动。

当我走进开元寺遗址,地上一小块用有机玻璃笼罩的红蓑草,醒目地与来客静静对视。从她殷红的血色中,我们仿佛窥见当年巾帼英雄的飒爽英姿,和她捍卫祖国疆土的壮烈情怀。

当然,在开元寺遗址,我们最为震撼的还是那尊昂首瞋目、雄姿勃发的铁狮。

沧州濒临渤海,古时海难频繁,当地百姓遭受深重的灾难。五代后周广顺年间,建于唐代的沧州开元寺住持,倾听民众呼声,为祈求一方平安、百姓安居乐业,拿出寺庙的累年积蓄,又得方圆百里乡贤庶民的善举,决意铸造铁狮镇海。他的举措,后来得到地方官府与皇上的支持。他亲自设计图样,东西奔波,邀请州府最著名的铸造师和他的弟子,从邯郸拉回铁锭,在开元寺前造炉铸铁,运用分节叠铸法和蜡铸法,从爪到头分二十一层,将五百零九块铸铁块(范块)连接,一座造型古朴、威武雄健的铁狮,巍然屹立在人们面前。

千年后的今日,考古学家用现代的方法测量,铁狮子高 6.30 米,宽 3.17 米,腹部周长 8.50 米,颈部周长 5.11 米,重约 45 吨。铁狮背负文殊菩萨莲座,有着浓郁的佛教意象。颌下至今清晰可见"狮子王"三个字。人们俗叫狮子王,也称镇海吼。在民间,广为流传铁狮斗恶龙的传奇故事。从那以后,海难真的被怒吼的铁狮吓退了似的,不再出现。

沧州，顾名思义：沧海桑田。果真，历朝历代在这里战事频发，世事变幻多端。就明史记载的那场沧州之役，骇人听闻，毛骨悚然。朱元璋逝世，其孙朱允炆继位，改元建文，史称建文帝。他听信近臣"削藩"的建议，不到一年先后废了数位皇叔的王位，令燕王朱棣不安，他扛起"清君侧"的大旗，举兵发动"靖难之役"，南北大军在华北大地上拉锯式地争夺。建文二年，燕王军队攻破沧州，沧州军民被杀六万余，全城硝烟弥漫，血溅残垣，太阳都变成黑色，开元寺也在滚滚浓烟中化为废墟，唯有铁狮依然耸立，发出震耳欲聋的悲鸣。

自此，沧州便移治运河之滨的长芦，成为现在人们所见的沧州市区。而那片血肉搅拌的废墟，更为当今沧县旧州镇的辖地。我们站在这片生长着茂密的玉米、大豆、高粱和飘荡着金丝小枣悠悠清香的土地上，心中升腾的是阵阵幽沉的历史苍凉感，和老百姓屡遭政治、军事杀伐的无奈喟叹。

秋雨如丝，潇潇飘零，分明是老天的无数泪水，倾泻着人间的不尽悲怜。

一千零六十年前铸造的雄伟铁狮，展现了当时我国铸造工艺的最高水准。沧州铁狮于1961年被国务院定为首批国家重点文物保护单位。可在上世纪50年代，人们为保护它，在苏联专家的指导下特地为它建造了亭子，不料，铁狮受不起这份宠爱，千年日晒雨淋无恙，现在却变得锈迹斑斑，有关部门不得不拆除保护亭，让其再度裸露在光天化日之下，铁狮又恢复了它原本的容颜。当人们将在低洼处的它置于高筑的水泥台供人敬仰时，它粗壮的四肢出现裂缝，文物部门又不得不采取措施。看来，铁狮本该立在泥土上，受天地之灵气，与沧州的黎民百姓同呼吸、共命运。

在绵绵的秋雨中，我们伫立在历经千年风雨的铁狮前，透过它黝黑的肌肤、雄健的体魄、高昂的头颅，仿佛再度看到了它的坚强、坚韧、坚定与豪迈,在它深沉的血脉中奔流的不正是沧州人民炽热的鲜血吗?!

我国著名文物鉴定家史树青到沧县旧州,挥毫题词:"沧州铁狮在我国冶铸史上,前与商代司戊鼎,后与北京永乐大钟鼎足而三,其造型生动,如闻吼声,中华崛起之象也。"沧州是中华民族的缩影,在新时期、新世纪发生了翻天覆地的变化,从大运河走向渤海湾,到处是一派盎然的生机,人民扬眉吐气,走上了繁荣、幸福的大道。

天上响起阵阵滚雷,犹如雄浑的气壮山河的狮吼,传向四面八方。

2012年9月1日于北京

京城的报春樱

　　早春二月,江南阴雨霏霏的时节,北京城里的樱花,在蔚蓝的天空下、温和的暖阳里灿烂绽放,如霞似云,甚是壮观。

　　我是在京城玉渊潭公园看到这番盛景的。玉渊潭公园是现今华北地区最大的樱花专类园。今年,北方的天气比较温暖,园内湖光山色中的樱花,按捺不住早春的萌动,清秀的枝条上吐露紫红的花蕾,像无数闪烁的小星星。农历二月初九这天,也就是阳历3月17日,缀满枝头的紫红繁星,霎时改变了容颜,悠然地绽开粉红、紫红的花瓣,园区璀璨一片,芳香弥漫。樱花丛中,彩蝶飞舞,早醒的蜜蜂,采集到京城最早的樱蜜,嗡嗡鸣响,仿佛是为这里的美景吟唱。踏青赏樱的人流,熙熙攘攘。靓丽的青春少女立在花旁,笑靥如花,留下美好的瞬间;一波波中年女子,穿红着绿,翩翩而来,摆出优美姿态拍照,欢笑声回荡在清晨的春风中;摄影爱好者,长枪短炮,围着樱花旋转,寻找上佳角度,摄取最为绚丽的画面……

　　玉渊潭,沉醉在花红柳绿、春光明媚的美景中。

　　导游告诉我,这叫"杭州早樱",是北京最先开放的樱花,这片景观,就称"早樱报春"。

　　好一片报春樱!

　　杭州早樱的培植母本山樱桃,是取之于傍依西湖的南屏山、北高峰?还是我的家乡会稽山余脉?在我们家乡,农家的院落、房前屋后,大都植有山上挖掘来的野樱桃,长几年后便嫁接能结甜蜜樱果的枝芽。人们清楚,山樱酸涩。春暖花开,门前屋后灿烂的樱花结成青果,和风徐徐,阳光照耀,青果一天天地转黄转红,农历三月底,晶莹透亮的红樱桃黄樱桃挂满枝杈,成为农家的一处春景,也成为孩时的美好记忆。

如今,在京城欣赏来自我的故乡的早樱,一种特殊的亲切感、亲近感,油然而生。

农家是以结果为终极目标。山樱引入文人志士庭院,是以观赏愉悦心情为主旨,将花拟人,相看两不厌。

我国有着以野生山樱培植观赏樱花的千年传统。早可追溯到秦汉,唐时已成普遍。白居易七绝《移山樱桃》云:"亦知官舍非吾宅,且斸山樱满院栽。"他那时虽然还要遭贬,但仍是挖山樱,栽满庭,豁达的心境,如清雅、隽俏的樱花,四时鲜亮。宋王安石在《山樱》中描绘:"山樱抱石荫松枝,比并余花发最迟。赖有春风嫌寂寞,吹香渡水报人知。"抒发的是寂寞心境中"吹香渡水"的情怀。

赏樱赏出一种情怀,是文化人的一种境界。官场常常失意,而大自然永远亲近,春风做伴,鲜花为伍,樱花永远开放在你人生的路上。

北方冬季严寒,早春风烈、干燥,喜在温润柔和的江南生长的杭州早樱,又何以在京城枝繁叶茂、花海如云呢?

园林工作人员娓娓道出其中的奥秘。身处温柔之乡的早樱,不但花色艳丽,香气袭人,更是以它报春的使者,受到人们的青睐。有识之士觉得,身如西施的早樱,总不能尽在温柔的江南显露芳容,也该在北方更广阔的地域展现它的风姿神韵。园丁们尝试过多种方式移植,均未奏效。后,他们就将"杭州早樱"先移植到相对较为温和的齐鲁大地,经过科研人员的数年精心培育,再移植到京城,一株,三株……成片成林的江南早樱,终于落地生根,蔚然成一派繁华炫目的壮丽景象。

美,更早更广泛地传播给人类。

美,更深入、更透彻地传递着诱人的信息。

一花引来百花开,满园春色关不住。如今,玉渊潭的数千棵蓬勃着朝气、喷涌着浓浓春意的樱花,争妍斗丽,竞相怒放,成为京城一道亮丽的风景。

2016年3月31日清晨

访青藤书屋

　　走进这窄巷,好像走进了历史的深处。走着走着瞧见了"青藤书屋"的标牌,心里顿时兴奋起来,这是我这次踏访的首选地。

　　一座小小的院落。院落三面邻民居,却自成体统。十几米的卵石小径,通向庭院的主体——书屋,二层楼的山墙上方,镶嵌镌刻的"自在岩"三字,体态几分狂野,该是徐渭的笔迹,也是他心灵的写照吧。墙下是棵石榴树,果实红红的,葱绿中耀眼。小径的左侧,葡萄架棚纳取一片清凉,在我的意想中,架下满挂的是紫葡萄,主人的不少画作,是取材于这里的。几株芭蕉森森的碧翠,旺着朝气,背衬古墙,尤显葱茏。庭院雅致,恬静,安详。有关资料记载,徐渭1521年出生在这里,父亲是位举人,官至五品。那个年代,五品官人的俸禄,置得这座占地近两亩的庭院,该是幸事。官人原配生下两个儿子后离世,续室苗氏不生育,他又纳其婢女为妾,生下徐渭。百日后徐渭的父亲撒手西去,这让幼小时期的他,深感卑微。

　　徐渭六岁上学,十岁文章就写得蛮好,受到山阴县令赏识。正在这年,生母被嫡母弃卖,徐渭陷入极度的痛苦之中。虽然嫡母视他为亲生,可徐渭的心底是孤苦的。悲情中苦闷的他,从山野中寻得启示,觉得人生要如青藤,柔弱中顽强生长,四季常青。他将一棵青藤移植庭院。从此,这棵青藤在他家的院子里扎根,苗壮,坚韧地抗击八面来风。

徐渭生活在会稽山的阴面,四百多年来会稽山阳面我家乡的百姓,茶余饭后,夜间纳凉,讲述的许多是徐渭的故事。小时候,我只晓得他叫徐文长。倾听到的故事中,徐文长自小聪慧,调皮,风趣,又带点恶作剧。有回,几个小朋友玩耍,一位漂亮小姑娘路过,孩子戏闹,说,谁敢与她亲个嘴?这话引起哄笑,然后是大眼瞪小眼的沉默。徐文长撇撇嘴,我去!孩儿们要看徐文长笑话,你?徐文长不急不慢斜插过去,大家瞧见他与那漂亮小姑娘对话,好像还有争执。谁也没想到,徐文长和那小姑娘真的嘴对嘴啦。徐文长得意回来,孩儿们惊诧地追问。原来他谎称姑娘偷了自家大蒜,姑娘不认,徐文长不信,说你肯定是偷了吃光了。姑娘依旧不认。徐文长说那我闻闻你吃过没有,姑娘想,不做亏心事,还怕你闻,就把嘴凑过来……原来徐文长耍了我们,大伙嬉闹着把徐文长捶了一顿。这是真事,还是杜撰?这类传说,在我的家乡,像星星那么多。

人们晓得徐渭才华横溢,传说中的故事雅俗参半。徐渭原来也想走仕途,十次参与科举考试,二十岁时中了个秀才,往后八次均名落孙山。听说有次,他列举科考的种种弊端和暗箱操作,手执管笔,文思如涌,卷面不够,又续写到桌面椅凳上。从此,人们称他"徐文长"。文长是他的字,号青藤道人、天地生、天池山人等。

书屋前有个圆月形洞门,"天汉分源"四字横在门楣上方,看去也是徐渭手迹,与他的个性、遗墨吻合。洞门的设置,让小小庭院有层次感,构成美的品味。洞内有天池,池的一方是书屋,另一方是青藤。青藤盘根虬枝,依着素墙弥漫成一片绿浪,在秋风中沙沙低吟。徐渭少时在书屋念读,面对青藤,遐想,期盼,心绪也随之由细嫩柔弱到倔强壮实。后来命运多舛,"青藤书屋"始终是他心中的醴泉。据工作人员介绍,青藤几百年兴盛不衰,曾遭雷击,死而复生。可在上世纪60年代的"文化大革命"中,遭遇人祸。现见的是1980年重新修缮时补栽,几十年来,已呈繁荣的态势。社会变迁,青藤也经受波折与叩问。

书屋内有幅徐渭的自画像,头戴青巾,布衣简衫,清癯的脸上那种清澈透明的眼神,似乎洞察世俗的一切。两侧自撰自书的"几间东倒西歪屋,一个南腔北调人"联,调侃出真实的自我。徐渭十四岁时嫡母去世,长兄助他上学,二十一岁成婚,因家境贫寒,只得入赘为婿。二十五岁时,妻子生下儿子后不幸病故,同年长兄过世。悲伤接连,激愤又袭,徐家被豪强霸占。

如今,徐渭的部分文物,包括他遗存的几幅书画,陈列书屋,可谓魂归故里了。绘画史上,抑郁潦倒、一生坎坷的徐渭,以他特立独行、放荡不羁的笔墨,开创了中国花鸟画大写意先河,成为青藤画派鼻祖。满身傲气的郑板桥,刻有印章:"青藤门下走狗",近代绘画大师齐白石言:"恨不生三百年前,为青藤磨墨理纸。"青藤成为象征,徐渭成为四百多年来画坛顶礼膜拜的人物。生活多么艰难,命运多有不济,在艺术上,徐渭仍是孜孜以求,不断创新,书法、绘画、诗歌、散文、杂剧的创作,皆为丰厚。人们往往叹息机遇和命运,可有谁堪与徐渭的多灾多难比较,又有谁可与他的成就比肩?

书屋的陈设,没法详尽展示徐渭苦难的一生。他因胡宗宪案恐惧而癫狂,九度自杀未遂,其间狂病发作杀继妻坐牢七年,晚境凄凉,贫困交加。但他的诗作与书画,依然是意境峻拔,情景交融。那幅缀有葡萄的画作,配有诡奇笔法的题诗,让人感慨无限,"半生落魄已成翁,独立书斋啸晚风。笔底明珠无处卖,闲抛闲掷野藤中。"他那样自信,又那样的无助。由此想起凡·高,他们同样承受深重苦难和黑暗,身后却是无比的璀璨与辉煌。

青藤书屋,在绍兴这座享有文化名城的市区,是寂寞的。艺术,也许唯有寂寞,才富持久的生命力。我们游览品赏约一个时辰,其时,只见有位老人携一小孩来访。寂寞有其好,清净。清净是种境界。青藤就是一种境界。徐渭七十岁生日题自像诗："吾年十岁栽青藤，乃今稀年花甲藤。写图写藤寿吾寿，他年吾古不朽藤。"他与青藤的命运相依相连。这首诗作，既是对自身的回望，又是对青藤的纪念。

青藤不朽。应了青藤，书屋日久弥香。

2017年10月23日于白云乡

第七辑　书道千秋

珍贵的书简

　　网络通信如此快捷的今日,用书信方式传情达意,实在稀罕了。我这人笨拙,不会电脑,写作仍是一横一竖地在格纸上爬行。中国现代文学馆征集室主任刘屏多次对我说:"你的文稿和信札,一定给我们!"

　　前日,陪南京《开卷》两位主编蔡玉洗、董宁文,拜访著名作家姜德明。待我们赶到《人民日报》社东南角院落时,远远地见他已在宿舍楼门口等候。他亲切和蔼地引我们上楼,入室就座,话题自然说起《开卷》。《开卷》高雅淡泊,书卷气浓,装帧也别致。他赞赏《开卷》。两位主编趁此说《开卷》将近百期,请他题词。先生今年七十有九,精神饱满,两眼熠熠发光,如同他的话语,闪动灵性,但前段时间不慎摔倒,右臂还绑挂着,无法题写。

　　宁文与先生熟悉,我是头次见面,但我拜读过他的散文,也早闻他是京城有名的藏书家。坐拥书城,满屋飘香。我不觉想起杨宪益先生在《二流堂旧人邀宴》中写给他的那首打油诗:"太公稳坐钓鱼台,日拥书城不发财。难得出门吃烤鸭,只缘客自远方来。"我们落座的身后墙上,挂着唐弢上世纪70年代"书赠德明同志"的"小诗":"燕市狂歌罢,相将入海王。好书难释手,穷落亦寻常。"旁有李可染的一帧国画,整幅画面,一头悠闲的牛,两个玩耍的牧童,情趣自然,其乐融融,留有较大空白,给人遐想。说到藏书,我们兴致颇浓地随先生串走几个房间,欣赏珍藏的一柜柜书籍。这些书籍，大多是现当代著名作家著作的第一版本，其中，已故著名作家的签名本不少，有茅盾的，老舍的，巴金的，孙犁的，等等。很自然聊起他们之间的书信来往。先生那时在《人民日报》社文艺部工作，与这批老作家联系频繁，书信收有几百封，现还未及整理。

此刻，我想起孙犁与冉淮舟。冉淮舟1961年南开大学中文系毕业，进《新港》编辑部。那时孙犁有病，需一助手。冉淮舟在大学时就著有《论孙犁的文学道路》，其文品人品，大家共识，领导自然想到他。他一面在编辑部编稿，一面协助孙犁收集、抄录、编辑、校正文稿。"文革"前就协助孙犁编辑出版了《津门小集》《风云初记》《文学短论》《文艺学习》《白洋淀之曲》和《旧篇新缀》等。在这期间，孙犁与冉淮舟鱼雁之情传为佳话。"文革"艰难的境况中，冉淮舟将孙犁给他的信和送他的书籍，藏到家乡爱人处。保定那时武斗厉害，他爱人不顾家中其他财物，背负这些书籍信件逃反，因过度劳累，以致流产。"文革"后，冉淮舟将完整保存的孙犁给他的一百二十七封信抄录成册，呈给孙犁。孙犁看到历经劫难、早以为化作灰烬的书信，惊讶不已，非常感动，即写了《幸存的信件序》。当我读到正式出版的《幸存的信件》和冉淮舟给孙犁的信件《津门书简》时，感慨万千。我想，姜德明与茅盾、巴金等这批已故著名作家的书信往来，其中一定有许多有意义有趣味的往事，如能记下，与他们的信札结集出版，可让我们真切地感受到他们可贵的文学观念，和作家与作家、作家与编辑间那种深厚的情谊。

我说了孙犁配有助手的事，姜先生也许有所感触，叙述了一位作家书简的命运。这位作家身前保存一大堆的书信，家人整理时，作为废品处置。收废品者没多少文化，可有人慧眼识珠，选买了部分。剩余，价码越抬越高，每件六十元出售。收废品者觉得还有利可图，不卖了。听到这，我们感到丝丝的悲凉溢上心头。

书简，自古以来，都是作家作品的重要组成部分。它流露的情感更为坦诚,反映的心灵更为真挚,显现的文学活动、文学观念、文学感悟更为真实、真切,其文学性、艺术性、史料性,均不可低估。

2008 年 3 月 19 日于北京

书道千秋

　　书法家孟浩送我一幅字，隶书："书道千秋"。我左看右赏，觉得有味道，透露了书家蕴含的底气和天赋的灵气。艺术作品，让人感受到这层面，已是相当的水准了。我请人裱上，镶框，挂在书房。农家的儿子，进了城，有这么一间十几平方米的房间置书摆桌，觉得是享福的事。墙上有幅佛家大禅的草书："手把青秧插满田，低头便见水中天。六根清净方为道，退步原来是向前。"六根清净未能达至，退步向前算在践行之中。放野的狂草与稳健的隶书，在小小的天地间相得益彰，顿觉蓬荜生辉。

　　我自小爱写字，这也许是受父亲的影响。没上学，他就教我用小柴棒在地上划字。那时，我认为父亲的字，是天下最好的字。在我们那个山沟沟的小村，写好字的不多。正式上学后，父亲叫我临帖。村里的小学，设在王家祠堂，正堂的牌匾和柱子上的楹联，又大又经看。过去人的字，写得多好啊！上书法课，我格外的认真，就这般坚持到初中。初三时，学校组织各班筛选的五名代表，到礼堂比赛，每人一张桌，各写一幅字。我们在众目睽睽下慎重地把毫，想不到三年级中我是第一名。学校将三个年级的前五名，张贴在年级间过道的板报上，显然，三年级比一、二年级的要好。上高中，课程表上就没书法这一项了。我对汉字的书写，一直怀有特殊的感情，学校办墙报、黑板报，到后来在军营办板报，都乐意在上面涂涂写写，自我欣赏。偶尔有一两幅字挂在书法展上。这字一上墙，就显出它的丑来。

岁月无痕，兴趣犹存。但它已渐渐地转变为文学的书写，让点横竖撇捺的结构美感与字幅的章法，潜化在我的创作意念上，让笔下的文字，在它的结构与章法中，呈现更强的张力和恒久的生命力。

从这个意义上认识，我对"书道千秋"的情愫，随着写作的深入，就越来越强烈，已经默默地融化在生命的体悟与对文字的敬畏之中。因此，我接受孟浩这幅墨宝时，内心有股热流，霎时涌动上来。

记得是在八九年前，我的第一本散文集出版，里面有篇《叶文福印象》，就寄叶一本。有天，叶文福来电话说看了书的感受，尤其是那篇写他的散文，他不无动情，说，你是在我最落难的时候写我的，你是我真正的朋友。那篇小文，写于1986年8月。当时，我没去想叶文福是不是处于人生的低谷，我只是凭我的良知，写出对他的真实印象，没想到叶文福十分看重这点。他是1979年8月在《诗刊》上发表诗作《将军，你不能那样做》，轰动文坛，也引起一位开国上将的不满，说是写他，告到国防部长那里，又转给我们单位的司令员。叶诗是反特权，用现在的话是反腐败，当然，文学有它更深的意味。最近，从报纸上看到2014年以来，军队查处军级以上干部十六人，其中有上将、中将、少将，有军委、总部机关、大军区、省军区、军事院校的高级将领落马。随着反腐的深入与常态化，还会有"老虎"倒下，"苍蝇"拍落。如果，当年的中国共产党、政府和军队像现在这般重视，那该多好！历史没有如果。那时，叶文福是工程兵文工团创作员，在权力压倒一切的年代，他的处境可想而知。叶文福是位爱国主义者，诗写得好，可口无遮拦，到北师大中文系的一次演讲，将他推上了"资产阶级自由化"的"断头台"。时过境迁，慢慢淡化下来，他的诗作又在《诗刊》等杂志上发表，如《穿满弹洞的旗帜》，但内心还存有较大的阴影。我就是在那个时候，记下对他的印象的。

在电话中，我对叶文福说，我是真实地写你。他说你的真实、真诚让我感动。我说，文字不单单是写给现在人看的，我相信五百年后还有人看我的文章，如《援越抗美实录》。叶文福在电话的那头，显得激动："你写我的这篇文章，五百年后就有人看！"

我不晓得这点文章，几百年后有没有人翻看，但这表达了叶文福此刻的真情实感。书生，在历史上往往是无足轻重的，可有时，他又显得那样的强盛，那样的有穿透力，仿佛洞察世上的一切。文学的力量，也许就在于此吧。

2015 年元月 22 日于北京

想念十堰书为媒

——致胡荣茂(庶文)先生

　　昨日下午至今晨,北京落下了今年的第二场春雨,这绵绵的润物细无声的情景,让我想起上小学、中学时谆谆教诲的老师,他们那和蔼善诱的面容,至今仍活现在我的记忆里。我向来尊崇老师。我是上世纪67届高中毕业生,恰逢那场人们难以料及的"文革",断送了这一大批学生美好的梦想。在日后颠簸的军旅生涯中,我更加思念往日读书的岁月,更加思念犹如父母的敬爱的老师。故此,我好大年龄还争取读了点书。也因此,悉您是从老师的岗位上退下编《书友》,又不断发表文章,更是钦佩有加。

　　我是三十八年前的春日,乘坐解放牌大卡车经过十堰的。那时,环顾四野,青山绿水间,到处是重重叠叠、高高耸立的脚手架,一派紧张繁忙。人们说这是在建我国第二汽车城,心中有种荣耀的感觉骤然升腾。为赶时间,我们的队伍没有停歇,可我想,待这座汽车城建好了,该来观赏观赏她崭新的容貌,领略一番我国快速发展的盛景。时光一晃,竟然三十九个年头了,也无缘再睹这座新兴美丽城市的风采。后来获悉十堰新华书店创办了《书友》,一种亲切感油然而生。当我收到贵报,顿感似上海《文汇读书周报》那般高雅、厚重,弥漫着浓浓的书卷气息。那时,我不知您在那里发挥文学艺术的潜能,只是常常读到"庶文"的文章,觉得文字老到,风骨瘦硬,颇有几分一些老教授文化底蕴深厚的随笔,意味醇浓,令人耐读。1991年《文汇读书周报》曾用近半版的篇幅选登了我《援越抗美实录》中的一节,并做了书介,《书友》也登载过我的小文,故这份感情又有深一层的意味了。

如今,您以这类文字为主与"文人杂记""往事杂忆"一道,汇集成《书外杂写》,从千里之外的十堰寄来,才悉"庶文"就是您,我倍觉亲切。这是您积多年耕耘的收获,又是《书友》一路风尘的一个缩影。黄成勇有胆有识,创办《书友》,有你们几位文人执掌编务,《书友》办得有声有色,在读书人、藏书人的圈子里,在神州大地的民刊中,颇有影响。现黄成勇、李传新到武汉办了《崇文》,您也全身心地退下来,《书友》的继承人,一如既往,孜孜不倦,每当我看到它清新的版面,独具风格的文字,欣悦之情总是溢上心头。

十堰是我向往之地,以后有可能去您曾经陪同曾卓、绿原畅游的武当山,届时定去拜访《书友》。

随信寄上拙作《山野漫笔》,其中《雨中之湾》选入《2007年中国散文排行榜》一书。说实话,我没写好,也没校好,敬请赐教。以书为友,以书会友,我期待您第二本佳作早日问世。

2008年3月29日于北京

致画家战友应青

你收到拙作《山野漫笔》，"把书放在枕头边，一篇篇地阅读、欣赏，让山野清新的风吹拂我的心田，让山野的清泉滋润我的灵魂。"老战友亲切、热情的话语令我感动。我是一个山民的孩子，虽然胸襟中鼓荡着一股艰辛而又淡静的云烟，却始终是同学、老师、战友、亲朋的扶携、帮衬下，一步步前行的。每当走过一段路程抬头望视，一双双激励的目光总是闪烁着晶莹，透射出亢奋精神，这种激励的目光，亢奋的精神，就像一根粗壮的绳子，齐力拽拉我在文学的道路上不断进取。

记得我们是1968年柳芽刚刚报春的日子离开金华一中，穿上军装，走上报效祖国之路的。在我们紧握枪杆穿越弥漫硝烟，扛起锹镐走进崇山峻岭的岁月里，也没有放下手中的笔，在铁打的营盘磨砺坚强的意志，在流水的兵中倾吐复杂的心曲。渐渐地，你的流淌着浓浓兵味的军旅画作，频频出现在各种报纸杂志上，让我耳目一新。我们曾在小竹泥巴编糊的低矮的油毛毡棚中彻夜长谈，在那文学艺术荒芜的岁月，我们是多么地企盼百花盛开的暖春的降临，可是，这种境况直到上世纪70年代末才有转机。

那个时候，军队恢复办学，你从部队调进军校，你的艺术人生拓宽了一个新的视野。从军校转业地方，生活又有质的变化，但你对艺术的追求，对山野的那种深沉的钟情，始终没变，而是越来越浓烈，越来越占据你绘画创作的主线。在大自然中感受生命壮美的同时，又深切地体验现实生活带给的时势豪情，挥毫泼墨，创作了国画《赤壁》《江峡雄姿》《九峰耸秀》等一批山势雄奇、云海缥缈、林深葱翠、绵亘峻峭、融景观与心意于一体的巨幅大制，墨法上，浓、淡、破、积巧妙融会，极其自然。从这些作品中，我感觉到，你继承并拓展了传统的艺术手法，从偏重于生活的表现转为注重神意的勃发，从开掘现实的美感升华为抒发画家内心深处的丰富情感，在豪放粗犷的线条中显魂魄，在细腻涓柔的润泽里见精神，这是个自然的精华表象，又是你与天地往来的回响，是你气与血的凝聚，又是你情与思的吟唱。

你在来信中写道："我是从山野走来的孩子，从家乡、学校、部队，到地方，从童年、学生、战士，到文化干部，我喜欢和山野打交道，可谓情系青山。虽然长期工作、生活在城市，但只要有机会，就到山野转转，亲近大自然，和山野拥抱，与清泉接吻，跟山风谈心，与山花调情。有时也写点生，照相机是随身带的，把山野的点点滴滴，清纯、烂漫、丰采，装进记忆卡里，输入电脑中，慢慢再回味。"你对山野的这种亲密情感，与我息息相通。你是以不朽的画笔，给予我充足的视觉图像，在情趣盎然中又为我提供了丰富的想象空间，你的《硕果》《希望的田野》《矫若游龙》《春江鱼乐图》等，以素朴的哲韵，为我们传达了"情与景会，意与象通"的心象境界，看是盈尺小品，却尽精微致广大，体现了物、景、境、情、心的有机融合。

这些一首首优美、精致的诗篇似的画作，得益于你长期生活的自然天趣。明人袁宏道在《叙陈正甫会心集》中说过："趣得之自然者深，得之学问者浅……山林之人，无拘无缚，得自在度日，故虽不求趣，而趣近之。"道在自然中，从你的一幅幅或苍润沉雄，或淡雅精妙的画作中，我又一次深切地感受到这一点。

你让我代问好的陈章永，是我们同时期走入军营的，毕业于绍兴一中。他近十年大多时间沉迷在家乡的山野中，在那里生活、创作。从他送到北京参展的作品可见,充满自然情趣的画面上荡漾着浩瀚的意韵,它多层面地展示了画家丰厚的情感世界,又向观赏者提供了无限的美感享受。听说有位省委领导打电话想去看望,却被他婉言谢绝了。这让我想起他家乡元末明初时那个放牛娃出身的画家王冕,皇帝下诏用轿子去抬,他闻之却躲避到山野中去了。王冕学画的这则故事,在《儒林外史》的开篇中有记载。陈章永是否受家乡先贤的影响?不详,但我总觉得他的那种不懈地追求探寻的精神,和那种不为名利所重、潜心艺术的品格,恰如隆冬旷野上傲然挺立的一棵松,让我钦佩。

前段时间我曾回故乡义乌,本想乘此到当年李白、崔颢、李清照、赵孟頫等走过的那条道上去寻访你,到他们唱吟过的八咏楼上与你畅叙多年不见的思念和对当今文学艺术的感怀,同时又作为对你来信的回应,可京城数次长途电话催促,有事要我返回。待我处理完事务提笔给你回复时,确感太晚矣!歉疚之余我也想,寒冷的冬天已经来临,何不期待春暖花开的明媚春天,到那时,我们再相聚在酒仙曾经临风举觥的楼台上,易安曾经唱叹“只恐双溪舴艋舟,载不动,许多愁”的婺江滨,或者就在八咏楼下你的丹青轩,沏壶香茶,煮上老酒,散漫地品读重峦叠峰的雄奇群山,繁茂清澈的丛林响泉,烟雨迷蒙的湖光塔影,寥若星座的行者先贤,或欣赏山野间晶莹剔透的紫葡萄,江河中吞吐八荒的游鱼,山塘里香清溢远的莲蓬,夕阳下老牛归途中牧童的笛声……我愉悦的心灵随着你笔下的物象,定会进一步的净化、宁静,情感的体验,定似那黄縢酒旁的红酥手,牵着我走进神圣的艺术殿堂。

2007年11月25日于北京

弥漫于历史与文化的乡情

冬去春来，天色回暖。我收到故乡文联盛情的邀请，说的是义乌文联1982年4月4日成立，风风雨雨走过了整整三十年的里程，让我这个与故乡有着血脉联系的人，值此感叙胸怀，写几句纪念性的话。看着粉红色纸页上跳动的亲切文字，浓浓的乡情不由自主地涌来。

我出生在义乌北乡会稽山余脉的山沟沟里，青翠的凤凰山抱揽着小小的村庄，村后大片的竹林，碧绿碧绿，在山风中沙沙地吟唱，村前溪流潺潺，汇入大陈江，奔向浦阳江、钱塘江。村民们劳作间隙，拿根柴棍在地上练字、比字，他们虽然没读多少书，可练字成为终身的嗜好。有一年，我家请篾匠老师打了一轮"地垫"。外地人可能不晓得这个称谓，"地垫"即是用一片片竹篾编织成，用以晾晒稻谷、麦子等农作物，一轮地垫可晒两三担谷。簇新的地垫滚卷起来，外侧要号上自家的姓名。有天，我叔叔拿来一把毛竹笋的干壳，捆扎，用小锤在一头轻轻地锤打，再在清水里冲洗，笋壳的筋，一丝丝地露出来，长长短短地显现，摸上去有些粗硬。我问叔叔这做啥，他说号字。不一会，他蘸得早已磨好的墨汁，握住这把笋壳，在地垫上刷刷地写起来。我看他神情贯注，顿挫有劲，一个好大的"王"字就落成了。紧接，他又蘸墨号上第二、第三个字，当第四个"记"字号完，又用另支"笔"书写了年月的小字，这才立起，自我端详起来。我们这帮小孩，是头一回看到大人写斗大的字,好奇,惊讶。我问爹:"叔叔读过好多书?"爹说:"没上过学,都是跟爷爷练的。"我爹还说,字是人的长布衫,穿在外,体面不体面,就显出来了。

五十多年前,我们那个小山村下方的板桥处,造起了一座大坝,山民们就散迁到外面的村庄。在我后来居住的村落,见到几位比我爹、我叔的字还要体面的长者。村中建于南宋时期的祠堂,匾额"张大宗祠"四字,比我叔写得有气魄,更耐看。大人们说,这叫书法,书法有讲究,字里有好多名堂。村上有张、蒋、王、骆等姓氏,张家宋时出了一位兵部尚书,是读书出身。各个姓氏的子孙教育后代的头一件事是读书、练字,故,即使没有走出村庄的孩子,毛笔字也有两下子。几十年后,我才感悟,荣誉我国书法之乡的义乌,的确有着久远的历史渊源和厚实的群众基础。书画同源,故乡的书法家、美术家层出不穷,并称雄一方,自有她的出处所在。当然,这与地域的经济、文化相连,也与有关方的组织、引导密不可分。

长期在北京军事机关谋事的我,业余时间大多用在文学创作上。每当见到故乡朋友的文学、书法、摄影、美术等作品,在各类报纸杂志上发表,喜悦的心情往往超越自我。故乡的村民常说:"长长竹竿晒衣裳,短短毛笔做文章。"这话我一直铭记于心,并勉励自己像竹竿晒衣那样不断沐浴灿烂的阳光,用诚挚的心抒发一位农民儿子真切的情怀。故乡的山山水水,故乡人民带有浓浓乡土气息的话语,和他们热忱、大胆、豁达的心境,以及从他们身上体现的"勤耕、好学、刚正、勇为、诚信、包容"的精神,像乳汁那样,滋养着我,激励着我。我是故乡人民的儿子。此时此刻,我不禁想起余光中的话,"乡情落实于地理与人民,而弥漫于历史与文化"。

去年春上,我所在的部队机关,组织全军的工程兵将士选送书画摄影作品,"七一"前夕在北京布展,并出版集子《阳光高照暖军营》。主持这项工作的一位将军,约我写个前言。我想,文化是有根的,我们文化的根,是深深地扎在亿万劳动人民之中。中华民族大厦,是以坚实厚重的华夏文化作基垫的,就像我们的根扎在故乡的土地上那样。我写了三百字,其中有句:"文化是民族之根,艺术是心灵之魂。"文学艺术反映的该是人民的心声,又是我们灵魂的审美写照。

面对故乡文学艺术界的瑰丽景色,我感到振奋。长期游弋于京城与江南之间的我,始终将故乡作为文学艺术创作的源泉。故乡包含深厚文化底蕴的每一寸土地、每一个场景、每一段里程,富有磁性地吸引着我,感染着我。时光的抚摸,原本刚雄的胆魄,业已熨帖,而弥漫于历史与文化的乡情,依然是我前行的推动力。

2012年2月26日于北京

历史文化遗产的诗意呼唤

  军旅摄影家陆秀祺,自1984年入伍以来,在艰苦的基层连队摸爬滚打,又调机关操持文字,一身戎装,却文文静静,说话也缓缓慢慢,显得有涵养。他在淡静中勤奋、执着,用手中的相机,捕捉生命的华彩,摄取绚丽的篇章,以敏捷的心灵感悟、深刻的人生体味,让瞬间成为永恒。

  在总参机关举行的《陆秀祺摄影艺术作品展》前,人们流连忘返,赞扬声不绝。就我所观赏的角度,觉得陆秀祺的摄影艺术作品大致可分为三类:

  一是反映军营现实生活题材的作品,兵味浓烈,情趣盎然,一幅幅彰显新时期、新一代年轻军人精神风貌的光彩形象跃然在眼前,让人们仿佛亲眼看见他们激越的训练场景和战友间的深厚情谊。

  二是反映祖国大好河山的作品,壮美,秀丽,让人陶醉其间。如他在香格里拉拍摄的《金玉田园》,片片金黄的青稞,已收割的褐红田块,碧翠的绿树,与远处青瓦白墙的古老村落交错形成油画般斑斓的色彩反差,具有强烈的视觉冲击力,又有着蓬勃向上的成熟的浓郁气息,给人以无尽的美的享受。

  三是反映我国历史文化遗产的作品,显得大气,深沉,宛如他在我国悠久的历史文化中呼唤着什么,而这种深沉的呼唤,让人们在心灵深处有种震撼感。这部分是最感人至深的,最具艺术的感染力。

《卢沟旭日》是陆秀祺2003年夏日的一天清晨拍摄的。那天，他四点多赶往卢沟桥。拍摄卢沟桥的作品众多，拍出新意却不易。陆秀祺在这具有文化内涵又历经沧桑的大桥上思索。历史曾有辉煌，也显得十分的沉重，时代发生了翻天覆地的变化，卢沟桥又在寻思什么呢？这时，一轮红日升起，满天朝霞分外壮丽、恢宏，而卢沟桥却仍沉沉地伏在大地上，仿佛是在又一次地觉醒。陆秀祺看到这一景观，灵机一动，即找准宛平城方向，摁下快门。这幅作品下方沉重的卢沟桥占据整幅作品三分之一还不到，而瑰丽的朝霞却有三分之二强，历史与现实，沉睡与觉醒，屈辱与辉煌，仿佛隔世，又仿佛在争辩，在升华。这一生动的画面，给人以更深的思考与启迪。

在我国数千年的文明史中，勤劳智慧的中华民族创造了光辉灿烂的历史文化，留下了灿若群星、独具特色的文化遗产。陆秀祺到达云南元阳梯田时，这种感受极为强烈。

那是2006年春节过后的二月初八，早春的暖阳温和地普照，陆秀祺利用假期自费来到元阳。头天到，第二天凌晨三点多起床，就赶往海拔1900多米的哈尼族山寨。那时天还是黑黑的。陆秀祺知道，元阳县地处哀牢山南部，元阳梯田是哈尼族人世世代代留下的杰作。他们自隋唐之际进入这地区，开垦梯田，种植水稻，一千二百多年来，数十代人民以惊人的智慧和勇毅，创造了人类瑰丽的奇迹。梯田随山势地形变化，因地制宜，坡缓处开垦为大田，坡陡处辟为小田，大者数亩，小如簸箕，一个山坡往往有成千上万亩。这个季节正是梯田上水期，光洁如镜。他们等了一个多小时，东方有了黎明的曙光，规模宏大、气势磅礴的万千梯田渐渐地清晰起来。

这是大地的艺术，大地的雕塑，大地的诗行。陆秀祺面对太阳将要喷薄而出，层层梯田像层层波澜自下而上地涌动，橙色亮明的一块块梯田与梯田间一条条柔美的曲线,和谐地谱写出壮丽、宏广的千姿百态、变幻莫测的天地艺术交响乐,心绪激越无比。他选择不同的角度,用逆光摄下了一幅幅壮美的画面。

《大地乐章》就是这组画面中的一幅,跌宕起伏的梯田占据整个篇幅的绝大部分,右侧绛红朦胧的山色树木,仿佛无限地透迤而去,给予读者丰富的想象空间,作品气势磅礴且灵动,色彩沉稳又鲜明,层次丰富,立体感强。作品在网上点击率很高,受到人们的称赞。

2008年8月,陆秀祺又利用休假时间,与几位摄影家一道自费深入西藏。他们从青藏线进,川藏线出,历时一个月。他的足迹踏遍藏区腹地。喜马拉雅山北麓有个江孜县,建城已六百多年,比日喀则还早,位于后藏经亚东通往锡金、不丹的路上,素来为商旅往来的交通要道,是沟通前后藏的重要通衢。这里距拉萨254公里,地沃物丰,且文物古迹显赫,城区的白居寺是全国重点文物保护单位,始建于明朝宣德二年(1427年),海拔3900米。江孜最负盛名的是屹立于县中心山顶的那座城堡,它是闻名中外的宗山抗英遗址"宗山堡",至今仍保留着1904年江孜军民抵抗英军侵犯、保卫祖国领土的炮台,故有"英雄城"之称。

陆秀祺看着这座英雄城的高耸景象,想到这里一定有许许多多抗英军民壮烈的故事,一定有许许多多可歌可泣的英雄事迹,怎样将这座"江孜城堡"以艺术的形象留存下来?他四处奔跑,反复挑选视角,最后决定,以古老的白居寺为近景,从九层白色的十万佛塔与红色的院墙间眺望远方,一座高高耸立的英雄的宗山城堡,岿然不动,屹立在蓝天白云间。《江孜城堡》在展出中受到人们的青睐。

珍贵的文化遗产,是我国多民族悠久历史的见证,是各民族智慧的结晶、精神的象征,也是各民族生命力和创造力的重要体现,是我们人类文明的瑰宝。陆秀祺将镜头重点对准我国的历史文化遗产,为保护、传承、利用、发展文化遗产,继承、发扬中华民族优秀传统文化,弘扬爱国主义为核心的民族精神和以改革创新为核心的时代精神,畅发着诗意的呼唤。我们从他的视觉焦点所构成的光影之间,读到了诗意的流动。诗意是种境界,是从他浓浓的血液中流淌出来的。

2010年6月30日

青 山 不 老

　　记得读高小时的一个暑假，我在邻居家门口看到有人在翻砖头般厚的一部外国小说《玛丽雅》，译者翁本泽，他们说译者就是邻村翁界人。我惊讶，匆匆回家告诉父亲。父亲说，本泽在大学教书，他哥翁本忠是父亲小学同学，解放前，本忠、本泽家也贫寒，可他们后来夜里给一家小店盘账，白天读书，自己挣钱读到高中毕业，兄弟俩先后考入大学。父亲又说，他们长期有书读，读出名堂，有出息，而他只读三年就回家种田做箩了……家父的话语和神情，像刀刻在我的脑子里，至今挥之不去。

　　夏日纳凉，长辈们在家门口溪边的石板上讲山海经，讲徐文长风趣幽默的故事，也讲当地古今名人，骆宾王的"鹅鹅鹅"，宗泽的抗金疾呼，明朝的医圣朱丹溪，还有戚继光平倭寇的"义乌勇"，当然也少不了讲离我们最近的本忠兄弟，他俩在我幼小的心灵中是大学问家，是我仰望的璀璨星座。

　　后来，我上初中、高中，当兵，念大学，读文艺学研究生专业，搞业余文学创作，一路风尘，心中时常想起的是家父的同辈人本忠兄弟挑灯盘账求读书的情景。江南的故乡，地灵人杰，我是沾着前辈的光环走出来的。

　　今年麦苗青菜花黄的时节，我回老家探亲，期间想去看看父辈经常翻山越岭背毛竹的会稽山南端的"三十六岗"，回味家父常常述说的那分求生存、养子女的艰辛。同时也想去感念一下当年被日军飞机炸死在那里的成千上万军民的魂灵。这时有人提醒我，翁本忠有本书，书中有文讲述了中国军队被炸的场景。我心头一热，冒雨在泥泞的小路上夜行，没有找到前辈，却在一村民家求得他的著作，当夜拜读，第二天下山就归还了。回到北京，我依据别人提供的电话号码，终于聆听到了我所敬仰的前辈的声音。这是我有生以来第一次与敬仰的翁本忠前辈说话，我们的心怦然间撞击到一起了。我当即寄去拙作《西线之战》请他指教，没几天，我就收到了他的《青山晚霞》。

我如饥似渴地读起来。的确，《青山晚霞》上的篇篇佳作，是翁本忠心血的凝聚，智慧的结晶，她像颗颗晶莹的玑珠，闪烁着瑰丽的光泽。也许是我十几年来侧重于军事题材报告文学创作之故，对他关于六十年前中国军队抵御日军侵略的文字记载，尤为关注。

那是1941年的4月，日本侵略军进攻浙江诸暨、绍兴，中国军队奋起抗击，虽经激战，但未能抵御日军的进攻。5月中旬，国民党军队有五个师的兵力边战边退到诸暨、义乌交界的勾乘山、"三十六岗"一线，仅仅二三十里的山岗上，硝烟翻滚，马蹄声碎。5月13日，日军纠集飞机轮番轰炸，中国军队没有打击敌机的有效武器，眼看着成千上万的将士血肉横飞，惨景难以想象。

当地百姓说，那时山岗上遍地是尸体，都是老百姓就着弹坑成堆地埋葬的。后大水一冲，到处是头颅和肢体骨骼，山涧水三年都没敢饮用。

小时听我母亲说过，大军进山时还抱走我家一条荷花被。伤员下撤，过溪水时，成堆的子弹扔在溪滩上，我叔捡回一小篮，到1957年我还见这篮黄灿灿的子弹，可不知哪天被我叔悄悄埋了，我扛着锄把到处寻找，也没蹦出一颗。50年代，我家乡有个村民上山砍柴，见到一个圆圆的铁家伙，用钩刀敲打，结果这颗日军残留的炸弹轰然爆响，这位村民连块完整的骨头也没找到。

日本侵略者留给中国人民的惨痛，用文字是无法描述的。

可是，这段被称之为"浙东会战"的历史，没有细载，当时的政府、军队好像是对这段"走麦城"忌而不谈。成千上万军民的忌日啊！

历史在沉默。

五十七年后的一天，身处会稽山南麓的七十多岁的老人翁本忠在另一位老人的陪同下，跋山涉水一个多月，足迹踏遍三县三十多个乡镇的有关村落，采访了一百多位当年那件重大历史事件的目击者和亲身经历者，终于写就了万余言的《古岭血染红》。我觉得这是一篇有血有肉的纪实文学。翁本忠先生怀着强烈的爱国热忱和高度的历史责任感，将这件壮烈的重大事件用文字公诸世人，做了一件使祖国和人民、家乡父老乡亲永远感激的事。同时，他这种求实、勤奋创作的精神，也是值得我们永远学习的。

《青山晚霞》中有辑"文史研究"，我觉得论据充分，见解独特，分量厚重，颇具史料价值。其中有考证"三十六岗"和相连的勾乘山是当年勾践卧薪尝胆、屯兵习武的"越王山"之文，深深吸引了我。据《读史方舆纪要》载："越王山在（绍兴）府西南百二十里，志曰'昔越王尝屯兵于此，今其上有走马岗、伏兵路、洗马池、支更楼故址'。"勾乘山、"三十六岗"于绍兴西南，距离正是这么远，山的部分在诸暨、东阳境内，大部分在义乌境内。勾乘山下百姓至今仍在传说勾践兵败进山的"退马坡"的故事，附近还有王坟岗、越王冢；"三十六岗"之南有三处高山盆地，正是当年勾践屯兵习武之处。有证有据，很有说服力。我想，绍兴属于会稽山之北，故曰"山阴"；义乌属会稽山之南，属山阳。山阳，有自然屏障，地广人密，易积蓄力量，东山再起。翁本忠这些史学研究，应该引起史学界的高度重视。

翁本忠早年毕业于南京金陵大学中文系，1949年从南京师范学校转回家乡执教，1957年被错打成"右派"，一颗热烈而又善良的心灵被沉重地挤压在会稽山南麓的村寨里,个中甘苦只有他自己知道。待到重见天日时,已到退休颐养天年的年龄,可他却似横刀立马重出山的将军,披甲上阵酣战在文教战线上,十多年的教学研究、创作,硕果累累,不仅桃李遍天下,还向广大读者捧出这本厚重的《青山晚霞》。他胞弟翁本泽是大学教授、学者,已出版译著五十余部,成为著名翻译家。我与这仅一里之距的邻村前辈并未见面,可家父的言语传说,使他们成为我一生之教授,是我取之不尽的山涧清泉。

收到《青山晚霞》时,我激动不已。书的封面是翁本忠手握书卷的身影,背衬巍巍青山长长流水。他宽阔的前额上印记着岁月的沧桑,闪耀着人生的睿智。我想,他的文思,定像那身后的瀑布,飞流直下三千尺,而他的文章和精神,又如那巍峨的青山,傲然挺拔,永远不老。

2001 年 9 月 6 日三稿于北京

文山有云

　　也许因为我呱呱落地时第一眼见到的是一片青山,也许因为我离开故乡前一直是在山坑水里跌打,也许因为我军旅生涯的前十年始终在山水间周旋,以至移居都市仍对山水情有独钟,是仁者? 是智者? 我不知道。每当我遇见或联想到美好的事情,总不由自主地把它比作山。一二十年来坚持业余创作,曾对一位采访我的记者、作家说过:文学是座山,山中有高人。我向山中走去,修行在自身。文学创作是项迷人而又艰难的事业,它像山那样扑朔迷离,深邃幽静,又像山那样高峻挺拔,恢宏壮丽。

　　枫叶飘红的日子里,我收到一位痴情文学的青年来信,并附有百花文艺出版社出版的他的散文集《风雨旅途》。我们素不相识,其信和作品是通过家乡驻京办事处转寄来的。我用三个晚上粗粗品读,心情是喜悦的。作品中《往事如歌》《屋檐下》《江南风》等辑,磁铁般吸引着我,娓娓道来的故事,自然灵巧的构思,清新质朴的言语,洋溢着浓郁的地域气息,创造出独特的氛围和意境,其中欢乐的农家生活,艰辛的求学之路,秀美的江南风情,真诚的为人之道……启动人心的画面,感人肺腑的赤情,时时叩击着我的心扉,激起我心海共鸣的浪花。我想,这当中,深深地熔铸着作者对美好的家乡——进而对美丽的祖国的眷恋和热爱,也深深地熔铸着作者对人情世故、桑田沧海的哲学思考和文学追索。叶文玲在其序言中说:"他是东阳义乌人,生于斯长于斯,对这块土地当然就有一分特别的感情。东阳义乌是一个书画之乡,也是浙江许多名人大儒的故乡。常言道:'芝兰有根,醴泉有源。'在一个敬重诗书的耕读之乡,耳濡目染,萌生了对文学的这一分挚情,又受到比别人多一分的熏陶,转而执着而深情歌颂这一方土地,当然也都是天然而必然的了。"这时,我又想起从那片土地上走出来的艾青和他诗歌中的经典之句:"为什么我的眼里常含泪水?因为我对这土地爱得深沉……"

有人说这本散文集:"无论其内容,其文笔,都一如乡间荠菜,很简淡,也很素朴,从头至尾,只觉一股淡淡的清气缭绕,一股浓浓的乡情扑面。"山野荠菜,如同春草,一旦破土,就经得起风雨雷电、寒冬酷暑,缝补大地的贫穷,丰润原野的荒凉。我赞赏荠菜的同时赞赏乔木,树比草的根扎得深,叶长得茂,立得高,望得远。山野上,花草与树木各显其势,失去哪一部分,都似失去半壁江山。草木并茂,才构成人们崇尚的大自然。

前段时间,我在一些报刊上见到这位作家的《长歌当哭忠魂泪》《宋濂的义乌情结》《勾践寺》《风车口山行记》等散文,脑海中有较深印象,觉得他的散文具有浓重的历史感和深厚的文化感,颇像风雨交加中哗哗作响的大树。也许,这是他《风雨旅途》的蜕变。

山育草木则华,山生云彩则活。彩云飘逸,方显山的鲜活灵动变幻无穷的壮美本色。茫茫人生路,啥样的境遇都可能,然而,行到水穷处,坐看云起时,又是一种超越与顿悟。

他像唐伯虎那般才气横溢、风流倜傥,令秋香一笑二笑连三笑?还是像故乡的土地上面朝黄土背朝天终年耕作的老农那般忠厚、纯朴,冬日的手上裂着道道血痕?我不得而知。从书的折口和文章中获悉,他的经历是学生、农民、教师、市府秘书科长。他积二十年之成果,滴水成河,可谓廿年磨砺,得之不易,终到扬眉剑出鞘时。他现履行何种公务?担当何种职责?刚写下这两个问号,忽又觉得多余。在文学这座大山中,是不论其官位、品位的,你已从他著作的字里行间读出了他对文学的真情和执着,读出了他对生命的体验和感悟,就够啦。是的,我已经看到他在散文这片领域里将有更丰厚的收获。

作者? 姓骆名有云。在风雨旅途中,好一座文山有云,恰是一道亮丽的风景。

2001年12月16日于北京

一棵不老松

　　北京的春天比江南来得晚。时至三月底,玉兰花、桃花、樱花才簇拥笑靥,迎春花还依恋在春风里呢。去年是暖冬,今年又是暖春,花季比常年早十天左右。地气升腾,隐隐地觉得。昨天一场春雨,今日便见地面一层茵茵的绿,人们这才真正体觉到春天的滋味。

　　就在这个时刻,我收到故乡作家徐敢的《我与文学》,心,如同花一样绽放。在我的印象和记忆里,徐敢是位性情豪放、思路敏捷、敢做敢为之人,他乐观,笑貌中蕴藏机智,快语直言下潜伏玄思与锋利,人们与他交谈、交往,既痛快,又轻松。

　　他文化程度并不高,可这个从乡间走来的当年的文学青年,创建了故乡那片大地上的第一个文学社,并搞得有声有色,掀起一派浪花。他边工作边创作,后又做编辑,再后来我闻得他五十八岁闯京城,到鲁迅文学院深造。那一把年纪了,他还和十七八岁、二三十岁的青年男女一起,嘻嘻哈哈,说调皮话,讲爱情故事,当然最主要的是听文学课,与他们一起探讨创作。一颗文学的心,永远年轻。这一步,让徐敢在文学上再上一个台阶。我是很钦佩他的,他那种对文学的挚爱与追求,让我感动。我曾去看望,听他滔滔地叙述对文学的感悟与创作的构想,让我的心也激荡起来,但我没有他勤快。他与我畅谈文学的时候,他的妻子就在一旁,他在京创办方苹果文学家园,妻子一直打理他的生活,这般相亲相随,有力地支持着徐敢的文学之路。

天赋以勤奋作注释。徐敢不但出版了诗集、散文集、中短篇小说集、报告文学集,在长篇小说、长篇报告文学创作上,更展示了他的睿智与功力。如今又有一部《我与文学——徐敢写作技法谈》面世,繁花纷呈,目不暇接。徐敢是位文学多面手,十八般武艺,操起家伙,样样都舞得虎虎生风。

这部文论分为四辑:文学情怀与文学途径,文体言说与写作技法,教育初探与读书偶得,你评我说与唱酬应和。此大多是以散文体的自由又富情感的叙述,其中插入自己经历的众多故事,那是他几十年读书与创作的深切体悟,又是他生活闪耀光芒的结晶。即使是别人的故事,他也讲得有声有色,绕有意味。如《文学就像这小女孩》,这是一篇当年他在北京创办方苹果文学家园的讲稿,讲的是一位学者的一段经历。这位学者"文革"期间被打成"反动学术权威""牛鬼蛇神",关进"牛棚",受尽折磨,想到死,自撕衣裤搓成布条,挽成圈套悬到梁上,踩住凳正欲将自己的脑袋伸入圈套的时候,窗外突然响起一声稚嫩的呼唤,一个小女孩踮着脚扒在窗台上,双手捧着一只苹果使劲往铁栅窗里塞。苹果反复地塞,终于塞了进去,学者接到,圆圆的苹果已经成方。学者热泪盈眶,瞬即决定要好好地活下去。方苹果拯救了学者的生命。这则故事,"传递真诚,传递善良,传递美好",它是一把金钥匙,帮人开启物质生活外的另一扇门——精神之门。徐敢创办方苹果文学家园,意在的正是久远地敞开这扇精神之门,"给人以美,以真,以幸福"。

去年十一月回故乡,期间拜访徐敢,当我推开他家门,第一眼见到的是徐敢躬身辅导一帮小孩作文的形象。原本的会客室改造成教室,置得十几张小桌,一群男女小孩,有的正在写作文,有的已经写完,让徐老师批阅。我在旁观赏,徐敢一字一句地给那学生讲述自己的见解。这位年逾古稀的徐敢,头发比先前稀疏了,脸上也增添了几条细细的皱纹,可声音仍是那样的响亮饱满,神色仍是那样的飞扬富有激情,浑身依然是青春焕发。看着这群孩子求知学文的情景,仿佛是方苹果文学家园的再现。

徐敢现在是义乌市古今文学研究院院长。我觉得,他要做的事很多很多,可他从未忘却作家的责任与担当,奋笔著书立说。他是位执着且有成就的作家,是位辛勤且不懈追求的文学园丁。

他是一棵不老的松。

2015年4月1日于白云乡

读《胡泰良钢笔画艺术》

　　读书法,赏绘画,给人美感,愉悦身心。对于这类艺术,我是门外汉,如同孩童看大人变戏法,眼花缭乱,又生惊奇。现今的书画家,都在求变,变是时尚,又是客观。万变不离宗。天不变,道也不变。这个道,是书道,画道,如文道、人道,是有规则,有章法,有其内在的人们不懈思索与追寻的道理的。当下,有的书画光怪陆离,也许是我的不解,有的批量生产,充溢着铜钱味,有的挥斥霸气,以官道为书画之道,其实还未摸到艺术之门,但略可欣慰的是,他们晓得,这是一种文化。

　　拜读《胡泰良钢笔画艺术》,心灵震撼,忙叫家人同来欣赏,他们不禁发出啧啧的感叹。我说,他是苏溪镇人,离我们老家只有五华里,言语间,有种为之自豪的情感,在心底涌动。

　　从故乡那方土地上进京的,大多是莘莘学子,毕业后从事科研教育者诸多,近二三十年,批次的农民来开拓市场,这些人群中,伺文者少,绘画更是寥寥,泰良兄却若星辰,在京都美术的晴空中,闪烁着异常的光彩。

　　我记得他是"文革"前读的大学,学的是理工科,分配到北京从事航天事业,后又转入国家铁道部工作。我们不是同事,却在京城故乡的经济恳谈会上数次相聚,由于从小同饮一溪水,同读一初中,自然话语就多了一层。他是恳谈会的秘书长,待人热忱,出谋划策,善于组织,当时我就想,像他这般有文化有才干,在本职岗位上定是如鱼得水、游刃有余的,令我始料不及的是,他竟然业余潜心钢笔画的创作。有次恳谈会间,他从包里掏出几幅画,说是最近画的,让我们这帮乡友惊讶不已。

国画大写意,挥毫落纸如云烟,钢笔画则不然,用笔果断肯定,线条刚劲流畅,黑白对比强烈,效果细密紧凑,画面清晰明快,既有丰富多变的层次感,又有细腻动人的质感,具有独特的艺术表现力和感染力。泰良兄画集分《功勋》《高铁风采》《留住北京魂》《人物》《我的故乡义乌》《花卉风景》等系列,以写实的手法巧妙运用光线反射的明暗关系,描绘造型,以黑白的无穷变幻,展示多彩的形象。他的绘画贴近生活,接地气,让人感悟生活,提升精神,展现了蓬勃向上的艺术生命力,又让人从中感受到艺术家的才情。

兴趣与爱好有着无穷的力量。泰良兄沉潜在黑白的世界里,尤其是退休后,如愿进入创作旺盛期,他说钢笔画用的工夫大,一般一个月创作一幅,现在积累二百多幅。他感知,钢笔画黑实白虚,黑阴白阳,阴阳之道,对立统一,凝聚色彩之精髓,代表绝对之美感,展示完美之和谐,具有纯粹、雅致、高洁的神奇魅力。多年的探索、感悟,他走出了一条属于自己的钢笔画创作之路,形成了自己独特的艺术风格。

文化多元,既有共性,又具个性。写作是文字语言,舞蹈是肢体语言,钢笔画是线条语言。线条语言既出,像泼出的水,不容收回,不可修改,这就要求画家具有过硬的基本功,又要有良好的构图能力和艺术修养。读泰良兄的绘画,我感佩他扎实的基本功。他说他上学时就喜爱绘画,可惜没报考艺术门类的学校,身在曹营心在汉,对绘画艺术的追求,一直在他的心中游弋,在他的生活中践行。当然,几十年的工作经历,为创作打下了厚实的生活基垫。作品又如一面镜子,我们从中鲜活地感悟到了他的情趣,他的气质,他的修养,他的心灵,又领略到蕴含的精神,以及韵律与节奏所赋予的美感。

古都北京,有着深厚的文化底蕴,如何反映与表达其风貌,文学、戏剧、舞蹈、绘画,各行其道,皆有神通。泰良兄运用钢笔画的艺术手法,集中描绘颇具特色的胡同小巷,以富有质感的线条,在光阴处置的黑白间,传达了浓郁的思想情感,不但让我对他的艺术作品顿生深深的爱意,更对古都的人文风情,增添敬仰与爱恋。人是有感情的。泰良兄将自己对祖国日新月异的变化,对古都、故乡的深厚情感,倾吐在一笔一画间,欣赏他北京胡同与故乡的画作,这种情感尤为强烈。此时此刻,三九寒天,北风呼啸,阳光依旧。我在书桌旁,慢慢地品读,仿佛故乡就在眼前,浓浓的暖意便溢上心头。

2015年元月5日晨

故 友 情 人

有位作家写过一首诗《情人的血特别红》，还以此为书名，出版诗歌、散文、评论自选集。情人这个字眼热乎乎、火辣辣的，给人一种玫瑰色的诱惑。我的情人几十年不离不弃，从中还演绎一些情意绵绵的故事。

在我上高小放暑假的一个阳光朗朗的上午，邻居一位上衣口袋插支钢笔的孙家帅哥，捧着一部厚书，坐在门口板凳上低头默看，我叫了几声都不理，冲过去："看什么呢？"他回过神来："这是翁界本泽翻译的小说《玛丽雅》，啧！"翁界是邻村，翁本泽是穷苦农民的儿子，后在大学当教授，翻译了好多著作。在我们那伙进校不久的农家子弟眼中，翁氏兄弟简直成了神。那时，我心中埋入一颗种子，书是跳出山村、走上学问之路的登天之梯。

"文革"断送了我们学业，那帮农家子弟各走其道，我进了绿色的军营，在操枪扛镐间隙，视书为精神的依托。部队所处山沟沟，文化生活十分匮乏，想书如念初恋情人，写信请老家的同学、朋友寄，脚尖在低矮的工棚前踮了半个多月，也很难见军邮车送来意中之物。待到苦涩的眼睛挤不出泪水时收到书籍，仍是情不自抑捧在手，端详封面，热烈地亲上一口。

亲书成了我的嗜好。久而久之，书就成为我的故有情人。

调到北京，情景有了翻天覆地的变化，家里的书挨挨挤挤立了一屋，我每日拥抱它们，它们也拥得我喘不过气来，搬家时，处理了好几千册。现在想起后悔。如将它们送给家乡的图书馆,届时回乡,还可以与这故有情人会会面,说不定,那一部部书的嫣然一笑,会勾起我隐在内心深处的诸多情思呢!

前几年,我在《作家文摘》上读到北大教授乐黛云著作的连载,觉得该将此作收入书房,便专程到长安街的北京图书大厦,不巧已售缺。那几天,这书像恋人那样总在我心里萦绕,最后只好给北京大学出版社总编打电话。总编听我一番诉说,热情地说:"马上给你寄去。"收到典雅、素朴的《四院沙滩未名湖》,好生感激,即在扉页上写下几行字:"在军艺就读时,乐黛云老师给我们讲比较文学,近读《作家文摘》上连载此著中的数则,觉得情感真挚,所忆之人形象清现,尤其是《永恒的真诚——难忘废名先生》。五日去北京图书大厦,悉已脱销,后给北大出版社总编张黎明电话,今收他热忱寄赠,即回话致谢。学者散文,意韵悠长,可以读几遍。"落款"2008年9月12日下午"。

我有个习惯,每当买到或收到惠赠的书籍,会在上面写几个字,或记下当时的感受,有的是日后阅读时追记。今年7月15日,在姚祎的诗集上就记了这么一段话:"五月的一日,我在义乌市志办一间办公室说话,门口有位女子出现,人说是姚祎。姚祎的诗文,常在报纸杂志上与读者会面。我听故乡的文友说,姚祎是位才女,诗琴书画,样样拿得出手。她怀抱一书进屋,像怀抱亲生的婴儿。我们是头一回见面,话语间就将她的诗集送给了我。雅淡的封面亭亭玉立一支出淤泥而不染的莲荷,一瓣粉红的郁馨,悠悠地弥散在粼粼的水波之上,朱红的仿宋'一莲如舟',镶嵌在淡淡的书面右上方,而扉页上的书名,却是一幅书法,与亭立的莲蓬相配,横竖是艺术的情趣。我猜,这恐怕出自作者的心语妙手。果然。人相处是缘,得人家诗作也是缘。姚祎抱着心爱的诗作,肯定是来惠赠朋友的,想不到在这里与我这个远方的故乡人碰上,于是,这部诗作就进入我的怀抱。时间过去两个月了,这缕缕清香依然飘荡在我的心间。"

这样的随意之笔，或长或短，皆是当时的真切感受。稍纵即逝的东西，记下就留住了。说不定哪一天，从书架上取下翻翻，又生出新的感觉、感受。这些文字与书籍，或许成为我一生的享用。

2012年10月25日于北京

《山野漫笔》后记

两千多年前，有个老头骑青牛西出函谷关，关令看到紫气东来，觉得是真人驾到，便挽留他小住留言。于是，中国几千年的文明史上多了五千字。这五千字的博大精深，中国所有的汉字语言都无法比拟。

先秦的《吕氏春秋》中讲了一个楚人丢弓的故事，这个楚人丢了东西却不去找，说：楚人丢了，楚人拣拾，何必找呢！孔子听到这事说，把楚字去掉就可以了。那个后来西出函谷关的老子，则说，去掉人字更好。

孔子和老子的思维境界、文字水平，我们可想而知了。

老子留下的文字很少，《道德经》《清净经》都不长，含义却海一般丰盈，地一般广阔，给人无比宽广的想象空间。它是以散文的形式而存在，以经典的深邃而传世的。

"达摩西来无一字，全凭心意用功夫。若要书中寻佛法，笔尖蘸尽洞庭湖。"山般累积的书籍也有局限，人的意会却是无垠。许多感受、顿觉、领悟，灵动的文字也永远难以表述。

要在简练的文字中蕴含丰富的内容，实在不容易，可很多人在孜孜地追寻。

这要天赋，更需修行。思想、德行修炼到哪个境界，文章就似镜子，反映出他言语的高下、灵魂的容颜。

经典是不多的。我不敢贸然评说那些洋洋数万字的散文。

有的，我钦佩他们的文字才华，但受世俗影响，仿佛觉得他们不是在表达，是在表现。

世俗的根子是名利。

老子淡出名利，他的文字及文字的潜力、张力，与孔子相比，自然凸显一筹。

这本集子的小文，大都在北京和我家乡的报刊上与读者见过面，这次选编时，觉得有的也弥漫着灰重的俗气，我还是放进去了，它表明我的过去，也表明了我的浅显、稚嫩。又将已经编入其他书中的三四篇纪事性文章归入第三辑。我没能珍惜文字。而真正的高手，是永远严于律己的。

文章不在乎多少，关键要有丰富的蕴含。一个作家有那么几篇佳作，在中国文坛乃至中国文学史上就站立起来了。

这么说，又是名利思想在作祟。当年老子写那五千言，张若虚抒发那《春江花月夜》，范仲淹在想象中书写《岳阳楼记》，图的是啥?!

名利是好文章的大敌。

我生在竹树葱茏、白云飘动的一个山坞里。山野之人，走到哪看到哪想到哪，就说到哪，就算《山野漫笔》吧。我觉得，文章也应像山野那般，那是一种自然的境界。

2006年11月7日于白云乡

走在寻找的路上

　　夏天的一日，故乡市志编辑部的朋友来电话，说明时的戚家军北上时，首先是到金山岭、司马台修长城，听说金山岭长城景区内有块碑，不知上面有没有记载这事，我们从义乌出差去那里路远，你能不能替我们去看看，到时将情况告诉我们。

　　人，大凡都有故乡情结。我接到故乡亲朋好友电话，说话声音都要高八度，这是家人对我的评说。自从写了《千古长城义乌兵》，与故乡市志编辑部的往来就密切起来，尤其是有关戚家军的事，他们的言语间也不把我当外人，像让我跑一趟金山岭这样。虽然事务繁杂，我仍欣然接受，并答应尽快予以回话。

　　8月中旬的一天，我背着双肩包，在北京城区转了两趟车，到城北的一个长途汽车站乘上去河北滦平的大巴。金山岭长城与司马台长城相连，两处的长城是河北与北京的分界线，于是就有了司马台长城由北京市密云县管辖，金山岭长城由河北省滦平县管辖的均势。到金山岭长城旅游，车辆必须穿过密云，从古北口长城下的隧道穿过，抵达河北滦平境内，再曲里拐弯地从山坳行驶到金山岭长城管理处，从长城的外侧攀登游览。

　　金山岭长城是怎样的一幅景象呢？中央电视台每日早晨六时"朝闻天下"栏目的片头，展现的就是它的雄伟、壮观的快速镜头，到实地观赏，更有一种奇妙、崇高的感觉。当然，对于我，首要的是完成故乡市志编辑部赋予的任务。据景区管理处人员说，景区确有一块碑,在去长城砖垛口的路旁。我背着包,带着相机,缓缓地上行。山岭之间的道路,用水泥铺就,平缓舒展,路旁的各种设施,便于游客的观赏与浏览。走到山道岔路口时,我发现右侧一幢古老的房舍旁,立着一通石碑,一人多高,几棵茂盛树叶遮隐,猛地望去,字迹不那么明显,走近细看,竖排的石刻字面才清晰起来。这块金山岭长城碑记,刻载的均是明时与修建这段长城有关官员的官职、籍贯、姓名,当然有戚继光,还有他的弟弟戚继美,只字未提义乌兵,也没义乌籍的明时官员。我有些许遗憾,内心却无失望。我清楚,官史,碑刻,是官方所为,万千普通的兵士、百姓,怎易进入史书、碑记而名传千古呢!

没过两天,我接到中国散文学会通知,参加中国散文名家金山岭长城笔会,再度到达那里。在"2014金山岭之秋散文论坛"上,来自各地的散文名家畅谈创作游记的感受和体悟。对于长城,我并不陌生,对于金山岭长城,我却需更多的了解和理解。在论坛上,对长城敌楼小金山、大金山的解说词,我提出异议,当年的戚家军是义乌兵,有少数义乌周边县闻讯赶来的乡民被招募,绝没江苏镇江人,更不会有戚家军兵士思念家乡,用镇江的"金山"取名。同时,还对金山岭长城上另外一处不确切的解说词谈了自己的看法。中国散文学会常务副秘书长张立华,在《名家荟萃才情依旧 水墨长城金山独秀》的论坛暨笔会侧记中,说我一周内两进金山岭,"就是要感悟金山岭长城的文化底蕴,体味和感知金山岭的魔力。他对金山岭长城的文化有着自己独到的见解,并且做了大量细致的调研工作。他说,长城脚下的人都在自觉地保护这座长城,这是一种长城精神和守望精神的美好体现。"

是的。我到金山岭,一方面受故乡人的托付,另一方面是感受和体悟长城的魅力,更重要的是体味与感知当年的戚家军将士修建与守卫金山岭长城的感觉与感受,体味与认知他们"常年在台,即以为家"的生存处境与命运。在漫长的岁月里,他们一代又一代的后人,是怎样举家守护相依为命的敌楼,又在长城上下繁衍生息,演变成一个个长城后裔自然村落的？他们的命运,又是怎样与民族的命运、国家的命运紧紧相依、息息相关的……抚摸长城,我感受的是温热与悲壮,"我不敢放重脚步,恐怕惊醒先人的梦;我不敢深重呼吸,我在寻找我自己的梦。"

我寻找的是数百年来戚家军的人文情怀与无上精神。

我将我的这种感触与体悟,写成散文《寻找长城脚下的乡亲》,参加"首届全球华人中国长城散文金砖奖"征文。当我9月30日又一次踏上金山岭时,是参加这项奖项的颁奖仪式。路上,著名作家、中国散文学会名誉会长周明老师对我说:"贤根,祝贺你！我们把你这篇放在获金砖奖五篇散文的首篇。"我说:"谢谢！这篇散文有哪些地方还需修改？"我想,写作不是为了获奖,获奖也不说明作品的完美。周明老师微笑道:"不要改了,已经很好了。"在旁的中国散文学会常务副会长红孩,乐呵呵地开玩笑:"贤根,你别听周老师的话,他对谁都这么说。"周明有趣地拍打红孩:"我是真话,你别瞎说。"大家谈笑风生,其乐融融。

颁奖仪式在金山岭砖垛口城楼下隆重举行。面对数百年来屹立于京畿北部要冲的巍峨城墙,面对中国长城散文、诗歌金砖奖颁奖仪式的大幅画面,作为作者的我,有种神圣的感觉泛上心头。走上领奖台,站在红地毯上,中国作家协会副主席廖奔为我颁奖。由于时间紧迫,没能举行座谈,想了几句"走在寻找的路上"的感言,留存在心底了。

对于戚家军的故事和他们的精神,我是走在寻找的路上。对于我所钟爱的文学,同样也是走在寻找的路上。

2014年11月18日于北京

我的文学梦

　　翻过长满杨梅、毛竹的葱茂山岭,看到一片波光闪闪、浩瀚无垠的水域,班长说这是杭州湾,钱塘江水从这里通向大海。老兵说,过去日本鬼子打来时,在离这里不远的地方登陆,包抄上海,淞沪战役打得很激烈,有股日军经太湖的西南湖州、长兴、广德直插芜湖,从那方向包围当时国民政府的首都,参与制造了震惊中外的南京大屠杀。我们这些新兵听了觉得这个地方很重要,更加卖力气跟着他们施工、训练,部队一派嗷嗷的生机。

　　那是1968年。我们的老团队正在如火如荼的援越抗美战场,他们是应越南党和政府的请求,于1965年下半年从这里开拔,与兄弟部队一道秘密进入越境的。老团队留下一个营作为骨干扩编,补充新兵,组建了我们这个团。我们入伍时,连队的骨干与越南战场昔日的战友、同乡书信往来频繁,虽要保密,守口如瓶,可老兵视"文革"开始后的第一批新兵如兄弟,严归严,一旦闲下来,婆婆妈妈似的体贴入微。从他们口中,不时吐露一些越南战场我军与美军特务、飞机周旋、作战的信息。越是神秘,越有吸引力。有时,我们拽着老兵上山,在游戏中让他们竹筒倒黄豆,说个够。我们是被那些战场上的老兵们的英勇机智和无畏精神深深吸引的。

　　有一天,班长又带我们翻越青翠的山岭,目光越过田畴,但见苍茫的杭州湾传来哗哗的声浪。班长说涨潮了。班长是大高个,壮实得像棵粗大的树，立在岗上，威武得很，有一览群山之势。连队卸水泥，他一人背四袋，踩着悠悠的船板跑下来。有次大伙嬉闹着比，他两手各挟一袋二百斤的大米，一口气冲了一百多米送到伙房。在我的心目中，班长有威严。可这天，班长面对汹涌的大潮，殷殷地对我说："你是高中生，将来可不可以把我们老部队这些事，写成一本书？"

班长知道我的底细：1964年进高中，读了两年，"文化大革命"了，"复课闹革命"没复成，就从学校应征入伍。我的内心，并没在班务会、全连大会上说的那么崇高，而是思量着当两年兵再考大学，谁知那年代读书成为一种奢望，可班长希冀的目光始终在我眼前闪烁，他以兄长般的口吻对我说："好好干吧，在部队提个干，说不定哪一天真的把我们那些生死战友写进书里呢！"

班长的话，如一堆旺旺的柴火，燃起我的激情。那时我团运输连有位从苏北农村入伍的战士，开车之余，扒在驾驶室里写了长篇小说《车轮滚滚》，宣传股长看到他的才气，将他调进股当新闻干事。也就在这1969年，我悄悄地以全连指战员的名义写了一篇文章在地区报上发表，指导员高兴得在全连大会上念了一遍，说我道出了大家的心里话。这一年我另写了一篇《和孚洋畔》，《浙江日报》转载时题目改为《和孚洋畔拥军歌》。不久，我当了排长、宣传干事，与那位写过长篇小说的干事朝夕相处了。

世事多变。"文革"时期文化荒芜，加之整整八年我一直在宣传干事和基层连队主管的岗位上，忙于事务，没有更多的精力思考文学，真正勾起我文学的再度梦想，已是改革开放后的上世纪80年代中期了。

那时我在北京的工程兵机关工作，在报纸杂志上发了一些作品，获悉解放军艺术学院创办了文学系，首届学员李存葆、莫言等作家的作品在全国引起轰动效应，我想，如果能进去读点书，与这批活跃在当今文坛的军旅作家切磋创作感受，定会有新的感触，或许也能写出像样的东西来。第二届文学系学员报到时,我试探似的拿着已经发表的作品找到文学系主任王愿坚。他粗粗地看了看,说:"你完全可以来文学系学习呀!"那时报考文学系,必须是作品先过关。我说:"总参不让我报,说年龄偏大。"王主任说:"现在报到的好几位学员年龄比你长。"具备报考条件,又失之交臂,心里别有一番滋味。我向他陈述了自己迫切想读书的愿望,他看我求学心切,缓缓地说:"我是很想多招几个,培养我军的青年作家,可学院宿舍不够,没地方住。其他几个系也是这种情况。"他仿佛在思考,过了一会,诚恳地说:"这样吧,我向院领导请示,增招几个走读生总可以吧,吃住都不用他们操心,只来听课、读书。"他看我情绪兴奋,好像特别关照似的加了一句:"这里的课,大都是请全国最著名的学者、教授、作家讲,来不来学,大不一样!"巨大的诱惑啊!

他要我留下联系方式。

没过几天,我接到他热情的电话,说上学的事院里已经批准,可以来报到了。我感激万分,又生怕单位不同意,就请军艺正式通知总参政治部,又请政治部干部部的战友过两天我部部长出差时来通知。就这般,待我部部长出差回京,其他领导都已在通知上署批同意,部长在他的名字上画了一个圈,此时我悬着的心才放下来。多年在他们身边做秘书的我,终于有这个机会,心如一匹脱缰的马,顿时可以自由地奔驰在辽阔的原野上了。

在军艺就读期间,开始是每天早早地骑自行车去魏公村,听完课又急急忙忙地骑车赶回家。后听张志忠老师劝告,课听多少是一回事,重要的是感受学院的这种氛围。是的,我每天来回赶路,没有更多的时间与同学交流,更无法与其他系的师生探讨,后想法住校,情景有了较大的改观。文学系学员白天上课,晚上哪个都默默地写到深夜,这种浓烈的创作热情,深深地感染了我;与戏剧系、美术系、舞蹈系师生的创作交流,丰富拓宽了艺术视野,让我在文学的构建和语言的运用上,有了较快的提升。临近毕业写论文的时间,我抓紧采访、创作。那正是1989年的春夏,北京的大街小巷都卷入一场罕见的政治风潮,我躲在一处,静静地以文字对诺老班长的期待。追寻、梦想了20年的《援越抗美实录》,终于在1990年6月面世。我捧着样书,像一位中年母亲捧着祈盼已久的新生婴儿,所有的幸福与阵痛交织在一起。新书上市,几个月内发行了三十万册,《南方日报》、香港《文汇报》、新加坡《联合晚报》相继连载,另有一些报纸杂志选载。我将凝结了多少战友心血的刚刚出版的书籍寄给我的老班长,可老班长对我说了那句期望我写一本书的话不久,在一次坑道塌方中砸成重伤,永远地失去了光明。我想,当他知道当年那个新兵蛋子真写出了《援越抗美实录》,一定会叫他的子女念给他听的。听着听着,他兴许流下激动、混浊的热泪,喃喃地说道:"这小子,没有食言!"

至今,我已经涂鸦了几百万文字。这些东西,有多大的价值?我说不清,只有让历史去验证了。但文学这条道,依然是我痴心的路。说到这里,我蓦地想起戴望舒《寻梦者》的诗句:"梦会开出花来的,/梦会开出娇妍的花来的,/去求无价的珍宝吧……/你去攀九年的冰山吧,/你去航九年的旱海吧,/然后你逢到那金色的贝……/把它在海水里养九年,/把它在天水里养九年,/然后,它在一个暗夜里开绽了……"

2013年1月3日于北京